AF306794

Noch bevor sie lesen und schreiben konnte, entdeckte **Jana Schikorra** ihre Liebe zum Geschichtenerzählen. Kaum hatte sie aber gelernt, einen Stift in der Hand zu halten und Worte zu Papier zu bringen, geriet der Bestand an Notizbüchern weltweit in ernsthafte Gefahr. Seitdem entstanden zahlreiche Kurzgeschichten, Gedichte und Romane, die nun darauf warten, in die Welt entlassen zu werden.

JANA SCHIKORRA

DAS BÖSE AUF DER HAUT

Überarbeitete Neuausgabe August 2023

Copyright © 2023 dp Verlag, ein Imprint der
dp DIGITAL PUBLISHERS GmbH
Made in Stuttgart with ♥
Alle Rechte vorbehalten

DAS BOESE AUF DER HAUT

ISBN 978-3-96817-921-6
E-Book-ISBN 978-3-98778-583-2
Hörbuch-ISBN: 9783989981140

Copyright © 2021, dp Verlag, ein Imprint der dp DIGITAL PUBLIS-
HERS GmbH
Dies ist eine überarbeitete Neuausgabe des bereits 2021 bei dp Ver-
lag, ein Imprint der dp DIGITAL PUBLISHERS GmbH erschienenen
Titels Musentod (ISBN: 978-3-96817-578-2).

Covergestaltung: Buchgewand
Umschlaggestaltung: ARTC.ore Design
Unter Verwendung von Abbildungen von
shutterstock.com: © oatautta, © Yuliia Konakhovska
depositphotos.com: © panxunbin, © stillfx
Lektorat: Lektorat Reim
Satz: dp DIGITAL PUBLISHERS GmbH
Druck und Bindung: Books on Demand GmbH, Norderstedt

VORWORT

Liebe Leserin, lieber Leser, wie schön, dass wir uns hier begegnen.

Du scheinst fest entschlossen, meine Protagonisten bei ihren Mordermittlungen zu unterstützen. Gut! Aber bevor du deine Reise in die Hauptstadt antrittst, lass mich noch ein paar Worte loswerden.

Zunächst einmal möchte ich dir gern erklären, warum ich Berlin als Schauplatz für meinen Thriller ausgewählt habe.

Das ist einfach: Ich habe selbst einmal eine Zeit lang dort gelebt (das hatte ich meinem Teenie-Ich damals versprochen) und mich währenddessen Hals über Kopf in diese Stadt verliebt. Nicht genug vielleicht, um für immer dort zu bleiben, aber dafür war unsere kurze Liaison umso intensiver. Ein guter Grund also, um auf dem Papier nach Berlin zurückzukehren.

Aber *Das Böse auf der Haut* ist mehr als nur eine Hommage an die Hauptstadt. Es eint meine Berlin-Liebe und meine Begeisterung für Literatur nämlich auf eine, wie ich zu behaupten wage, recht unkonventionelle Weise. Dieses Buch ist mein erster Vorstoß in ein Genre, das ich für gewöhnlich lieber lese als schreibe, und dennoch flossen die Worte während des Entstehungsprozesses geradezu aus mir heraus. Ich freue mich unheimlich darüber, dass Rikas und Josefs Geschichte in die Neuauflage geht, denn für mich wird sie immer etwas ganz Besonderes sein.

Etwas, das mich in die finstersten menschlichen Abgründe hat sehen lassen – so weit, dass mir bei dem Gedanken daran manchmal immer noch der Magen schlingert.

Aber genug der Worte. Denn jetzt, liebe Leserin, lieber Leser, möchte ich mich dieser Dunkelheit mit dir gemeinsam stellen. Komm mit. Nimm meine Hand und begib dich mit mir auf die Spuren des Goethe-Killers. Aber lass mich nicht los. Egal, was du tust, lass mich nicht los.

PROLOG

An einem Ort ohne Zeit

Die Neonröhren über dem Obduktionstisch flackerten hektisch. Ihr zitterndes Licht zauberte gespenstische Schatten auf das Gesicht der jungen Frau, die reglos auf der metallenen Oberfläche lag. Einen Augenblick lang fühlte er sich wie ein Rechtsmediziner, der im Begriff war, eine Leiche zu sezieren. Dann zerstörte das leise Röcheln, das aus der Kehle seines mit Gurten fixierten Opfers drang, diese erheiternde Vorstellung.

„Nein, nein, nein", sagte er enttäuscht, als er sah, dass die Lider der Frau flatterten und ihr Bewusstsein erneut in sich zusammenfiel. In einer beinahe liebevollen Geste tätschelte er ihre Wange. „Aufwachen. Ich brauche dich und deine Emotionen. Lass mich in deinen Augen lesen, was du fühlst. Das ist das Mindeste, was du für mich tun kannst, nachdem du hier so eine schreckliche Sauerei veranstaltet hast."

Er nahm einen Wattebausch und drückte ihn auf die Wunde oberhalb ihrer linken Brust. Mit kindlicher Faszination beobachtete er, wie ihr hellrotes Blut den Tupfer binnen weniger Sekunden aufquellen ließ.

Die Frau gab einen gequälten, heiseren Laut von sich. Sie hatte bereits vor zwei Tagen zu schreien aufgehört.

Das Weinen und Strampeln hingegen hatte sie nicht eingestellt. Nicht dauerhaft jedenfalls.

„Das wird jetzt ein bisschen brennen, Lydia“, warnte er sie vor und spülte die Wunde mit Desinfektionsmittel aus.

Lydia.

Er mochte den unschuldigen Klang ihres Namens. Wann immer er ihn aussprach, wurde ihm ganz warm ums Herz. Dann sah er das wunderschöne Lächeln der Frau wieder vor sich, die nun wimmernd und blutverschmiert auf dem kalten Metalltisch lag und nicht mehr den Hauch jener Eleganz besaß, die vor wenigen Wochen seine Aufmerksamkeit erregt hatte.

Nachdenklich betrachtete er die feinen Probeschnitte, die er in Lydias Körper geritzt hatte und die sich zu seinem Leidwesen wieder und wieder mit ihrem Lebenssaft füllten.

Er würde weniger tief schneiden müssen, wenn er die Wirkung seines Werkes nicht durch zu viel Blut beeinträchtigen wollte.

„Auf ein Neues“, sagte er feierlich, griff nach dem Skalpell auf dem Beistelltisch und beugte sich über die schluchzende Frau.

„Hm. Wo setzen wir den nächsten Schnitt, Lydia? Was meinst du? Ich glaube, für das große Finale möchte ich deinen Rücken haben. Aber vorher muss ich mich noch ein bisschen austoben.“

Noch bevor das Seziermesser ihre Haut berührte, bäumte sie sich unter ihren Fesseln auf. Verärgert schüttelte er den Kopf. War es denn zu viel verlangt, dass sie ihm zumindest ein kleines bisschen entgegenkam? Dass sie endlich zu heulen aufhörte und verdammt nochmal ein paar Sekunden lang stillhielt, wenn er sich mit dem Skalpell an ihrer wunderschönen Haut zu schaffen machte?

Es wäre ein Leichtes gewesen, sie bereits nach den ersten Stunden in seiner Gewalt dem Kuss des Todes auszusetzen, der ihre Lippen am Ende der Nacht ohnehin verschließen würde. Doch dann wären seine Worte genau das, was sie immer schon gewesen waren: leer. Unwahr. Gewöhnlich.

Er musste sich in Geduld üben. Den Prozess des Sterbens langsam einleiten, so wie er es während der letzten Tage getan hatte. Lydia zuerst die Nahrung, dann das Wasser entziehen. Ihren Körper von innen verfallen lassen und ihn dann auch von außen für den Exitus aufbereiten.

Denn genau dieser Balanceakt auf dem immer schmaler werdenden Seil ihres Lebens war es, der jedem einzelnen Buchstaben Bedeutung verlieh. Der seine Inspiration ihren Höhepunkt erreichen ließ.

Er setzte die Klinge erneut an, doch Lydias Kampfgeist schien wiedererwacht. Wie von Sinnen warf sie ihren ausgemergelten Körper auf dem kalten Metall hin und her.

„So wird das nichts." Resigniert ließ er das Skalpell sinken. Kurz sah er so etwas wie Hoffnung in Lydias geröteten Augen aufflammen. Dann öffnete er ihr in einer blitzschnellen Bewegung die Pulsadern des linken Armes. Gerade so weit, dass das Leben langsam und kontrolliert aus ihr heraussickern konnte.

Er drehte sich um, nahm Stift und Papier zur Hand und starrte Lydia in das schreckensverzerrte Gesicht.

„Keine Sorge, meine Schöne“, sagte er leise. „Du wirst ganz langsam verbluten und noch ausreichend Zeit haben, dich von dieser Welt zu verabschieden.“ Er streichelte ihr sanft über das goldene Haar. „Dein Körper wird meiner Kunst auch dann noch dienen, wenn dein Herz schon längst nicht mehr schlägt.“

Samstag, 21. September, 22:45 Uhr

Josef Winter war kein Mann der großen Worte.

Vor allem dann nicht, wenn er nach zwölf Stunden auf dem Revier seinen wohlverdienten Feierabend genießen wollte. Den Mann, der am anderen Ende der Leitung ohne Punkt und Komma auf ihn einredete, schien das nicht im Geringsten zu interessieren.

„Wie gesagt, leider sind die Peperoni aus", plapperte der Angestellte des *PizzaPane* fröhlich weiter, nachdem er seinen Monolog über die neue Auswahl an Dips beendet und zur ursprünglichen Thematik zurückgefunden hatte. „Das ist uns noch nie passiert! Ist doch verrückt. Als würden die Leute neuerdings auf scharfes Essen stehen. Wer weiß? Vielleicht ist das jetzt ein Trend. Kann ja sein – kennen Sie diese durchgeknallten Videos, in denen die Kids von heute Schärfe-Wettessen veranstalten? Möglich wär's doch, dass wir so einer Truppe heute zum Opfer gefallen sind."

Josef massierte sich die Nasenwurzel. Er hatte sich online eine Pizza bestellt – mit Peperoni als Extrabelag – und war nur wenige Minuten später von einem Mitarbeiter des Lieferdienstes zurückgerufen worden. Zu seinem großen Verdruss von einem überaus engagierten und kommunikativen Mitarbeiter.

„Mhm. Vielleicht", brummte er lakonisch in sein Handy.

„Alternativ kann ich Ihnen jedenfalls die Tabasco-Sauce empfehlen. Bringt das nötige Feuer auf Ihre Pizza."

„Nein, danke. Ich esse sie als normale Margherita."

„Sicher? Kann ich Ihnen sonst noch etwas Gutes tun? Käse im Rand vielleicht? Oder ein kleines Dessert?"

„Nein." Josef wertete die Redseligkeit des jungen Mannes als Strafe für seine zunehmend ungesunde Ernährung. Während der letzten Wochen war er kaum zu Hause gewesen und hatte weder die Zeit noch die Lust gehabt, nach Dienstschluss für sich zu kochen. Hin und wieder malte er sich aus, was wohl seine Exfrau zu seinem übermäßigen Fast-Food-Konsum sagen würde. Als Sportfanatikerin durch und durch hatte Sandra schon damals die Hände über dem Kopf zusammengeschlagen, wenn er den Tag mit nichts als einem Kaffee und einer Zigarette begonnen und abends seine erste warme Mahlzeit gegessen hatte.

Immerhin das Rauchen hatte er aufgegeben. Vorübergehend jedenfalls.

„Kommen Sie, man muss sich auch mal etwas gönnen. Meine Mutter sagt immer: Leb dein Leben als gäb's kein Morgen. Wenn Sie mich fragen, ist das –"

„Danke, ich möchte bitte einfach nur eine Margherita haben. Ziehen Sie den Betrag für die Peperoni von der Rechnung ab. Einen schönen Abend noch."

Josef beendete das Gespräch, seufzte tief und stand von seinem Sofa auf. Der Fall, der sein Team und ihn beinahe den halben September über in Atem gehalten hatte, steckte ihm noch immer in den Knochen. Ein grausamer Doppelmord an einem Ehepaar, über dessen Motive lange Unklarheit geherrscht hatte, war erst vor wenigen Tagen aufgeklärt worden. Während zunächst die Familien der Opfer in den engen Kreis möglicher Verdächtiger gerückt waren, hatte sich am Ende herausgestellt, dass ein Jahrzehnte in der Vergangenheit liegendes Ereignis der Auslöser für die Bluttat gewesen war. Eine verschmähte Schulfreundin des Ehemannes hatte ihre Gewaltfantasien wahrgemacht und verspätete Rache geübt. Die Sinnlosigkeit dieses Verbrechens erschütterte Josef nach wie vor.

Gähnend schlurfte er ins Badezimmer seiner Anderthalbzimmerwohnung, in die er nach der Scheidung von Sandra gezogen war und die ursprünglich nur eine Notlösung hatte darstellen sollen. Während seine Exfrau und die zwei Töchter im gemeinsamen Haus geblieben waren, hatte Josef sich die überraschend günstige Immobilie in Friedrichshain gemietet. Von dort aus hatte er – mit dem gebotenen Abstand – alles Weitere regeln und den Verkauf des Hauses in die Wege leiten wollen, um dessen Erlös unter ihnen aufzuteilen. Daraus jedoch war bis heute, zwei Jahre später, nichts geworden. Josef fühlte sich wohl auf seinen 35 Quadratmetern und brachte es nicht übers Herz, Amelie und Vanessa aus ihrer gewohnten Umgebung zu reißen.

Wenn die 5-Jährige und die 7-Jährige bei ihm übernachteten, was selten genug vorkam, schlief er auf dem Sofa und überließ den Mädchen sein Schlafzimmer. Meist besuchte er sie zu Hause und nutzte hin und wieder sogar das Gästezimmer, das Sandra ihm anstandslos zur Verfügung stellte.

Josef schüttelte die Gedanken an seine Exfrau ab, die sich mit Vorlieb zu später Stunde einstellten, und öffnete den Spiegelschrank über dem Waschbecken. Er angelte sich eine Ibuprofen aus der fast leeren Verpackung, steckte sie sich in den Mund und spülte sie mit einem Schluck aus dem Wasserhahn hinunter. Als er sich wieder aufrichtete, streifte sein Blick sein Spiegelbild.

Josef sah älter aus als 41, das wusste er. Die mittlerweile über zwanzig Jahre bei der Polizei, drei davon als leitender Ermittler der Mordkommission, hatten ihre Spuren hinterlassen. Sein Gesicht war gezeichnet von zu vielen schlaflosen Nächten, der Blick immer ein wenig zu ernst.

An den Schläfen war sein Haar bereits sichtbar ergraut und insbesondere um die Mundwinkel herum hatten sich tiefe Falten in seine Haut gegraben. Seine verhältnismäßig schlanke Statur verdankte er einzig dem Stress. Und vielleicht der damit einhergehenden Tatsache, dass Kaffee und Nikotin lange Zeit sein Hauptnahrungsmittel gewesen waren.

Der jäh einsetzende Klingelton seines Handys ließ Josef zusammenfahren.

Wenn das wieder dieser Pizza-Heini ist, reißt mir der Geduldsfaden. Dann fiel ihm auf, dass es sein Diensthandy war, das klingelte. Fluchend eilte Josef zurück ins Wohnzimmer und sah mit einem Blick aufs Display seine Befürchtung bestätigt: Die angezeigte Nummer gehörte zur Einsatzzentrale der Direktion.

„Winter?", meldete er sich barsch.

„Herr Winter, uns wurde ein Leichenfund am Goethe-Denkmal gemeldet. Den Beschreibungen des Zeugen nach zu urteilen ein Mord. Die Kollegen am Tatort haben diese Einschätzung soeben bestätigt. Die Spurensicherung ist schon informiert und dürfte in Kürze eintreffen."

Josef klemmte sich das Handy zwischen Ohr und Schulter, schnappte sich Jacke und Autoschlüssel und zog die Tür hinter sich ins Schloss.

„Bin schon auf dem Weg."

Samstag, 21. September, 23:17 Uhr

Manchmal kam sich Rika Hohenstedt im pulsierenden Herzen Berlins wie ein Fremdkörper vor.

Dann fragte sie sich, wie sie von der norddeutschen Provinz ausgerechnet in eine Metropole hatte ziehen können, die so bunt, laut und aufregend war wie die Landeshauptstadt.

Dabei war die Antwort simpel: Sie hatte vor acht Jahren, kurz nach ihrem 30. Geburtstag, eine Juniorprofessur für die Fächer Literaturwissenschaft und Soziologie an der Humboldt-Universität ergattert. Als sie sich ein Jahr später in den Dekan verliebt und ihn ein weiteres Jahr später geheiratet hatte, war an eine Rückkehr in den Norden nicht mehr zu denken gewesen.

Rika und Oliver Hohenstedt wohnten in einer schicken Altbauwohnung im Bezirk Mitte, besuchten in ihrer Freizeit Theater und Museen und luden sonntags zum Kaffeetrinken ein.

Das entschleunigte Leben, das sie mit ihrem sechs Jahre älteren Ehemann führte, gab ihr das Gefühl, sich in einer sicheren Blase zu befinden. Jenseits des teuren Porzellangeschirrs und der Weinverkostungen unter aufwändigen Stuckdecken aber wartete mehr auf Rika

– etwas, das zu Staub zerfiel, wann immer sie sich nahe genug heranwagte.

Auch heute war ihr Versuch der Assimilation an das Klima ihrer Wahlheimat fehlgeschlagen. Sie hatte sich mit zwei Kolleginnen in einem Pub verabredet und sich sogar richtig auf den Abend außerhalb ihrer Komfortzone gefreut. Live-Musik, Bier und lockere Gespräche – all das hatte Rika vorgeschwebt, als sie die Wohnung am frühen Abend verließ.

Kaum hatte sie das stickige Lokal betreten, in dem sich die Gäste dicht an dicht drängten und sie ihr eigenes Wort nicht mehr verstand, war ihre Euphorie jedoch schon wieder verflogen. Jetzt, drei Stunden später, saß sie stocksteif auf einem Hocker an der Bar und wünschte sich, ganz einfach zu Hause geblieben zu sein.

„Unfassbar, wie die Zeit rennt, oder?", rief Darya neben ihr über den eher mittelmäßigen Gesang des Musikers und die Lachsalven einer Männergruppe hinweg. Die gebürtige Russin sah sie an, als erwarte sie eine Antwort auf diese rhetorisch klingende Frage. Offenbar hatte Rika einen wesentlichen Teil der vorangegangenen Unterhaltung versäumt.

„Da hast du absolut recht. Nur noch zwei Wochen, bis der Wahnsinn wieder beginnt. Ich fühle mich noch gar nicht bereit für das nächste Semester", kam Martina, die Dritte im Bunde, ihr mit einer Antwort zuvor. Sie waren also zum Arbeitsthema zurückgekehrt.

Rika konnte sich den Meinungen ihrer Kolleginnen nicht anschließen. Sie begrüßte das nahende Ende der vorlesungsfreien Zeit, die sie neben den Korrekturen von Hausarbeiten und Klausuren auch für das Verfassen eigener wissenschaftlicher Abhandlungen genutzt hatte. Sie arbeitete gern theoretisch, fand jedoch wesentlich mehr Freude am Unterrichten.

„Ich glaube, ich werde mich langsam auf den Weg machen", sagte sie unbehaglich und erntete empörte Blicke.

„Schon? Hast du mal auf die Uhr gesehen? Ich dachte, wir wollten noch weiterziehen." Darya schob die Unterlippe vor, wie immer, wenn sie ihr Bedauern zum Ausdruck bringen wollte.

„Ehrlich gesagt habe ich ein bisschen Kopfschmerzen und bin auch sonst ziemlich kaputt", erwiderte Rika und kam sich dabei vor wie die größte Spaßbremse in ganz Berlin.

Vermutlich bin ich genau das. Rika Hohenstedt, hauptberuflich Langweilerin. Eine 80-Jährige, gefangen im Körper einer 38-Jährigen.

Darya und Martina waren jeweils nur zwei und drei Jahre jünger als Rika, und doch schienen Welten zwischen ihnen zu liegen. Beide Frauen besaßen eine erfrischend unverkrampfte Art, nahmen sich selbst und das Leben nicht zu ernst und unterschieden sich in ihrer naiven Sorglosigkeit grundsätzlich kaum von ihren Studenten. Rika hingegen war, wenn sie es sich recht überlegte, nie wirklich unbeschwert gewesen. Es hatte immer irgendetwas gegeben – eine Sorge, eine Befürchtung oder eine komplizierte Fragestellung – das ihr durch den Kopf kreiste. Dass die Kolleginnen sie trotz der markanten Unterschiede zwischen ihnen mochten, konnte Rika sich selbst nicht so recht erklären.

„Reisende soll man nicht aufhalten", räumte Martina ein, klopfte Rika mit der einen Hand auf die Schulter und schnappte sich mit der anderen ihr noch halbvolles Glas. „Vor allem dann nicht, wenn sie so nett sind, ihren Freundinnen ein Getränk dazulassen."

Rika erwiderte das Lächeln ihrer Kolleginnen und umarmte beide zum Abschied. Als sie aus dem Pub hinaus in die erfrischende September-Kälte trat, lockerten sich ihre verspannten Muskeln merklich.

Ursprünglich hatte sie ein Taxi nehmen wollen, doch ein Spaziergang erschien ihr nun, da sie während der letzten Stunden nichts als verbrauchte Luft geatmet hatte, durchaus verlockend. Sie würde durch den Tiergarten gehen; dieselbe Strecke, die sie bei Tag gern zum Joggen nutzte. Vorbei an dem beeindruckenden Denkmal zu Ehren Goethes, das auf sie als Liebhaberin seiner Schriften eine ganz besondere Faszination ausübte.

Die Hände tief in den Taschen ihres Mantels vergraben, überquerte sie die Hauptstraße und betrat nach einem Fußmarsch von nur wenigen Minuten die Parkanlage.

Zu so später Stunde war Rika noch nie hier gewesen.

Sie fand, dass es etwas Düster-Romantisches an sich hatte, das Herbstgold der Natur einmal im Mondschein zu bewundern.

Nach nur wenigen Schritten war sie umgeben von dem beruhigenden Geräusch der im Wind raschelnden Blätter, das bei Nacht eine ganz eigene Wirkung entfaltete.

Ich sollte öfter mal einen Mitternachtsspaziergang unternehmen, dachte sie und lächelte in sich hinein.

Vielleicht würde sie ja Oliver überreden können, sie zu begleiten. Immerhin hatte er sich ihr zuliebe sogar einmal zu einer gemeinsamen Jogging-Einheit aufgerafft.

Sie hatte sich schon immer gewünscht, ein Hobby mit ihm zu teilen, das zumindest ein kleines bisschen verrückt war.

Die Stadt bei Nacht zu erkunden, kam dem ziemlich nahe, wie sie fand.

Darya und Martina jedenfalls würden Augen machen, wenn sie plötzlich auch etwas Aufregendes zu erzählen hätte.

Schon oft hatte sie sich gewünscht, die Freundinnen würden ihr mit der gleichen Begeisterung zuhören, wie sie es tat, wenn sie den Großstadtabenteuern der Lebefrauen lauschte.

„Träumen wird man ja noch dürfen", murmelte sie zynisch und beschleunigte ihren Gang ein wenig.

Es dauerte nicht lange, bis das Goethe-Denkmal in ihrem Sichtfeld auftauchte. Rika hatte eigentlich vorgehabt, ein paar Minuten zu Füßen des großen Dichters zu verweilen, doch merkte sie schon von Weitem, dass irgendetwas nicht stimmte.

Als sie näher kam, konnte sie rund um das Denkmal ein riesiges Polizeiaufgebot ausmachen. Ein weißes Zelt, das Rika aus Dokumentationen und Fernseh-Krimis kannte, war zur Rechten der Statue aufgebaut worden.

Das kann nichts Gutes bedeuten, dachte sie mit klopfendem Herzen. Allem Anschein nach hatte sich nur wenige hundert Meter von ihr entfernt ein schweres Verbrechen ereignet.

Auf einmal kam es ihr ganz und gar nicht mehr romantisch, sondern ungeheuer leichtsinnig vor, um diese Uhrzeit ohne Begleitung durch den Tiergarten zu laufen.

Kaum war ihr diese Erkenntnis gekommen, stieg Rika plötzlich der penetrante Geruch nach Alkohol in die Nase.

Im selben Moment, da sie den Kopf auf der Suche nach dem Quell des Gestanks nach links wandte, sah sie aus dem Augenwinkel eine Gestalt aus dem Gebüsch springen und davonlaufen.

Rikas Herz setzte einen Schlag aus, ihre Knie fühlten sich buttrig weich an. Offenbar hatte sie einen Betrunkenen aufgeschreckt, der gerade im Begriff gewesen war, sich zu erleichtern.

Was sonst sollte jemand in einem Busch zu suchen haben?

Den Tatort beobachten, vielleicht.

Sie verscheuchte diesen paranoiden Gedanken wie eine lästige Fliege.

Einen Moment lang erwog Rika, ihren Weg ganz einfach fortzusetzen und an der Polizeiabsperrung vorbeizugehen. Dann machte sie auf dem Absatz kehrt und eilte im Laufschritt zurück zur Hauptstraße.

Das nächste Mal ist es vielleicht kein Betrunkener, der dich aus dem Gebüsch anspringt, sondern ein Mörder.

Es gab menschliche Abgründe, in die hinein sie nicht einmal einen flüchtigen Blick werfen wollte.

Schon gar nicht allein und bei Nacht.

KAPITEL 3

Samstag, 21. September, 23:42 Uhr

Die Frau war nackt. Sie lag auf dem Bauch, das Gesicht leicht zur Seite geneigt und auf ihre Arme gebettet. Ihr Rücken war mit zahlreichen Schnitten übersät, die Josef erst auf den zweiten Blick als Buchstaben identifizierte.

Tief und dunkel klafften sie in der Haut der Toten.

Mit zusammengekniffenen Augen versuchte er die Worte zu entziffern, die sich in einem wilden Zickzack bis knapp über das Steißbein des Opfers zogen.

Purpurne Tränen ranken sich um deine Seele
wie Dornen spitz ist ihr Gesicht
Die Muse schläft in deiner Kehle
ihr letzter Kuss nimmt dir dein Licht.

„Welcher Irre hat dich als lebendigen Notizblock missbraucht, hm?", murmelte er kopfschüttelnd.

Josef war froh um das Zelt, das die Leiche vor den neugierigen Blicken möglicher Schaulustiger abschirmte. Er beneidete die Beamten, die vor der Polizeiabsperrung standen und die Sensationslüsternen des Platzes verweisen müssten, nicht um ihren Job. Nicht mehr lange, und die ersten Journalisten würden eintreffen.

Und dann haben die Jungs erst richtig zu tun.

Erneut wandte Josef den Blick dem zerschundenen Rücken der Toten zu. Viele seiner älteren Kollegen hatten ihm zu Beginn seiner Karriere prophezeit, er würde schneller abstumpfen, als es ihm lieb war. In gewisser Hinsicht hatten sie damit recht behalten – der Anblick einer Leiche bescherte ihm freilich keine Albträume mehr oder löste sonst irgendeine nennenswerte Reaktion in ihm aus. Was sich jedoch in all den Jahren nie verändert hatte, war der Groll, den er für die Täter empfand.

Auch jetzt spürte er die vertraute Wut heiß und pochend in seiner Brust aufsteigen. Der Kälte zum Trotz, welche die hereinbrechende Herbstnacht mit sich brachte, schwitzte er in seinem Schutzoverall.

Purpurne Tränen ranken sich um deine Seele ...

Er las das makabre Gedicht erneut und durchforstete sein Gedächtnis vergeblich nach einem Namen, mit dem es sich in Verbindung bringen ließe.

Handelte es sich bei den Zeilen um das Zitat eines bekannten Lyrikers? Oder waren sie eine eigene düstere Schöpfung? Josef würde sein Team sämtliche Winkel des Internets nach den Worten durchforsten lassen.

„Winter?" Die unverwechselbar heisere Stimme Tina Obermeyers drang an Josefs Ohren. Er löste den Blick von der Leiche, trat aus dem Zelt hinaus und sah das fröhliche Gesicht der Mittfünfzigerin im Licht der Batteriescheinwerfer aufblitzen. Vorsichtig bewegte er sich entlang der von der Kriminaltechnik abgesteckten Markierungen zurück zur Polizeiabsperrung, unter der Tina sich gerade hindurchduckte.

„Ich habe dich gar nicht kommen sehen", begrüßte die Rechtsmedizinerin ihn und zog sich die Kapuze ihres Schutzanzuges vom Kopf. „Habe meine Sachen gerade zurück in den Wagen gebracht und dir den Audio-Bericht rübergemailt. Wie gehts dir, mein Lieber?"

„Kannst du schon etwas zum Todeszeitpunkt sagen?"

Tina verzog das Gesicht. „Winter, wie er leibt und lebt. Danke für das Gespräch." Sie lachte kehlig. In all der Zeit, die sie einander inzwischen kannten, hatte er die Rechtsmedizinerin nicht ein einziges Mal seinen Vornamen aussprechen hören. Auf seine Nachfrage hin hatte sie geantwortet, dass sie „Josef" langweilig fände.

Nicht mehr und nicht weniger.

„Tina. Bitte."

„Schon gut, schon gut. Also: Gemessen an der Körpertemperatur, dem Zustand der Leichenflecken und der nicht vorhandenen Leichenstarre bewegen wir uns etwa in einem Zeitraum zwischen 20 und 30 Stunden."

„Todesursache?"

„Nach jetzigem Stand ein lateraler, am linken Unterarm in proximaler Richtung zum Oberarm zugefügter Schnitt. Breite etwa vier Zentimeter. Allem Anschein nach wurde dabei die Ateria radialis durchtrennt, was wiederum zum Exitus durch Verbluten führte. Genaueres weiß ich aber erst nach der Leichenschau. Ach so: Ein Großteil der Schnitte auf dem Rücken des Opfers muss post mortal entstanden sein. Das legt zumindest der Zustand der Wundränder und der Wundumgebungshaut nahe."

„Sonst noch was?"

„Ja. Tatort und Fundort sind nicht identisch. Die Frau war schon tot, als ihr Körper hier abgelegt wurde."

Josef nickte langsam. „In Ordnung. Danke dir." Sein Versuch, den Reißverschluss des Overalls aufzuziehen, scheiterte. Die Unterzuckerung ließ seine Bewegungen fahrig werden.

Verdammt, die Pizza. Er hatte vergessen, sie abzubestellen.

„Du siehst blass aus", stellte Tina fest und musterte Josef streng. „Essen hilft. Nur so ein Tipp."

„Später." Er warf einen Blick über die Schulter; zurück zu dem Zelt, unter dem der grausam zugerichtete Körper einer Frau lag, die Gerechtigkeit verdiente. „Ich fahre jetzt ins Dezernat und klinke mich in die Vernehmung des Zeugen ein, sobald ich alle weiteren Schritte in die Wege geleitet habe."

KAPITEL 1

Montag, 23. September, 08:30 Uhr

Am Montagmorgen zeigte sich der September von seiner ungemütlichsten Seite. Von einem goldenen Herbst fehlte jede Spur, stattdessen war der Himmel schmutzig grau wie Tuschwasser. Feiner Nieselregen benetzte das Schaufenster der Bäckerei, in der Rika auf die Zubereitung ihres Frühstücks wartete: Zwei belegte Brötchen mit Gouda, eines mit Camembert und eines mit Ei. Sie hatte vor, Oliver zu seinem Geburtstag mit ein paar Leckereien aus seiner Lieblingskonditorei zu überraschen. Obwohl er wie jedes Jahr betont hatte, einen ganz normalen Tag ohne Geschenke und Tohuwabohu verbringen zu wollen, war Rika in aller Herrgottsfrühe aufgestanden, um das Wohnzimmer zu dekorieren und den Tisch zu decken. Schon vor Monaten hatte sie digital ein Fotoalbum mit ihren schönsten gemeinsamen Erinnerungen erstellt und Oliver insgesamt 45 Briefe geschrieben – einen für jedes Lebensjahr.

„Kommt bei Ihnen noch etwas dazu?", fragte die Verkäuferin, während sie die Brötchen routiniert belegte.

„Ja. Zwei Stücke Bienenstich, bitte."

Während sie wartete, überflog Rika die Schlagzeilen, die den vollbestückten Zeitungsständer neben der Eingangstür schmückten – und bekam eine Gänsehaut, als ihr Blick an der Titelseite eines Boulevardblattes hängenblieb.

Serientäter hält Berlin in Atem – Goethe-Killer ritzt seinen Opfern Gedichte in die Haut. Nach Leiche am Denkmal nun weiteres Opfer am Zehlendorfer Bahnhof gefunden.

In ihrem Hals bildete sich ein Knoten. Sie sah den Streifenwagen und die Polizeiabsperrung vor sich.

Das von Scheinwerfern angestrahlte Zelt, das ein ausgelöschtes Leben vor den Blicken der Öffentlichkeit schützte.

Ich war so nahe dran. Rika hatte das fürchterliche Gefühl, als habe der Tod in jener Nacht auch sie kurz gestreift und ihr mit der flüchtigen Berührung seines Umhangs ein Versprechen gegeben.

Doch es war mehr als diese diffuse Angst, die der Anblick des Tatortes in ihr ausgelöst hatte. Irgendetwas an der Formulierung der Schlagzeile rüttelte am Stamm ihrer Erinnerungen.

Gedichte ... Goethe ... In die Haut ritzen ...

„Dann bekomme ich 12,30 Euro von Ihnen“, sagte die Verkäuferin freundlich und legte die Tüten auf den Tresen.

„Einen Moment noch.“ Rika nahm die Zeitung mit der grausigen Überschrift aus dem Ständer heraus. Das nervöse Kribbeln in ihrem Körper verstärkte sich. „Die kommt noch dazu.“

„Kein Problem. Damit sind wir bei 13,10 Euro.“

Rika bezahlte, murmelte ein „Dankeschön“ und verschwand mit raschelnden Brötchentüten hinaus in den Regen.

Als sie Oliver eine halbe Stunde später ins Wohnzimmer rief, war seine Freude über den für ihn hergerichteten Geburtstagstisch wie gewohnt eher verhalten. Rika hatte gelernt, darin keinen persönlichen Affront zu sehen. Er stammte aus einer Familie, in der Geburts- und andere Feiertage keinen besonderen Stellenwert hatten und ein distanzierter Umgang miteinander an der Tagesordnung stand.

Dennoch war sie der Versuche nie müde geworden, seine Einstellung gegenüber feierlichen Anlässen mit positiven Erlebnissen zu verbessern.

Dass Oliver beim Auspacken seiner Geschenke milde lächelte und sich vor allem für die Briefe mehrfach bedankte, verbuchte Rika als eindeutigen Fortschritt.

Für gewöhnlich hätte sie überschwänglich auf diesen kleinen Sieg reagiert, doch die Präsenz der Zeitung, die zusammengerollt neben ihrem Teller lag, drückte ihre Stimmung.

Kaum hatten sie begonnen zu essen, schlug Rika den so reißerisch angepriesenen Artikel auf. Während sie las, raste ihr Herz so schnell, als würde es jeden Moment aus dem Gefängnis ihrer Rippen ausbrechen wollen.

„Wann genau hast du nochmal dem Qualitätsjournalismus entsagt?", fragte Oliver sie über die andere Seite des Tisches hinweg. Er lächelte sein jungenhaftes Grübchenlächeln, in das Rika sich einst verliebt hatte. Normalerweise verfehlte es seine Wirkung auf sie nicht im Geringsten und erweckte der langen Dauer ihrer Beziehung zum Trotz noch den einen oder anderen Schmetterling in ihrem Bauch zum Leben. Heute jedoch überstrahlte ihre Nervosität jede andere Empfindung.

„Entschuldige", sagte sie fahrig. „Das hier ist nur ..." Sie ließ den Satz unvollendet und reichte ihrem Mann die Zeitung.

Fragend sah er sie an, bevor er den Blick auf die Zeilen hinabsenkte, die Rika so aufgewühlt hatten. Während er las, bewegte er stumm die Lippen.

„Das ist furchtbar", sagte Oliver betroffen. „Sag mal ... O Gott, Rika, ist dieser Pub, in dem ihr am Samstag wart, nicht ganz in der Nähe des ersten Tatortes?"

Sie nickte. „Ich habe ihn sogar gesehen. Den Tatort, meine ich. Ich ... ich wollte zu Fuß nach Hause gehen. Meine Jogging-Strecke entlang, du weißt schon."

„Bist du des Wahnsinns? Du kannst doch nicht einfach –"

„Darum geht es jetzt nicht, Oliver. Die Vorgehensweise des Mörders ..." Verstaubte Erinnerungen wagten sich aus ihren Höhlen. „Irgendetwas klingelt da bei mir, ich kann es nur nicht richtig einordnen."

„Wie bitte? Was redest du da?"

„Der Goethe-Killer ..."

Sie stand so abrupt von ihrem Stuhl auf, dass die hölzernen Beine geräuschvoll über den Parkettboden schrammten.

Jacob Haller.

Das Bild eines jungen Mannes, der mit entrücktem Blick in ihrer allerersten Vorlesung saß, stieg vor Rikas innerem Auge empor.

„Goethes Worte sind so schön, dass man sie sich in die Haut ritzen mag", sagte er laut zu einem seiner Kommilitonen. Nach wenigen Sekunden wechselte die Erinnerung ihre Gestalt und zeigte denselben Mann, wie er mit wutverzerrtem Gesicht in Rikas Büro saß.

„Wie können Sie es wagen, mir für dieses Meisterwerk eine 2,3 zu geben?", spie er ihr entgegen und klopfte mit den Fingerknöcheln immer wieder auf seine Hausarbeit, die auf ihrem Schreibtisch zwischen ihnen lag. „Sie verstehen meine Texte vollkommen falsch, habe ich recht? Manchmal glaube ich, Worte auf Papier sind nicht genug ..."

Die Szenerie wurde von einer weiteren, noch lebendigeren Erinnerung abgelöst.

Jacob saß auf den Stufen vor der Universitätsbibliothek, den Kopf in den Händen vergraben und neben ihm eine mitgenommen aussehende Ausgabe von Goethes *Die Leiden des jungen Werthers*. Rika kam auf ihn zu, ging vor ihm in die Hocke und sprach ein paar tröstende Worte.

„Nein, nein, es muss sein", sagte Jacob, „lassen Sie mich weinen. Je schlechter es mir geht, desto besser ist meine Poesie. Wissen Sie, wann die schöpferische Kraft am stärksten ist? Im Angesicht des Todes."

Die Bilder fielen in sich zusammen und wichen der Realität. Rika war schwindelig geworden.

„Jacob Haller", flüsterte sie und lief im Wohnzimmer auf und ab.

„Schatz, was ist los?"

„Der Goethe-Killer. Erinnerst du dich an den Studenten, von dem ich dir einmal erzählt habe? Den, der sein Literatur-Studium nach zwei Semestern an den Nagel gehängt hat, weil er seiner eigenen Aussage nach an schweren psychischen Problemen litt?"

Wie immer, wenn er sich an etwas zu erinnern versuchte, kniff Oliver das linke Auge zu.

„Dunkel", sagte er nach einer Weile. „Er hatte eine Vorliebe für düstere Texte, hast du gesagt. Und dass jedes Wort aus seinem Mund sich anhörte, als würde er einen Horrorfilm rezitieren."

„Ja", sagte Rika aufgeregt, „den meine ich." Elektrisiert ging sie zum Tisch zurück und griff nach ihrem Smartphone.

„Was tust du?", fragte Oliver irritiert.

„Ich informiere die Polizei."

„Die Polizei?! Rika, du kannst doch nicht mir nichts, dir nichts jemanden beschuldigen, der sich vor Jahren einmal seltsam verhalten hat."

„Ach nein? Was ist, wenn genau das der entscheidende Hinweis ist, der einen weiteren Mord verhindern kann?"

„Das ist absurd. Du hast entschieden zu viele Krimis gelesen." Er lachte glucksend und trank einen Schluck von seinem Kaffee. Rika konnte ihm ansehen, dass er erwartete, sie würde jeden Moment in sein Lachen einstimmen und ihm sagen, sie habe ganz einfach überreagiert.

Er hat gut reden. Oliver hatte den jungen Mann nicht erlebt, wenn er seine polemischen Reden schwang. Wenn er mit glühender Begeisterung von Blut, Tod und Verderben sprach und die Werke Goethes voller Besessenheit in jeder freien Minute konsumierte.

Der Goethe-Killer.

Nein, das konnte kein Zufall sein.

Rika drehte ihrem Mann den Rücken zu und wählte
die Nummer der zuständigen Polizeibehörde.

Montag, 23. September, 08:32 Uhr

Josef seufzte.

Sein unrasiertes, spitzes Gesicht, das sich schemenhaft im Lichtausschnitt der Tür spiegelte, war ein perfektes Abbild seines Innenlebens.

Er hatte drei Stunden geschlafen, so viel Kaffee getrunken, dass sein Herz albern herumstolperte, und zu allem Überfluss eine Schachtel Zigaretten aus den Untiefen seiner Schreibtischschublade befreit.

Seine Laune war auf dem Tiefpunkt – und das sah man ihm an.

Als Josef ins Besprechungszimmer trat, erstarben die Gespräche seiner Kollegen auf der Stelle.

Er konnte es ihnen nicht verübeln. Vermutlich würden ihm ebenfalls die Worte im Halse stecken bleiben, überlegte er, wenn er sich selbst gegenüberstünde.

„Wir haben ein Problem", sagte er anstelle einer Begrüßung, „ich denke, das dürfte uns allen klar sein."

Die Vernehmung des Zeugen, der den Fund der am Goethe-Denkmal abgelegten Leiche gemeldet hatte, war nicht mehr als eine reine Formsache gewesen und hatte sie keinen Schritt weitergebracht. Der Teenager war von seiner Entdeckung sichtbar schockiert gewesen. Mit großen Augen hatte er berichtet, auf dem Weg zu einem Kumpel an der Leiche vorbeigegangen zu sein und sofort einen Notruf abgesetzt zu haben. Er hatte niemanden gesehen, nichts Auffälliges beobachten können und kam darüber hinaus auch als Täter nicht infrage: Sein Alibi war vollkommen wasserdicht.

Das Nichtvorhandensein eines Tatverdächtigen allerdings wurde von den jüngsten Ereignissen noch übertroffen: Eine zweite Leiche war in der vergangenen Nacht unweit des stillgelegten S-Bahnhofes Zehlendorf Süd von einem alten Ehepaar gefunden worden. Auch diesem Opfer, einer jungen Frau, waren nach ihrer Ermordung grauenhafte Verse in die Haut geritzt worden:

Mein Wortgewand ziert deine Mitte'
Zäh und kalt dein totes Blut
Ach, wenn ich doch zu Grabe ritte
durch der verbrannten Träume helle Glut

Ebenso wie die Zeilen auf dem Rücken des ersten Opfers ließen sich auch diese keinem Urheber zuordnen. Alles, was sie bisher hatten herausfinden können, bezog sich auf die Todesursache; der Täter hatte die Frau vergiftet, anstatt ihr eine tödliche Wunde zuzufügen. Zwar hatte er ihr am Hals einen etwa acht Zentimeter langen Schnitt beigebracht, doch war dieser bei Weitem nicht tief genug gewesen, um den Exitus herbeizuführen.

„Toxikose durch eine Überdosis Paracetamol", hatte Tina ihm im Anschluss an die Obduktion mitgeteilt. Der Tod sei sehr langsam eingetreten – ähnlich wie bei dem ersten Opfer habe der Täter den Prozess des Sterbens also bewusst hinausgezögert.

Josef warf die Zeitung mit der aufdringlichen Schlagzeile auf den Tisch. Wütend tippte er mit dem Zeigefinger auf die riesigen Lettern, die den Namen *Goethe-Killer* bildeten.

„Ich korrigiere mich: Wir haben nicht nur ein Problem, sondern ziemlich viele. *Das hier* ist eins davon", sagte er überflüssigerweise, denn jeder Anwesende wusste, was es bedeutete, im Fokus der Öffentlichkeit zu ermitteln.

Entweder hörten die Presseleute den Polizeifunk ab, oder jemand aus den eigenen Reihen versorgte sie gegen ein kleines Taschengeld regelmäßig mit Informationen.

Er war es gewohnt, an Tatorten auf Fotografen zu treffen und kurze Zeit später die ersten Berichte in der Zeitung oder auf Online-Plattformen zu sehen. Vor allem die Boulevardblätter nahmen Verbrechen oft zum Anlass für eine reißerische Berichterstattung, bei der die Polizei nicht immer in einem guten Licht dastand.

Dass nun aber ungefragt wichtige Informationen zur Vorgehensweise des Mörders und die Identität der Opfer publiziert worden waren, machte Josef rasend.

Fehlt nur noch, dass sie die Botschaften dieses Irren zitieren.

Es war wichtig, bestimmte Details eines Mordes zurückzuhalten, um den Verlauf der Ermittlungen nicht zu gefährden. Das Wissen um das Markenzeichen des Mörders, konnte zu falschen Zeugenaussagen und im schlimmsten Fall sogar zu Nachahmungstaten führen.

„Aber auch abgesehen von dem Mist, den die Presse verzapft hat, sieht es verdammt düster aus", fuhr Josef fort.

Die ersten 48 Stunden nach einer Tat waren entscheidend.

Je mehr Zeit verstrich, desto verschwommener wurden die Erinnerungen der Zeugen und desto mehr wuchs die Gefahr, dass Spuren und Beweismaterial verloren gingen.

Nicht nur, dass sie bisher keinen Verdächtigen ausfindig machen konnten – sie hatten es darüber hinaus mit einem Serientäter zu tun, was die Sachlage um ein Vielfaches verkomplizierte. Einem überaus gründlichen Serientäter noch dazu, der weder Fingerabdrücke noch sonstige Spuren hinterließ und penibel hinter sich aufräumte.

In den Blicken seiner Kollegen las er Zustimmung.

Das zehnköpfige Team aus erfahrenen Ermittlern, Sachbearbeitern und Vernehmungsbeamten hatte Josef erst vor kurzem neu zusammengestellt. Es hatte eine Reihe von Veränderungen im Dezernat gegeben, deren Auswirkungen auch für Josef deutlich spürbar gewesen waren. Ein Kollege war gesundheitsbedingt ausgeschieden, zwei andere versetzt worden. Doch obwohl Josef die Arbeit seiner Leute sehr schätzte, war er auch froh darum, den neuesten Team-Mitgliedern die Möglichkeit geben zu können, sich zu bewähren.

„Unser Täter mordet schnell – viel zu schnell – und trotzdem gewissenhaft. Er hat uns keine einzige verfluchte DNA-Spur zurückgelassen. Es ist sehr wahrscheinlich, dass es weitere Tote geben wird, das brauche ich euch ja nicht zu sagen. Und das vermutlich schon bald. Die hohe Frequenz dieser Morde ist kein Zufall. Vielleicht ist der Täter krank, vielleicht beeilt er sich aus anderen Gründen. So oder so, dieser Kerl hat einen ausgeprägten Geltungsdrang und will uns mit seinen Zeilen irgendetwas mitteilen. Es wird allerhöchste Eisenbahn, herauszufinden, was das sein soll."

Nadia Almasi, eine frisch zum Team dazugestoßene Kommissarin aus der Göttinger Mordkommission, hob die Hand. „Entschuldige, Josef, aber ich kann nur wiederholen, was ich dir vorhin schon gesagt habe: Wir wissen nicht, ob der Täter männlich oder weiblich ist. Der Tod durch Vergiften spricht eher für eine Frau als für einen Mann."

Er unterdrückte ein Augenrollen. „Lassen wir nicht außer Acht, dass Fund- und Tatort nicht identisch sind."

„Soll heißen? Dass Frauen körperlich nicht in der Lage sind, Leichen von A nach B zu transportieren? Selbst wenn wir das pauschal annehmen würden, könnte die Täterin Hilfe gehabt haben."

„Möglich wäre es, ja", räumte Josef ein, um schnellstmöglich zum nächsten Punkt seiner Ansprache zu gelangen.

Obwohl der Einwand seiner Kollegin durchaus berechtigt war, glaubte er zu wissen, dass sie es mit einem Mann zu tun hatten. Sein Instinkt hatte ihn im Laufe seiner Karriere nur selten getäuscht.

„Vom Geschlecht des Täters einmal abgesehen, bleibt die Frage, wie er die Opfer unbemerkt zu seinen auserkorenen Ablageorten schaffen konnte. Berlin ist kein Dorf. Irgendjemand muss ihn gesehen haben." Er fing Nadias Blick auf und hob abwehrend die Hände. „Ihn oder sie. Verzeihung. Also: Die zweite Leiche wurde hier, 500 Meter südlich der stillgelegten Haltestelle Zehlendorf Süd gefunden." Josef deutete auf die mit Nadeln bespickte Karte Berlins, die an die Korkwand zu seiner Linken gepinnt war. „So weit vom ersten Fundort entfernt, dass der wahrscheinliche Wohnort des Täters sich nur grob eingrenzen lässt. Es hilft nichts, wir müssen unsere Augen überall haben. Bisher sind diese *Gedichte*", er sprach das Wort nicht ohne Ekel aus, erschien es ihm doch in diesem Zusammenhang so fehl am Platz, „auf den Rücken der Opfer alles, was wir haben. Prägt euch jeden dieser Sätze ein, lernt sie meinetwegen auswendig. Beschäftigt euch so lange mit ihnen, bis sie irgendeinen Sinn ergeben. Ich möchte außerdem wissen, ob irgendeine wie auch immer geartete Verbindung zwischen beiden Frauen besteht. Jedes noch so kleine Detail über die zweite Tote muss in Erfahrung gebracht werden. Zusätzlich müssen wir einen Fallanalytiker hinzuziehen. Susanna, bitte frage Konstantin Katsaros an. Wir brauchen so schnell wie möglich ein vollständiges Täterprofil, um –"

Josefs Ansprache wurde von einem Klopfen unterbrochen.

„Ja?", bellte er unfreundlicher als beabsichtigt.

Janina Tesch, eine junge Beamtin im ersten Dienstjahr, steckte schüchtern den Kopf zur Tür herein. Sie war damit betraut worden, Hinweise von Zeugen entgegenzunehmen, die auf den vor wenigen Stunden gestarteten Aufruf über das Fernsehen und die sozialen Medien folgten.

„Bitte entschuldigen Sie die Störung, Herr Winter. Wir haben eine neue Zeugin am Telefon. Sie hat darauf bestanden, direkt mit Ihnen zu sprechen."

Josef hatte der neuen Kollegin bereits vor Monaten das „Du" angeboten, doch das schien sie angesichts der vielen Augenpaare, die nun auf sie gerichtet waren, vergessen zu haben. Er seufzte.

Wehe, wenn das nur jemand ist, der sich wichtig machen möchte.

Es wäre nicht das erste Mal, dass so etwas passierte. Oft schon hatte Josef erlebt, dass Anrufer keinen einzigen sachdienlichen Hinweis zur Tat parat und die Nummer der polizeilichen Hotline aus plumper Neugier gewählt hatten.

„Ich bin gleich zurück", verkündete er den Ermittlern, die erwartungsvoll von ihm zu Janina sahen. Er folgte der jungen Kollegin den Flur entlang, an dessen Ende ihr Büro lag.

„Hat die Anruferin zumindest sagen können, worum es geht?", fragte er, bevor er den Hörer abnahm.

Janina schüttelte den Kopf. „Sie behauptete, es sei wichtig und sie müsse dringend mit dem leitenden Ermittler der Mordkommission sprechen, um sicherzugehen, dass ihr Hinweis ernstgenommen werde."

Josef runzelte die Stirn. „Winter", meldete er sich am Telefon.

„Herr Josef Winter?", fragte eine helle, ein wenig aufgeregt klingende Frauenstimme.

Herrgott, was glaubt sie denn, wie viele Winters hier arbeiten?

„Ja, mit dem sprechen Sie."

„In Ordnung. Mein Name ist Rika Hohenstedt. Ich glaube, es gibt da etwas, das Ihnen weiterhelfen könnte."

„Ich bin ganz Ohr, Frau Hohenstedt."

Ohne sie zu unterbrechen, hörte Josef sich an, was die Anruferin zu sagen hatte. Bereits nach wenigen Sätzen sah er seine Befürchtungen hinsichtlich der Tauglichkeit ihrer Informationen bestätigt: Rika Hohenstedt äußerte nichts als eine Reihe von Vermutungen und schilderte Begebenheiten, die bereits viele Jahre zurücklagen.

„Ich weiß, wie verrückt das für Sie alles klingen muss", schloss sie ihren Bericht, „aber ich bin mir sicher, dass mein Gefühl mich nicht trügt, auch wenn ich es mir wünschen würde."

Noch während Rika Hohenstedt sprach, erschien Matthias Weber, einer der Mordermittler aus Josefs Team, im Türrahmen. Das breite Gesicht des 50-Jährigen war von roten Flecken übersät, die sich immer dann auf seiner Haut ausbreiteten, wenn er wegen irgendetwas aufgeregt war.

„Wichtig", formte er stumm mit den Lippen.

„Einen Moment, bitte, Frau Hohenstedt. Bleiben Sie kurz in der Leitung." Josef stellte die Anruferin auf stumm und sah seinen Kollegen an. „Ja?"

„Josef, wir haben einen Hauptverdächtigen. Die Kollegen von der Streife haben gerade einen Mann in Gewahrsam genommen, der eine Stunde lang um den zweiten Tatort herumgeschlichen ist und sich eigenartig verhalten hat. Als die Kollegen zu ihm kamen, um ihm ein paar Fragen zu stellen, hat er die Flucht ergriffen. Dreimal darfst du raten, wie er sich herauszureden versucht hat, nachdem sie ihn überwältigt hatten."

Josef machte eine ungeduldige Handbewegung. Er hatte keine Zeit für Spielchen.

„Er kannte beide Frauen und wollte sich von ihnen verabschieden." Matthias' Augen blitzten. Ihm war deutlich anzusehen, wie sehr die Neuigkeiten ihn begeisterten.

Auch Josef war froh um diese unerwartete Wendung des Tages, der so schlecht begonnen hatte.

„Na endlich, das ist doch mal etwas Handfestes. Verschieb die Besprechung auf heute Abend. Ich möchte bei der Vernehmung dabei sein."

Matthias nickte eifrig und verschwand wieder auf den Flur hinaus.

Das ist gut, dachte Josef und drängte die Vorahnung, dass der Fall trotz heißer Spur noch lange nicht abgeschlossen sein würde, an den äußersten Rand seines Bewusstseins. Mit einem Tastendruck holte er Rika Hohenstedt aus der Warteschleife zurück.

„Frau Hohenstedt? Sind Sie noch da?"

„Ja."

„Ich danke Ihnen für Ihren Hinweis. Wie meine Kollegin Ihnen zu Beginn sicher schon mitgeteilt hat, wurde dieses Gespräch aufgezeichnet. Wir werden Ihre Aussage zu Protokoll geben und uns wieder bei Ihnen melden, wenn sich Rückfragen ergeben."

„In Ordnung. Danke für Ihre Zeit."

Josef fand, dass Rika nun kein bisschen mehr aufgeregt klang. Eher wie jemand, den der Exkurs in die eigenen Erinnerungen gnadenlos erschöpft hatte.

Und wie jemand, der sich eine andere Reaktion auf seine Informationen erhofft hat.

Aber darauf konnte er keine Rücksicht nehmen. Immerhin wartete ein Tatverdächtiger darauf, vernommen zu werden.

„Einen schönen Tag noch, Frau Hohenstedt."

„Danke. Für Sie auch, Herr Winter."

Josef legte auf, überließ Janina wieder das Telefon und eilte den Flur entlang. Als er den Aufzug betrat, um hinunter zum Vernehmungszimmer zu fahren, hatte er die Anruferin schon fast wieder vergessen.

Montag, 23. September, 09:02 Uhr

Langsam ließ Rika das Handy sinken.

Ein paar Sekunden lang starrte sie in der irrwitzigen Hoffnung, der Mordermittler würde zurückrufen, auf das Display. Dann schüttelte sie den Kopf und gab einen leisen Laut der Verzweiflung von sich.

„Ist alles in Ordnung?", fragte Oliver.

„Ja. Nein. Ich glaube, ich halte Josef Winter für ein Arschloch."

Bei Gott, hatte sie das gerade wirklich gesagt?

Nervös lachte Rika auf und setzte sich zurück an den Esstisch. Sie vermied es bewusst, den noch aufgeschlagenen Zeitungsartikel zum Goethe-Killer anzusehen.

„Ein *Arschloch?*" Olivers Sorge wandelte sich in Belustigung. Breit grinsend sah er sie an. „Alle Achtung. Erst die Boulevardzeitung und dann auch noch Schimpfwörter. Wer sind Sie und was haben Sie mit meiner Frau gemacht?"

Rika konnte ihm diese Frage nicht verübeln. Tatsächlich vermutete sie, dass ihr Mann sie im Laufe ihrer Beziehung noch nie fluchen gehört hatte. Für gewöhnlich achtete sie penibel auf einen höflichen Umgangston – auch dann, wenn die Personen, über die sie sprach, nicht anwesend waren. Das höchste der Gefühle war ein halbherziges „Du Blödmann“ gewesen, das sie Oliver einmal an den Kopf geworfen hatte, als er mit einer Halloween-Maske hinter der Badezimmertür hervorgesprungen war. Josef Winter aber hatte ihr das Gefühl gegeben, dass sie seine Zeit verschwendete – und damit einen wunden Punkt getroffen.

„Er hat mich nicht ernst genommen“, rechtfertigte Rika ihre Aussage, „kein bisschen, das konnte ich deutlich heraushören. Zwischendurch war ich sogar kurz in der Warteschleife. Ich meine, wozu ruft die Polizei dazu auf, sich mit Hinweisen jederzeit zu melden, wenn sie am Ende sowieso nicht interessiert ist?“ Sie zuckte die Achseln.

„Nimm das doch nicht gleich so persönlich. Es gibt aktuell sicher eine Menge Anrufe. Auch solche, die wirklich kein bisschen hilfreich sind. Außerdem darfst du nicht vergessen, dass es – nun ja – schlichtweg keine konkreten Beweise für deine Behauptungen gibt.“

Rika setzte zu einer Erwiderung an, die sie dann jedoch zusammen mit einem Bissen von ihrem Brötchen herunterschluckte. Vermutlich würde sie Oliver ebenso wenig von der Untrüglichkeit seines Bauchgefühls überzeugen können wie die Polizei.

„Vergessen wir das.“ Sie faltete die Zeitung zusammen und stellte ihren Kaffeebecher darauf ab. „Immerhin hast du heute Geburtstag. Was möchtest du unternehmen?“

Wie jedes Jahr äußerte Oliver auch dieses Mal den Wunsch, zu Hause zu bleiben und einen gemütlichen Tag miteinander zu verbringen. Nachdem sie eine Runde Karten gespielt und sich einen Film angesehen hatten, kündigte er schließlich an, noch etwas Papierkram erledigen zu müssen. Rika war es gewohnt, dass ihr Mann selbst an Geburts- und Feiertagen nicht davon ablassen konnte, wenigstens ein paar Stunden zu arbeiten. Für gewöhnlich versuchte sie ihn trotz geringer Erfolgschancen davon abzubringen. Heute jedoch kam es ihr sogar gelegen, dass Oliver sich ins Arbeitszimmer zurückzog.

Obwohl sie sich bemüht hatte, ihre Gedanken in eine Richtung zu lenken, die von Jacob Haller fortführte, war der ehemalige Student in ihrem Kopf erschreckend präsent. Rikas Bedürfnis, etwas über seine jetzigen Lebensumstände zu erfahren, ließ sich nicht länger niederringen.

Wenn die Polizei es nicht für nötig hielt, Haller zu durchleuchten, würde sie es eben selbst übernehmen. Zumindest von ihrem Schreibtischstuhl aus.

Rika warf einen verstohlenen Blick über die Schulter, ehe sie ihren Laptop öffnete. Im Grunde hatte es Oliver nicht zu kümmern, dass sie ein paar harmlose Recherchen anstellte. Dennoch wollte sie ihm keinen Anlass geben, sich um ihre Gesundheit zu sorgen – und das tat ihr Ehemann oft, wenn sie sich zu sehr in eine Sache hineinsteigerte. Die Vergangenheit hatte gezeigt, dass diese Sorge nicht unbegründet war. Denn wann immer Rika sich über einen längeren Zeitraum einer Situation aussetzte, die für sie eine unbekannte Form von Stress darstellte, bestand die Gefahr, dass ihr Körper sich dafür rächte – und zwar auf eine Art und Weise, die schon so manches Unheil über ihre Seele gebracht hatte.

So schlimm wie damals wird es niemals wieder werden, sprach sie sich im Stillen Mut zu und wischte die Gedanken an das dunkelste Kapitel in ihrem Leben fort, bevor es ihr etwas anhaben konnte.

Nervös öffnete Rika den Browser, rief die Startseite von Facebook auf und meldete sich mit ihren Benutzerdaten an. Dann klickte sie auf das lupenförmige Symbol, tippte den Namen des ehemaligen Studenten in die Suchleiste ein und scrollte sich durch eine Liste zwanzig möglicher Jacob Hallers in ihrer Umgebung.

„Bitte, bitte, lass ihn einfach nicht mehr in Berlin wohnen, damit die Sache gleich vom Tisch ist", murmelte Rika. Doch ihr Wunsch erfüllte sich nicht – etwa fünf Minuten und einige Profilbildaufrufe später hatte sie ihn gefunden. Jacob Haller war 28 Jahre alt, Single und arbeitete seinen eigenen Angaben nach zu urteilen als selbständiger Marketing Manager. Bis auf ein paar wenige Falten, die sich vor allem über Stirn und Nasenwurzel zogen, sah er noch genauso aus wie damals. Dasselbe verwegene Lächeln zeichnete sich auf seinen Lippen ab, immer noch lagen graue Schatten unter seinen Augen und sogar die unordentliche Frisur war die gleiche geblieben.

Einzig Jacobs finanzielle Situation schien sich deutlich verbessert zu haben. Mal lehnte er sich auf einem seiner Fotos an ein teures Auto, mal ließ er es sich an einem karibischen Strand gutgehen. Auffallend oft hatte er sich außerdem vor einem Fenster fotografiert, in dessen Scheiben sich die Berliner Museumsinsel spiegelte.

Ob er die Bilder in seiner Wohnung aufgenommen hatte?

Es kribbelte Rika in den Fingern, es herauszufinden. Aufmerksam klickte sie sich durch jeden einzelnen Beitrag, den Jacob Haller innerhalb seiner vier Jahre auf der Plattform geteilt hatte.

Bald schon stellte sie enttäuscht fest, dass nichts an seiner Eigendarstellung in den sozialen Medien Rückschlüsse auf die dunkle Seite zuließ, derer Rika vor so vielen Jahren ansichtig geworden war. Eine „Gefällt-mir-Angabe" auf der Seite „Goethes gesammelte Werke" war alles, was der ehemalige Student über seine persönlichen Vorlieben preisgab.

Was hast du erwartet, dachte Rika spöttisch, *dass er unter Hobbys „Töten" angegeben hat?*

Ihr Herzschlag beschleunigte sich merklich, als sie den Cursor wie von selbst zum Nachrichten-Symbol bewegte.

Sie war sich des Wahnsinns bewusst, den es brauchte, um einem potentiellen Doppelmörder zu schreiben. Dennoch flogen ihre Finger kaum einen Wimpernschlag später in Höchstgeschwindigkeit über die Tastatur.

Hallo Jacob,
ich bin durch Zufall auf Ihr Profil gestoßen und dachte mir, ich lasse mal ein paar liebe Grüße da. Es freut mich, zu sehen, dass Sie beruflich Fuß fassen konnten.
Alles Liebe
Ihre ehemalige Professorin Rika

Noch während sie sich fragte, ob sie wohl von allen guten Geistern verlassen war, klickte sie auf „Senden".

Dann schlug sie ihren Laptop mit einem flauen Gefühl im Magen zu. Die Erkenntnis sickerte zäh wie Sirup in ihr Bewusstsein: Wenn Jacob Haller wirklich der
Goethe-Killer war, spielte sie gerade mit nichts Geringerem als ihrem eigenen Leben.

KAPITEL 7

Montag, 23. September, 10:15 Uhr

Der Verdächtige hieß Ruben Ziegler, war 23 Jahre alt und trug ein T-Shirt mit dem Aufdruck „Ich hab keine Macken. Das sind Special Effects".

Josef war von diesen Special Effects, die sich hauptsächlich in nervösem Augenzucken und permanentem Fingernägelkauen äußerten, allmählich ein wenig genervt. Er trank einen Schluck seines kalt gewordenen Kaffees, atmete tief durch und sah den jungen Mann scharf an.

„Also, nochmal von vorn: Sie waren rein zufällig mit beiden Opfern über die sozialen Medien vernetzt, haben aber weder die eine noch die andere Frau persönlich gekannt. Trotzdem hat ihr Tod Sie so sehr getroffen, dass Sie sich an den Tatorten, die Sie aus der Presse kannten, von ihnen verabschieden mussten. Dafür wollten sie möglichst allein sein, denn Sie hatten die geniale Idee, über eine Geisterbeschwörung mit den Toten Kontakt aufnehmen zu können. Habe ich soweit alles richtig zusammengefasst?"

„Ja."

Josef faltete die Hände auf dem Tisch und ließ seine Fingerknöchel knacken. „Ich frage Sie noch einmal: Wollen Sie mich für dumm verkaufen, Herr Ziegler?"

Der Verdächtige schien immer tiefer in seinen Stuhl zu sinken. Obwohl er darüber belehrt worden war, sich nicht selbst belasten zu müssen, hatte er zu Beginn der Vernehmung minutenlang ununterbrochen geredet. Er sei unschuldig und habe daher nichts zu befürchten, deswegen brauche er auch keinen Anwalt, hatte Ziegler mit roten Wangen und hervorquellenden Augen erklärt.

Sein Selbstbewusstsein war jedoch nach und nach in sich zusammengefallen. Offenbar hatte er nicht damit gerechnet, dass sein Handeln jenseits seiner eigenen Wahrnehmung alles andere als nachvollziehbar war.

„Es ist genauso, wie ich es Ihnen erzählt habe", sagte er kleinlaut. „Ich … ich hab mir nichts dabei gedacht. Keine Ahnung, ich stehe einfach auf so ein Zeug. Gläserrücken, Pendeln, Sie wissen schon … Da kam ich eben zu dem Schluss, dass das doch eine gute Möglichkeit wäre, Lydia und Sabrina Lebewohl zu sagen. Und … na ja … Sie vielleicht sogar zu fragen, wer es war, der Sie umgebracht hat."

Nele Lamprecht, Josefs Kollegin, warf ihm einen Blick zu, den er nach jahrelanger Zusammenarbeit sofort zu deuten wusste. Er besagte so viel wie: „Verrückt, ja, aber nicht unser Mann." Die Fakten sprachen dafür, dass sie recht hatte. Ruben Ziegler war so dürr, dass Josef sich fragte, wie er sich überhaupt auf den Beinen halten konnte. Eine Leiche zu transportieren und abzulegen, ohne sich dabei den Rücken zu brechen, dürfte für ihn so gut wie unmöglich sein.

Hinzu kam, dass er keine sichtbaren Verletzungen an Händen, Armen oder im Gesicht aufwies. Nicht selten versuchten Mordopfer, sich in den letzten Sekunden ihres Lebens zu wehren. Selbst wenn dies durch Fesseln oder ähnliche Vorkehrungen nicht möglich war, ging dem Töten doch in der Regel ein Moment des Überwältigens oder der Entführung voraus. Auch in einer solchen Situation kam es unter Umständen zu einem Kampf.

Ruben Zieglers Hände jedenfalls sahen so gepflegt und zart aus, als habe er gerade eine Maniküre hinter sich.

Dennoch *wollte* Josef ganz einfach nicht, dass Neles still geäußerte Vermutung der Wahrheit entsprach.

Sie brauchten einen Täter. Und solange Josef nicht mit hundertprozentiger Sicherheit ausschließen konnte, dass Ruben Ziegler genau das war, würde er in ihm auch keinen Unschuldigen sehen.

„Dass Sie beide Frauen kannten, soll ich nach wie vor als Zufall abtun? Verstehe ich das richtig?"

„Ja! Sie müssen mir glauben. Lydia und Sabrina haben tausende Follower auf Instagram. Ich habe zuerst Lydias Account entdeckt. Vor ein paar Monaten war das. Wenn man Profilen mit ähnlichen Themenschwerpunkten folgt, werden einem verwandte Accounts vorgeschlagen. Das ist irgend so eine Algorithmus-Geschichte. Fragen Sie Ihre Leute aus der IT!"

Josef verengte die Augen zu Schlitzen. „Das werde ich. Aber vorher dürfen Sie mich gern in einer Sache erleuchten, Herr Ziegler: Wie können Sie den Namen der Toten kennen, wo er doch noch gar nicht öffentlich kommuniziert worden ist?"

Der Verdächtige lief so rot an, dass Josef sich ernsthaft um seinen Blutdruck zu sorgen begann.

„Okay, also ... Lydia und Sabrina sind – waren – Influencerinnen. Influencerinnen sind ständig online. *Ständig.* Sie lassen ihre Follower an ihrem Leben teilhaben und ... na ja ... wenn sie einmal durch irgendetwas verhindert sind, melden sie sich ab. So läuft das in dem Business. Immerhin verdienen sie ihren Lebensunterhalt damit. Seit ich auf Sabrinas Profil unterwegs bin, ist es nicht ein einziges Mal vorgekommen, dass sie über mehrere Stunden hinweg offline war. Sie hatte für gestern einen Livestream angekündigt ... Mit Countdown und allem drum und dran. Und trotzdem hat sich auf ihrem Profil nichts getan. Bei Lydia war es genauso! Da habe ich einfach eins und eins zusammengezählt."

„Aha", sagte Josef unbeeindruckt. „Vielleicht sollten Sie das mit dem Zählen lassen. Sabrina war deutlich älter als Lydia. Sie hatte einen Sohn und einen Teilzeit-Job, beides hat sie auf ihrem Profil offen kommuniziert. Es gibt keinerlei Indizien dafür, dass sie ihr Geld als Influencerin verdient hat." Josef fand den Trend, mit gutem Aussehen und einem Gespür für Mode Geld zu verdienen, äußerst fragwürdig. Er hoffte inständig, dass seine Töchter später einmal einen vernünftigen Beruf erlernten.

„Aber sie *wollte*", protestierte Ziegler. „Ihre Follower-Anzahl ist stetig gestiegen und in einem Q&A hat sie einmal gesagt, sie würde sich wünschen, von Social Media leben zu können. Klar, sie hatte noch lange nicht so viele Anhänger wie Lydia, aber –"

„Womit?", fragte Josef entnervt.

„Question and answer", half Nele amüsiert aus, die ganz genau wusste, worüber ihr Kollege gestolpert war. „Du kannst auf Instagram Fragerunden starten."

Josef machte eine wegwerfende Handbewegung. „Hervorragend. Angenommen, Sie erzählen mir tatsächlich die Wahrheit. Warum verbringen Sie dann so viel Zeit damit, sich durch die Bilder und Videos dieser Frauen zu klicken?"

Ziegler geriet sichtlich in Erklärungsnot. Nervös rang er die Hände.

„Es ... es ist doch nicht verwerflich, hübschen Frauen zu folgen, oder? Im Internet natürlich! Nicht im realen Leben."

„Vielleicht nicht, nein. Eine andere Sache ist es, diese Frauen durch irgendeinen makabren Hokuspokus zurückholen und mit ihnen sprechen zu wollen, meinen Sie nicht? Vor allem dann, wenn Sie vorher stundenlang um den Tatort herumschleichen."

„Aber es *musste* dort sein. Wegen der Schwingungen. Ich habe nur den besten Moment abpassen wollen."

Josef mahnte sich zur Geduld. Einen Moment lang genoss er die Vorstellung, den jungen Mann an den schmalen Schultern zu packen und den Unsinn, den er von sich gab, aus ihm herauszuschütteln.

„Und dieser beste Moment war also mitten am Tag? Beschwört man Geister nicht bevorzugt nachts?"

Mit einem Schlag kehrte Zieglers Selbstvertrauen zurück. „Eine Séance ist nicht uhrzeitgebunden", dozierte er. „Viel wichtiger ist es zum Beispiel, vorher keinen Alkohol zu trinken und auf das Rauchen zu verzichten. Die Atmosphäre an einem Tatort ist, unabhängig von Licht und Dunkelheit, immer dieselbe."

„Natürlich." Die stickige Luft im Verhörraum machte Josef zu schaffen. Es wurde Zeit, diese Farce zu beenden. „Herr Ziegler, ich hätte gern eine DNA-Probe von

Ihnen. Dazu müssen Sie sich allerdings ausdrücklich einverstanden erklären und –"

„He, kein Problem, ich bin zu allem bereit, okay? Entnehmen Sie mir, was Sie wollen. Speichel, Blut, Haare – ich bin dabei, sowas von dabei."

Aufgeregt rutschte der junge Mann auf seinem Stuhl hin und her.

Josef grunzte. „Nele, kümmerst du dich darum? Ich würde jetzt gern meine Besprechung fortsetzen."

„Klar, Chef."

„Super."

Josefs Rücken knackte, als er von seinem Stuhl aufstand.

Er machte bei weitem zu wenig Sport. Zu Beginn seiner Karriere war das Fitness-Studio sein zweites Zuhause gewesen. Mittlerweile jedoch gestatteten ihm seine mickrigen Energie-Reserven kaum noch sportliche Aktivität.

„Herr Winter!" Gerade wollte er die Tür öffnen, als Ruben Ziegler seinen Namen rief. Genervt drehte er sich zu dem Verdächtigen um.

„Ja?"

„Ich … ich weiß nicht ganz, wie ich es sagen soll."

„Dann überlegen Sie es sich bitte schnell. Ich habe noch einiges zu erledigen."

Ruben machte ein gequältes Gesicht. „Leute wie ich, die Kontakt mit dem Jenseits aufnehmen können, haben ein Gespür dafür, wann der Tod sich nähert. Sie hat er schon oft angesehen, stimmt's? Und er wird es wieder tun. Sehr bald schon."

Dienstag, 24. September, 01:35 Uhr

Als Rika die Augen aufschlug, sog sie röchelnd die Luft ein. Eine bleischwere Panik drückte auf ihren Brustkorb und brachte ihr Herz zum Erzittern.

Sie brauchte ein paar Sekunden, um sich gewahr zu werden, wo sie sich befand: im mittleren Stockwerk des Treppenhauses, allem Anschein nach auf dem Weg nach unten. Die Hand, mit der sie sich am Geländer festklammerte, zitterte.

Immer noch flach atmend, ließ Rika den Blick an sich hinunterwandern. Sie trug einen falsch zugeknöpften Mantel über ihrem Pyjama und hatte sich ihre Winterstiefel angezogen.

Es passiert wieder. O mein Gott.

Die Intensität der Erinnerungen zwang Rika, sich hinzusetzen. Allzu präsent waren die Zeiten, in denen der Schlaf schon einmal ihr Feind gewesen war. Zeiten, in denen sie an Orten aufgewacht war, die ihr Angst eingejagt hatten.

Rika war neun Jahre alt gewesen, als diese Angst Einzug in ihr Leben gehalten hatte.

Es war eine kalte Novembernacht gewesen; grau, feucht und neblig.

Schneidend hatte der Wind über das Feld gefegt, auf dem Rika sich wiedergefunden hatte, nachdem sie doch gerade erst von ihren Eltern ins Bett gebracht worden war. Selbst jetzt noch, Jahre später, spürte sie den Frost unter den Füßen und das dünne Nachthemd, das klamm vor Schweiß an ihrem Körper klebte.

Es hatte Stunden gedauert, bis sie wieder nach Hause gefunden hatte. Stunden, in denen ihr die Tränen der Verzweiflung über die Wangen geronnen waren.

Rika, bis zu jenem Tag ein fröhliches Kind, war seitdem nicht mehr dieselbe gewesen. Sie hatte sich in einen Kokon zurückgezogen, den ihre Seele niemals als strahlend schöner Schmetterling verlassen würde. Die Metamorphose hatte ihre Sorglosigkeit in eine hungrige Furcht verwandelt.

„Somnambulismus kann genetisch bedingt sein“, hörte sie den Arzt sagen, den ihre Mutter vor beinahe dreißig Jahren konsultiert hatte, „oder als Folge fieberhafter Erkrankungen auftreten. Stress gilt ebenfalls als mögliche Ursache. Außerdem können –“

„In unserer Familie schlafwandelt niemand!“, war Rikas Vater, der die ganze Zeit über stumm in einer Ecke des Behandlungszimmers gesessen hatte, dem Arzt ins Wort gefallen.

Er hatte gelogen.

Das Licht im Treppenhaus erlosch mit einem Klicken. Rika löste sich aus der Starre, in die ihr gedanklicher Exkurs in die Vergangenheit sie hatte fallen lassen. Augenblicklich registrierten die Lichtsensoren ihre Bewegung und fluteten das Treppenhaus wieder mit Helligkeit.

Erst jetzt bemerkte Rika den zerknüllten Zettel, der zwei Stufen unter ihr lag. Gehörte er zu ihr? Hatte sie ihn fallenlassen?

Rika bückte sich danach, faltete das Papier auseinander und erkannte darauf ihre eigene Handschrift. Es waren ihre Notizen zu Jacob Hallers Antwort auf die Nachricht, die sie ihm am gestrigen Nachmittag geschickt hatte.

Liebe Frau Hohenstedt,
wie schön, von Ihnen zu hören. Ich erinnere mich gern an die Zeit an der Uni zurück – auch wenn ich Berlin zwischenzeitlich ein paar Jahre lang den Rücken kehren musste, um meinen Weg zu finden. Umso froher bin ich, wieder hier zu sein. Kann ich irgendetwas für Sie tun? Wenn Sie in Sachen Marketing meine Hilfe brauchen, kommen Sie doch einfach in mein Büro. Bodestraße 17. Wenn es sich um eine Privatangelegenheit handelt: Engeldamm 60. In diesem Fall bringen Sie aber bitte eine Flasche Rotwein mit – und erfragen am besten, ob ich zu Hause bin. Vor verschlossenen Türen steht es sich nicht gut.
LG
Jacob

„Ich war auf dem Weg zu ihm", murmelte Rika entsetzt. Hohl klangen ihre Worte von den kahlen Wänden wider.

Im selben Moment hörte sie, wie sich über ihr eine Tür öffnete.

„Rika?! Bist du da?"

Ohne ihre Antwort abzuwarten, rannte Oliver die Treppen hinunter. Eilig knüllte sie den Zettel wieder zusammen und ließ ihn in ihrer Jackentasche verschwinden.

„O nein ... Geht es wieder los?" Oliver war auf Rikas Etage angelangt. Allem Anschein nach war er gerade aus dem Schlaf hochgeschreckt. Die Haare standen ihm zu Berge und auf seiner linken Wange prangte ein Kissenabdruck.

Auf einmal empfand Rika eine fürchterliche Scham gegenüber ihrem Mann. Wie sie dort stand, die falsch zugeknöpfte Jacke und die gemusterte Pyjamahose aus den Winterstiefeln hervorlugend, kam sie sich vor wie eine neunjährige Version ihrer Selbst, die ihrem Vater gegenüberstand.

Oliver ist nicht wie er, rief sie sich in Erinnerung. *Und ich bin es auch nicht!*

„Es tut mir leid", sagte sie trotzdem.

„Hör bitte auf, dich dafür zu entschuldigen. Geht es dir gut? Hast du dir wehgetan?"

„Nein, alles in Ordnung."

Erleichtert atmete Oliver auf, stellte sich neben Rika und bot ihr den Arm dar. Aus ihren Erzählungen wusste er, wie sehr sie die Attacken erschöpften. Dankbar hakte sie sich bei ihrem Mann unter und ließ sich von ihm zurück in die Wohnung führen.

„Würdest du mir einen Tee machen?", fragte sie kleinlaut. Als Kind hatte ihre Mutter ihr immer eine Tasse Hagebuttentee zubereitet, wenn es Rika schlechtging. Vor allem nach ihren unfreiwilligen nächtlichen Ausflügen hatte das heiße Getränk eine beruhigende Wirkung auf sie gehabt.

„Natürlich."

„Danke." Rika wankte ins Schlafzimmer.

„Schatz?“

„Ja?“

„Diese Sache mit dem Goethe-Killer ... Wie intensiv hast du dich damit beschäftigt?“

Ertappt nestelte Rika am Kragen ihres Schlafanzugoberteils.

„Na ja. Ich denke schon darüber nach. Es beschäftigt mich, dass es so viele Parallelen zu Jacob Haller gibt. Und vor allem, dass die Polizei meinem Hinweis wahrscheinlich nicht nachgehen wird.“

Oliver sah betroffen aus. „Wenn du doch weißt, dass es deine Attacken auslösen kann, wieso versuchst du nicht, diesen Irren zu vergessen?“

„Ich ... ich glaube, ich fühle mich irgendwie verantwortlich.“

„Bitte, Rika. Das ist doch Unsinn. In ein paar Tagen beginnt das Semester, bis dahin musst du fit sein. Versprich mir, dass du diesen Mörder Mörder sein lässt und einfach darauf vertraust, dass die Polizei ihren Job macht. Es ist jetzt wichtiger, an dich zu denken, okay?“

Nein, ist es nicht. Es geht um Menschenleben. Ich muss wissen, ob Jacob Haller wirklich etwas mit alledem zu tun hat.

„Okay.“

Dienstag, 24. September, 11:28 Uhr

Die junge Frau sah friedlich aus.

Wie ein Engel, dem man die Flügel gebrochen und der sich sein Lächeln trotzdem bewahrt hatte, dachte Josef.

Ihre goldblonden Haare umgaben ihren Kopf wie ein Heiligenschein. Die Augen hatte sie geschlossen, die Lippen leicht geöffnet. Das Leid hatte vor ihrem Gesicht Halt gemacht und sich dafür umso tiefer in den Rest ihres Körpers gefressen. Vor allem am Bauch des Opfers hatte der Mörder sich ausgelassen.

Josef schauderte beim Anblick der klaffenden Wunden, die auch bei dieser jungen Frau Buchstaben bildeten.

Aus deinen Blicken will ich trinken
was der Tod hineingemalt
Wie tief noch soll mein Herz denn sinken
bevor's im Knochenrausch erstrahlt?

Das Werk des Mörders mutete besonders bestialisch an, da unter anderem ein großflächiges Tattoo auf der Hüfte des Opfers zerschnitten worden war. Nur noch Bruchteile der schwarzen Tinte waren zu erkennen.

Tina, die während der äußeren Leichenschau alle Beobachtungen in ihr Diktiergerät gesprochen hatte, war von einem Tattoo zu Ehren der Familie ausgegangen.

„Filigrane Schriftzüge mit Namen, nicht vollständig zu entziffern. Gesichter mehrerer Personen, teilweise sichtbar. Möglicherweise Namen und Konterfeie der Eltern oder Großeltern", hatte sie referiert, während Josef von einem Gefühl tiefsten Mitleids überwältigt worden war.

Der Gedanke daran, dass die Angehörigen der jungen Frau sie würden identifizieren müssen, ging ihm nahe.

Seit er selbst Vater zweier Töchter war, fiel es ihm schwer, Situationen wie diesen mit der nötigen Distanz zu begegnen.

Wie bei Lydia und Sabrina würde es sicher nicht mehr lange dauern, bis auch dieses Opfer des Mörders als vermisst gemeldet wurde. In der Regel waren junge Frauen und Männer gut vernetzt und aktiv in den sozialen Medien, weswegen Freunde und Familie schnell in Sorge gerieten, wenn jemand einmal nicht erreichbar war – spätestens seit dem Gespräch mit Ruben Ziegler zweifelte Josef nicht mehr daran, dass dem auch so war.

Die seit Montagmorgen erschienenen Zeitungsartikel über den Goethe-Killer würde die Angehörigen zweifellos zu noch schnellerem Handeln bewegen. Die Leute wurden vorsichtiger, wenn das Böse in ihrer Umgebung sein Unwesen trieb.

Damit hätte dieser reißerische Mist immerhin doch noch etwas Gutes.

Josef atmete geräuschvoll aus. Er schwitzte unter seiner Schutzkleidung.

Nachdem die Leiche im Spreepark Plänterwald von einem Prager Touristen-Pärchen gefunden und er in aller Herrgottsfrüh nach Treptow beordert worden war, hatte er beschlossen, dem Leichentransport in die Pathologie zu folgen.

Seitdem wich er nicht von Tinas Seite.

„Sie sind alle jung", wiederholte Josef, was er der Profilbeschreibung des Täters bereits beigefügt hatte, „zwischen 20 und 30 Jahre alt. Attraktiv und beliebt in den sozialen Medien."

„Nichts für ungut, Winter, aber *mir* musst du das nicht erzählen. Ich suche nicht nach dem großen bösen Wolf, sondern kümmere mich um das, was er hinterlassen hat. So, und nun geh mal zur Seite." Tina schob sich an ihm vorbei. „Du hast versprochen, nicht im Weg zu stehen."

Josef verdrehte die Augen. „Entschuldige vielmals."

„Kein Problem. Aber ich schmeiße dich jetzt trotzdem raus. Innere Leichenschau." Demonstrativ klimperte sie mit ihrem Autopsie-Besteck.

„Ich bleibe."

Die Rechtsmedizinerin stöhnte auf. „Winter, du bist anstrengend, wenn du frustriert bist. Ich brauche keine Gesellschaft beim Freilegen von Organen. Das mache ich am liebsten allein und mit einem guten Song von ACDC auf den Ohren."

„Aber –"

„Nichts aber. Ich rufe dich sofort an, wenn ich die Todesursache herausgefunden habe. Und in der Zwischenzeit könntest du mal versuchen, dir etwas Essbares zu besorgen. Du siehst furchtbar aus, ganz ehrlich."

Josef grunzte zustimmend. Sein Magen schmerzte, war er doch den ganzen gestrigen Tag über nur mit Kaffee versorgt worden. Nach dem neuerlichen Leichenfund in den frühen Morgenstunden hatte er zum zweiten Mal seit monatelanger Abstinenz wieder eine Zigarette geraucht. Sein Kreislauf war darüber alles andere als erfreut gewesen.

„Bitte beeile dich, Tina. Ich brauche jede Information, die ich kriegen kann. Und zwar so schnell wie möglich.“

„Zu Diensten, Winter. Das weißt du doch.“ Anstelle eines Daumens reckte Tina ein langes Messer in die Höhe, auf dessen Klinge sich das Licht der Röhrenlampen spiegelte.

Josef schüttelte den Kopf, konnte sich ein Lächeln jedoch nicht verkneifen. In all den Jahren hatte die Rechtsmedizinerin nie ihren Humor verloren. Würde er mehr Zeit mit den Toten als mit den Lebenden verbringen, wäre er sicherlich unausstehlich.

Wobei viele Kollegen dasselbe sicher schon jetzt von mir behaupten.

Glucksend verließ er den Obduktionssaal.

Als Josef wenige Minuten später hinaus auf den Parkplatz trat, sog er gierig die kalte Luft in seine Lungen. Wann immer er sich im Kriminaltechnischen Institut aufgehalten hatte, fühlte er sich anschließend, als müsse er für die Verstorbenen mit atmen.

Josef tastete in seiner Jackentasche nach dem Autoschlüssel, bediente mit einem Knopfdruck die Zentralverriegelung und ließ sich erschöpft in den Fahrersitz fallen. Kurz überlegte er, in seiner Wohnung vorbeizuschauen und es nochmal mit dem Lieferservice zu versuchen. Immerhin würde er eine Pizza zweifellos vertragen können, egal ob mit oder ohne Peperoni, und ein besseres Frühstück als drei Tassen Kaffee wäre sie allemal.

Dann verwarf er den Gedanken jedoch wieder.

Er würde ohnehin keine Ruhe finden, bis er nicht *irgendetwas* herausgefunden hatte, das ihn der Lösung des Falls näherbrachte. Also konnte er genauso gut im Büro auf Tinas Anruf warten.

Josef startete den Motor, fuhr vom Parkplatz und fädelte sich in den zähfließenden Verkehr ein.

Er beschloss, sich auf dem Revier noch einmal die Fotos der Tatorte und Opfer anzusehen.

Während der vergangenen Stunden hatte er die Aufnahmen bereits aus allen möglichen unterschiedlichen Perspektiven betrachtet; von Nahem, aus der Entfernung, über Kopf und bei unterschiedlicher Belichtung. Die digitalisierten Exemplare hatte Josef mittels Kontrastbearbeitung untersucht, um sicherzugehen, nichts übersehen zu haben, das man mit bloßem Auge nicht erkennen konnte.

Selbst die Strophen des Gedichts hatte er auswendig gelernt, sie immer wieder laut aufgesagt und mehrfach aufgeschrieben. Doch ganz egal, wie lange er die Wörter ansah oder wie oft er sie wiederholte, ihr Sinn wollte sich ihm einfach nicht erschließen.

„Es ist zum Verrücktwerden", eröffnete Josef der roten Ampel, vor der er angehalten hatte. Wenn er nicht bald einen Durchbruch erzielte, würden womöglich noch viele andere Frauen ihr Leben lassen müssen.

Plötzlich fiel ihm die Anruferin wieder ein, mit der er vor zwei Tagen gesprochen hatte. Hohenstedt war ihr Name gewesen. Rita oder Rika Hohenstedt. Hatte sie nicht etwas von einem ihrer ehemaligen Studenten gesagt, der eine Vorliebe für besonders düstere Texte hegte?

Eine Vorliebe, die über oberflächliches Interesse hinausging und ihr damals eine fürchterliche Angst eingejagt hatte?

Er erinnerte sich, angesichts der Reihe an Vermutungen, für die es nicht die geringsten Beweise gab, ein wenig enttäuscht gewesen zu sein.

Für gewöhnlich hasste Josef es, aus purer Verzweiflung nach jedem Strohhalm greifen zu müssen. Doch weder sein Gewissen noch der Stand der Ermittlungen gestatteten es, dass er eine Möglichkeit – und sei sie noch so absurd – außer Acht ließ.

Dabei habe ich genau das gemacht, indem ich mich auf Ruben Ziegler eingeschossen habe. Die Auswertungen seiner Proben hatten ergeben, dass zwischen dem seltsamen Mann und den grausamen Morden keinerlei Zusammenhang bestand. Jedenfalls keiner, der wissenschaftlich nachweisbar wäre.

Mit einem schnellen Handgriff bediente Josef die Freisprechanlage seines Wagens und wählte die Nummer seiner Dienstzentrale. Die abgestellte Kollegin nahm den Anruf sofort entgegen.

„Janina? Ich brauche dringend die Aufzeichnung des Telefonats mit dieser Frau Hohenstedt. Mailst du mir die Audio-Datei auf meinen Rechner?"

Die junge Beamtin bejahte.

„Hervorragend."

Er beendete das Gespräch und drehte das Radio lauter.

Die Fugees sangen „Killing me softly". Josef umklammerte das kalte Lederlenkrad ein wenig fester.

Wer auch immer dieser Kerl war, von dem Frau Hohenstedt gesprochen hatte – er würde noch heute Besuch von ihm bekommen.

Dienstag, 24. September, 12:19 Uhr

Rika fühlte sich wie gerädert.

Jeder Muskel in ihrem Körper schien verhärtet, jeder Knochen tat ihr weh. Mit einiger Verwunderung registrierte sie, dass die Herbstsonne bereits durch das kleine Schlafzimmerfenster schien.

Wie lange hatte sie geschlafen? Stöhnend drehte sie sich auf die Seite, tippte auf das Display ihres Smartphones und sog erstaunt die Luft ein: Die Uhr zeigte beinahe halb eins.

„Rika? Bist du wach?"

Oliver erschien im Türrahmen, in der Hand eine Tasse Tee.

Dem Duft nach zu urteilen Hagebutte.

„Ja", sagte sie matt. Ihre Stimme war vom Schlaf noch ganz heiser. „Gott, Schatz, warum hast du mich nicht früher geweckt? Der Tag ist ja schon halb vorbei."

„Du hattest die Erholung bitter nötig, um ehrlich zu sein."

Oliver stellte die dampfende Tasse auf Rikas Nachttisch ab und setzte sich zu ihr aufs Bett. Behutsam legte er ihr eine Hand auf den Arm. Das Lächeln, das er aufgesetzt hatte, wirkte affektiert.

Rika schluckte. Sie kannte ihren Mann gut genug, um ihm anzusehen, wenn etwas nicht stimmte.

„Was ist denn los?", fragte sie ihn über das immer lauter werdende Rauschen ihres Pulsschlags hinweg. Die aufkeimende Angst hinterließ einen bitteren Geschmack in ihrem Mund. Sie ahnte, was Oliver antworten würde, noch bevor er den Mund öffnete.

„Letzte Nacht …" Er schien mit sich zu ringen. Seufzend fuhr er sich durch die Haare. „Es ist noch einmal passiert. zweimal in einer Nacht. Dieses Mal bin ich erst aufgewacht, als du den Schlüssel in der Tür herumgedreht hast. Das muss gegen drei oder vier gewesen sein. Mir ist vor Schreck fast das Herz stehengeblieben. Du hast auf nichts reagiert, dich ausgezogen und ins Bett gelegt. Ich habe deine verstreuten Klamotten vom Boden aufgelesen und … na ja …"

„Ja?"

„Auf deinem Mantel war Blut."

„Blut?" Das Schlafzimmer drehte sich vor ihren Augen. Hatte Rika eben noch aufstehen wollen, ließ sie sich nun zurück in die Kissen sinken. Ihr Bewusstsein war kurz davor, in sich zusammenzufallen.

„Dafür gibt es sicher eine ganz harmlose Erklärung", sprach Oliver aus, was Rika nur allzu gern glauben wollte.

Hektisch suchte sie ihren Körper nach Verletzungen ab.

Bitte, bitte, lass es mein eigenes Blut sein.

Es war etliche Jahre her, seit sie die so tief verwurzelten Erinnerungen an das Unaussprechliche aus ihrem Herzen verbannt hatte. Nun kehrten sie mit aller Macht zurück.

Plötzlich sah Rika sich wieder im durchdringend nach Räucherstäbchen riechenden Behandlungszimmer von Frau Dr. Engelmann sitzen; in einem Sessel, der viel zu groß für ihren kleinen Körper war und in dem sie sich schrecklich verloren vorkam.

„Was, wenn ich mir im Traum wehtue?", hatte sie die Psychologin, zu der ihre Mutter sie heimlich geschickt hatte, zu Beginn ihrer Therapie gefragt. Irgendwann war aus dieser Frage ein *„Was ist, wenn ich im Traum anderen wehtue?"* geworden.

Obwohl sie tief im Inneren zu wissen glaubte, niemandem je etwas antun zu können, fürchtete Rika den allumfassenden Kontrollverlust, den das Schlafwandeln mit sich brachte.

Olivers Räuspern holte sie wieder zurück in die Gegenwart.

„Es fängt an wie bei Papa", sagte sie ungläubig. Im Blick ihres Mannes spiegelte sich nun so viel Mitleid, dass Rika das Gefühl hatte, darin ertrinken zu müssen. Vor wenigen Jahren hatte sie schon einmal eine Phase gehabt, in der die Schübe wieder vermehrt aufgetreten waren. Erst dann hatte sie Oliver von der Last erzählt, die ihrer Kinderseele vor so langer Zeit auferlegt worden war.

Von jener Nacht vor ihrem zehnten Geburtstag, in der sie von einem metallischen Geruch wachgeworden war.

Ihr Vater hatte im Türrahmen gestanden, das Hemd blutgetränkt und eine Axt in der rechten Hand. Der Anblick war so gespenstisch gewesen, dass Rika noch heute eine Gänsehaut überkam, wenn sie daran dachte.

„Es tut mir leid", hatte er immer wieder gesagt.

Und dann, als sie am ganzen Körper zitternd auf ihren Vater zugewankt war: „Die armen Kaninchen.“

Obwohl sie bei seinem Anblick hätte schreien mögen, war sie ganz ruhig geblieben, hatte Bernhard die schwere Axt aus der Hand genommen und ihn ins Bett gebracht. Rika erinnerte sich, dass ihre Mutter in jener Nacht auf dem Dachboden geschlafen hatte – etwas, das sie oft tat, wenn das Schnarchen ihres Mannes sie beinahe um den Verstand brachte.

So leise wie möglich, um Susanna nicht aufzuwecken, hatte Rika ihrem Vater aus den Klamotten geholfen und sie an sich genommen, um sie zu verstecken.

Die armen Kaninchen.

Die Worte ihres Vaters hatten sie noch eine lange Zeit über begleitet. Rika hatte ihn nie gefragt, wessen Kaninchen er wohl getötet hatte – ihre Familie war nur im Besitz zweier Katzen gewesen und auch in der Nachbarschaft war keine Empörung über einen nächtlichen Nager-Mord laut geworden. Aus eigener Erfahrung wusste sie, dass Bernhard sich vermutlich ohnehin nicht würde erinnern können. Und dennoch war sie den Eindruck nicht losgeworden, dass in jener Nacht etwas geschehen war, das er niemals vollständig vergessen konnte. Ein Parasit, der Verstand, Herz und Seele befiel und der den Namen der Schuld trug.

Rückblickend glaubte Rika, dass die Geschehnisse von damals mit verantwortlich für den sich stetig verschlechternden Gesundheitszustandes ihres inzwischen toten Vaters gewesen waren.

„Mach dir bitte keine Sorgen“, beschwor Oliver sie mit seiner beruhigenden Stimme, „vielleicht hast du dir auf die Zunge gebissen. Oder irgendwo reingefasst, auch wenn die Vorstellung nicht so schön ist. Was es auch sein mag, es hat zu einhundert Prozent nichts mit diesen Morden zu tun. Das glaubst du ja wohl hoffentlich selbst nicht, oder?“

„Ich weiß nicht, was ich glauben soll. Nur dass es immer meine größte Angst war, dasselbe zu erleben wie mein Vater.“

„Rika, dein Vater hatte eine Axt bei sich. Du nicht. Hör auf, dir so einen Unfug einzureden. Wenn du nicht ständig daran denken würdest, dass dein eigenartiger Ex-Student womöglich der Täter ist, kämest du gar nicht erst auf die Idee, dich selbst mit alledem in Verbindung zu bringen.“

„Aber ich *muss* doch daran denken! Ich kann nicht einfach über Dinge hinwegsehen, die offensichtlich sind.“

Dem Schwindel zum Trotz, der wie Nebel durch ihren Kopf waberte, schlug Rika die Decke zurück und sprang aus dem Bett. Entschlossen lief sie in den Flur und suchte die Garderobe ab.

„Ich gehe zur Polizei. Welchen Mantel hatte ich an?“, fragte sie ihren Mann, der ihr aus dem Zimmer gefolgt war.

„Rika …“

„Welchen Mantel?“

„Den braunen.“

„Und wo ist der?“

„Ich habe ihn gewaschen.“

Fassungslos drehte Rika sich zu Oliver um. „Was? Warum?“

„Weil ich deine Reaktion vorausgesehen habe. Überleg doch mal. Wieso solltest du dich wegen ein paar

Tropfen Blut selbst belasten? Du hast selbst gesagt, dass die Polizei dich nicht ernst genommen hat. Was meinst du, was passiert, wenn du mit deiner Schlafwandler-Geschichte auf dem Revier aufkreuzt? Ich ... ich möchte nicht, dass du dir schadest."

Rika lachte freudlos. „Nein. Du möchtest nicht, dass man mich für verrückt hält", sagte sie ernüchtert. Obwohl sie wusste, dass Oliver es nur gut meinte, empfand sie seine Worte als verletzend.

„Das habe ich nicht gesagt."

Aber gemeint. „Ich werde zum Arzt gehen. Fragen, was ich gegen die Attacken tun kann. Und mich, wenn nötig, zu einem Psychiater überweisen lassen."

Sie nahm ihren Schlüssel vom Brett neben der Haustür und drückte ihn Oliver in die Hand. „Während der akuten Phasen hat meine Mutter damals die Türen verschlossen und die Schlüssel versteckt, wenn mein Vater und ich ins Bett gegangen sind. Nur ich wusste darüber Bescheid – Papa hat ja nie zugegeben, dass er mein Leiden teilt. Anfangs fand ich die Vorstellung schlimm, eingesperrt zu sein, aber dann hat sie mir Sicherheit gegeben."

„Ich soll dich einsperren?"

„Nein, uns. Ich bitte dich, Oliver. Es ist besser für uns beide." Sie machte eine Pause. Tränen traten ihr in die Augen. „Ich traue mir selbst nicht mehr."

Dienstag, 24. September, 12:32 Uhr

Jacob Hallers Büro erinnerte Josef an das Wartezimmer seines Urologen: Hohe, in sterilem Weiß gestrichene Wände, helles Laminat und Stühle, deren Sitzflächen aussahen wie Plastikschalen. Der Blick auf die Museumsinsel aber entschädigte Hallers Kunden gewiss für diese klinische Atmosphäre.

„Danke, dass Sie sich die Zeit nehmen", sagte Josef und setzte ein Lächeln auf, von dem er hoffte, dass es einigermaßen freundlich aussah.

„Selbstverständlich. Ein Gespräch mit einem Mordermittler lasse ich mir als waschechter Krimi-Fan doch nicht entgehen. Auch wenn ich nicht die geringste Ahnung habe, wie ich Ihnen weiterhelfen kann."

Der 28-jährige Marketing-Manager saß hinter einem L-förmigen Schreibtisch mit gläserner Oberfläche. Josef hatte ihm gegenüber auf einem der unbequemen Stühle Platz genommen.

Er musterte Haller aufmerksam, beobachte jede Regung in seinem Gesicht. Die ersten Fältchen, die seine Stirn- und Mundpartie zierten, wollten nicht recht zu dem spitzbübischen Funkeln in seinen Augen und der ungeordneten Frisur passen. Überhaupt empfand Josef das Aussehen des jungen Mannes als wandelnden Widerspruch, hatte er doch einen unverkennbar teuren Anzug mit schmutzigen Straßenschuhen kombiniert.

„Ich bin hier, weil ich ein paar Dinge über Sie in Erfahrung bringen will. Woher Ihre große Faszination für Goethe rührt, zum Beispiel. Und wo Sie in den vergangenen drei Nächten waren." Er hatte nicht vorgehabt, derart mit der Tür ins Haus zu fallen, doch sein Bauchgefühl sagte ihm, dass diese Vorgehensweise die richtige war. Jacob Haller wirkte wie jemand, der gut und gerne auf Geplänkel verzichten konnte und stattdessen lieber gleich zur Sache kam.

„Ah, verstehe. Der *Goethe*-Killer." Der Marketing-Manager lachte laut auf. „Deswegen also hat Rika mich angeschrieben."

„Wie bitte?"

„Kommen Sie, tun Sie doch nicht so. Rika Hohenstedt, Germanistik-Professorin an der Humboldt-Universität. Ich nehme an, Sie hat Kontakt zu Ihnen aufgenommen? Wegen meiner – ich gebe zu – damals möglicherweise etwas fanatischen Liebe zu Goethe."

Josef verspürte den Anflug eines schlechten Gewissens. Offenbar hatte Rika Hohenstedt sich von der Polizei im Stich gelassen gefühlt und daraufhin selbst Nachforschungen angestellt. Dass solche oftmals überstürzten Aktionen auch ein bitteres Ende nehmen konnten, schien sie dabei nicht bedacht zu haben.

„Herr Haller, als Krimi-Fan werden Sie doch sicher Verständnis dafür aufbringen, dass ich einem solchen Hinweis nachgehen muss."

„Gutes Argument. Also schön. Fragen Sie." Er griff nach einer halbvollen Wasserflasche und goss die sprudelnde Flüssigkeit in ein Glas, das er in einem Zug austrank. „Trockene Kehle. Heizungsluft. Was bin ich froh, wenn die kalte Jahreszeit vorbei ist. Wollen Sie auch etwas trinken?"

„Nein, danke. Wir waren bei ihrer Faszination für Goethe stehengeblieben, die Sie gerade selbst als fanatisch bezeichnet haben. Können Sie das näher erläutern?"

Haller lehnte sich in seinem Schreibtischstuhl zurück und verschränkte die Arme vor der Brust. „Tja, ich schätze, ich habe seine Art, mit Worten zu malen, ganz einfach bewundert. Das tue ich heute noch, aber ... anders. Auf eine distanziertere Art und Weise. Damals habe ich ihn für so etwas wie meine Muse gehalten. Wollte sein wie er, schreiben wie er. Was natürlich völlig absurd ist. Ein solches Talent ist einzigartig. Und wie Sie sehen, ist aus mir kein Schriftsteller geworden, sondern ein Marketing-Guru."

„Meiner Kenntnis nach sagten Sie einmal, Goethes Worte seien so schön, dass man sie sich in die Haut ritzen möge", rezitierte Josef, was Rika ihm erzählt hatte.

„Das habe ich gesagt? Wow, da muss ich wohl ganz schön neben der Spur gewesen sein."

Hinter der Fassade seiner Lässigkeit konnte Josef deutlich sehen, wie nervös Haller war. Blieb zu ergründen, ob diese Nervosität dem bloßen Umstand geschuldet war, dass er mit einem leitenden Mordermittler sprach, oder ob der Marketing-Manager tatsächlich etwas zu verbergen hatte.

„Haben Sie das mal getan?“, bohrte Josef nach und beugte sich auf seinem Stuhl ein Stück vor. „Sich ein Zitat in die Haut geritzt?“

Haller hob die Brauen. „Viel mehr würde Sie doch interessieren, ob ich das mal bei jemand anderem getan habe, stimmts? Da muss ich Sie enttäuschen. Mein Studenten-Ich, das hin und wieder mal an einer Zigarette der besonderen Art gezogen hat, war ganz einfach für seine rege Fantasie bekannt. Nicht mehr und nicht weniger.“

„Aus deinen Blicken will ich trinken, was der Tod hineingemalt – aus welchem Werk Goethes stammt das?“

Aufmerksam suchte Josef in der Mimik seines Gegenübers nach einem Zeichen des Wiedererkennens; etwa dem Zucken eines Mundwinkels oder dem Flattern eines Augenlids, das Haller verriet. Dieser jedoch blickte vollkommen unbeteiligt drein.

„Puh, da bin ich überfragt. Aus keinem, würde ich sagen. Das klingt jedenfalls ganz und gar nicht nach Goethe.“

„Und warum nicht?“

Haller zuckte die Achseln. „Zu düster. Oder besser: zu *offensichtlich* düster. Goethe hat einen für Kenner unverkennbaren eigenen Stil.“

Josef ließ diese Aussage seines Gegenübers unkommentiert. „Verraten Sie mir nun, wo Sie die letzten drei Nächte gewesen sind?“, fragte er stattdessen.

„Ich war mit Kumpels unterwegs.“

„So oft hintereinander? Sind Sie Junggeselle?“

„Wieso? Haben Sie Interesse an mir?“ Haller lachte laut über seinen eigenen Scherz. „Ich mache nur Spaß. Nein, ich lebe in einer Beziehung.“

„Eine Fernbeziehung?“

„Nein. Meine Freundin und ich wohnen zusammen.“

„Und da ziehen Sie jede Nacht um die Häuser? Noch dazu mitten in der Woche?“

„Wir sind nicht um die Häuser gezogen. Haben gezockt, ferngesehen, den Lieferservice kommen lassen und ein, zwei Bierchen getrunken.“

„Wie verträgt sich das mit der Arbeit?“

„Gut. Ich entscheide selbst, wann ich anfange. Einer der Vorteile daran, sein eigener Chef zu sein.“

„Wie praktisch. Und Sie haben auch auswärts übernachtet?“

„Nein, bin irgendwann zurück nach Hause, hab aber nicht auf die Uhr gesehen.“

„Dann können Ihre Freunde sicher bezeugen, dass Sie mit Ihnen zusammen waren? Und Ihre Freundin, dass Sie nachts nach Hause gekommen sind?“

„Natürlich! Wow, das hat ja wirklich Verhörcharakter. Am Telefon haben Sie gesagt, wir würden nur ein kurzes Gespräch führen und ich wüsste vielleicht etwas, das Ihnen weiterhelfen könnte.“

Josef setzte eine Unschuldsmiene auf. „Ich habe Sie über Ihre Rechte aufgeklärt. Sie müssen mir keine Auskunft geben, wenn Sie nicht wollen.“

„Um mich damit verdächtig zu machen? Nein, nein, vergessen Sie's. Wie gesagt, ich weiß, wie sowas läuft. Kein Problem, ich gebe Ihnen alles, was Sie brauchen. Namen, Adressen, Telefonnummern. Alles cool. Hauptsache, dieser Firlefanz hier hat bald ein Ende und ich kann weiterarbeiten.“

Jacob Haller war merklich verstimmt. Er schien erst jetzt zu begreifen, dass Josef ihn tatsächlich für einen potentiellen Täter hielt. Bestimmt war der selbstbewusste Marketing-Manager und selbst ernannte Krimi-Experte davon ausgegangen, dass Josef ihn um Unterstützung bat. So wie in der amerikanischen Serie mit dem mordermittelnden Schriftsteller, die seine Ex-Frau so liebte.

„Sehr schön." Josef zückte Block und Stift. „Ich höre?"

Haller referierte Namen, Adressen und Telefonnummern seiner vier Freunde und ergänzte die Liste auf Josefs Aufforderung hin schließlich noch um den Namen seiner Freundin.

Seine Wangen hatten einen Hauch von Rosa angenommen.

„Da wäre vielleicht noch etwas", sagte er so hastig, als wären ihm die Worte versehentlich aus dem Mund gestolpert.

„Ich höre?" Josef wandte den Blick von seinen Notizen ab und sah Haller aufmerksam an. Kein Zweifel, er war im Begriff, etwas Wichtiges zu erfahren.

„Einer meiner Kumpels, Adrian Ritter, war zwischendurch immer mal wieder weg. Hat gesagt, er müsse ein paar Besorgungen machen. Er ... er wirkte ein wenig zerstreut. Gestern Nacht bin ich ihm im Flur begegnet, als ich gerade nach Hause gehen wollte."

Nanu, dachte Josef zynisch, *plötzlich so redselig?*

„Und?"

„Und auf seiner Jacke war Blut."

Mittwoch, 25. September, 10:03

Rika stand am Fenster.

In einen dicken Schal gehüllt und eine dampfende Tasse umklammernd, sah sie nach draußen. Beobachtete die vorbeifahrenden Autos und die Passanten, die sich durch den stürmischen Vormittag kämpften.

Wie so oft fragte sie sich, was die über den Bürgersteig eilenden Menschen wohl gerade denken mochten. Sorgten sie sich um etwas oder jemanden? Empfanden sie Freude über ein besonderes Ereignis? Waren sie wütend, verliebt, traurig, euphorisch?

Oder planen sie vielleicht, jemanden umzubringen?

Rika erschrak vor sich selbst. Schaudernd wandte sie sich vom Geschehen auf der Straße ab und setzte sich an den Tisch. Obwohl sie lange – und dank verschlossener Türen sicher – geschlafen hatte, war sie schrecklich müde.

„Geht es dir besser?", fragte Oliver, der gerade aus seinem Arbeitszimmer trat.

„Nicht wirklich", antwortete Rika knapp und hielt die Tasse hoch, um ihren Gesundheitszustand zu unterstreichen. Ihr Hals kratzte fürchterlich und ihre Nase kribbelte. Offensichtlich hatte sie sich bei einem ihrer nächtlichen Ausflüge eine Erkältung zugezogen.

„Du Ärmste, kann ich irgendetwas tun?“

„Ich glaube nicht. Danke.“

„Sag Bescheid, wenn ich dir ein Bad einlassen soll oder so. Irgendwo müsste noch eins von diesen Eukalyptus-Bällchen sein, die man in Wasser auflösen kann.“

„Alles gut, ich komm schon zurecht.“

„Wie du meinst.“ Oliver gab ihr einen Kuss auf die Stirn, nahm sich eine Packung Kekse aus dem Küchenschrank und verschwand wieder hinter seinen Schreibtisch.

Einen Augenblick lang starrte Rika die Tür an, die er hinter sich verschlossen hatte, und gab sich ihrem schlechten Gewissen hin. Sie hielt ihren Ehemann bewusst auf Abstand. Die neuerlichen Schlafwandel-Attacken beschäftigten sie in einem so hohen Maße, dass sie Oliver nicht mit ihren Ängsten belasten wollte. Dabei, und das wusste sie, gab er sich die größte Mühe, ihr zur Seite zu stehen, und legte großen Wert darauf, an ihrem Leben teilzuhaben.

Seufzend trank Rika ihre heiße Zitrone aus.

Nachdem sie erfolglos versucht hatte, sich eine Serie anzuschauen, schnappte sie sich ihren Laptop und zog sich damit ins Bett zurück.

Trotz ihrer Vorsätze, es gut sein zu lassen, juckte es sie in den Fingern, Facebook zu öffnen und Jacob Haller auf seine Nachricht zu antworten. Dabei hatte Rikas Körper ihr mehr als deutlich bewiesen, dass sie ihre Gesundheit aufs Spiel setzte, wenn sie die grausame Mordserie weiterhin zum Mittelpunkt ihrer Gedanken machte.

Schluss damit.

Sie begnügte sich damit, die Folien für ihre im kommenden Semester anstehenden Vorlesungen zu überarbeiten. Es würde ihr guttun, bald wieder zu unterrichten. In den Uni-Alltag zurückzukehren, unter Kollegen zu sein und sich dem zu widmen, was sie liebte: der Literaturwissenschaft.

Je eingehender Rika sich mit ihren Präsentationen beschäftigte, desto besser fühlte sie sich. Sie war gerade dabei, eine Lektüre-Liste für die Studenten ihres Kurses vorzubereiten, als ihr Handy auf dem Nachttisch vibrierte.

Erneut meldete sich ihr schlechtes Gewissen. Dieses Mal jedoch galt es ihren Kolleginnen. Während Darya und Martina ihr regelmäßig schrieben, tat Rika sich zeitweise schwer damit, den täglichen Kontakt zu halten. Manchmal kam es vor, dass sie tagelang nicht auf Nachrichten reagierte. Dabei war es nicht einmal so, dass sie die Freundinnen absichtlich ignorierte. Vielmehr vergaß sie oft einfach, zu antworten.

In der Erwartung, eine neuerliche Nachricht von Martina oder Darya erhalten zu haben, warf Rika einen flüchtigen Blick auf das Display – und stutzte.

Wir müssen reden, ruf mich an, sobald du allein bist.

Die Mitteilung war von einer unbekannten Nummer geschickt worden. Irritiert nahm Rika das Smartphone in die Hand.

Ihr Herzschlag beschleunigte sich, als sie die Nachricht öffnete und ein „Wer ist da?" in das Textfeld tippte.

Sicher nur ein Missverständnis, versuchte sie sich zu beruhigen, *irgendjemand hat sich verwählt. Alles halb so wild.*

Doch ihr Bauchgefühl sagte ihr, dass es so einfach nicht sein würde. Dass anstelle einer harmlosen Erklärung eine böse Überraschung auf sie wartete.

Wieder vibrierte das Handy, zeigte jedoch keine weitere Nachricht, sondern einen eingehenden Anruf an. Rika schluckte. Wie paralysiert starrte sie auf den Bildschirm.

Ihr erster Impuls war, einfach nicht ranzugehen.

Die Nummer zu sperren und sich wieder den Semester-Vorbereitungen zu widmen. Dennoch wanderte ihr Daumen wie von selbst zum grünen Hörer-Symbol.

„Hallo?“

„Rika. Du hast dein Versprechen nicht gehalten“, sagte eine sonore Männerstimme.

Er kennt meinen Namen.

Ihre Hoffnung, der Anrufer könne sich verwählt haben, zerfiel zu Staub und machte einem Gefühl der Bedrohung Platz. „Welches Versprechen? Wer sind Sie?“

„Komm schon. Sag mir nicht, du hast unser kleines nächtliches Treffen schon vergessen. Nicht nach allem, was ich für dich getan habe.“

Die Worte des Unbekannten fühlten sich an wie ein Strick um Rikas Kehle. Panik brandete gegen ihre Rippen, schwappte ihren Hals hinauf. Es kostete sie all ihre Willenskraft, das Handy nicht einfach wegzuschleudern.

„Ich weiß nicht, wovon Sie sprechen“, sagte sie mit erstickter Stimme, „ganz ehrlich.“

„Verstehe, du stehst auf diese Unschuldsnummer, hab ich Recht? Tja ... Aber sag mir doch, schöne Frau: Ist die Kleidung von Unschuldigen normalerweise mit Blut befleckt?"

Mit einer unbarmherzigen Wucht fuhr der Schreck ihr in die Glieder. Bilder zuckten durch Rikas Kopf; ihr Vater, der mit leerem Blick im Türrahmen stand, Oliver, wie er die rostroten Tropfen aus dem Stoff ihres Mantels wusch, um sie vor der bitteren Wahrheit zu beschützen: dass sie krank war. Gefährlich. Unzurechnungsfähig.

„Was habe ich getan?", fragte Rika tonlos, doch der Unbekannte gab keine Antwort.

Die Leitung war längst tot.

Mittwoch, 25. September, 18:24 Uhr

Adrian Ritter war ein Phantom.

Diesen Eindruck zumindest hatte Josef in den vergangenen zwei Stunden gewonnen. Der 32-Jährige ging weder ans Festnetz- noch ans Haustelefon, sein Arbeitgeber hatte seit drei Wochen nichts mehr von ihm gehört und seine Wohnung schien leer zu stehen.

Dennoch beteuerten alle seine Freunde, Jacob Haller inklusive, ihren Kumpel noch in der Nacht vom 23. auf den 24. September gesehen zu haben. Interessant dabei war, dass außer Haller niemandem das Blut auf der Kleidung Ritters aufgefallen war. Allerdings habe er sich nach seiner Rückkehr auch nicht mehr lange in der Wohnung des Gastgebers aufgehalten und sei rasch weitergezogen, da er einen Bekannten besuchen wollte.

Den Namen dieses Bekannten habe er nicht genannt, was jedoch nicht ungewöhnlich sei. Ritter schlafe nach Aussage seiner Freunde beinahe jede Nacht auf einer anderen Couch, seit er sich von seiner Freundin getrennt und obendrein einen Nachbarschaftsstreit vom Zaun gebrochen hatte. Es sei vollkommen normal, dass er sich zwischendurch mal ein paar Tage nicht meldete. Von Spannungen im Berufsleben oder gar dem

Wunsch, seinen Job zu kündigen, habe der Lebemann aber nie gesprochen.

Josef hatte Haller und seine Freunde beauftragt, ihn zu informieren, sobald der Verschollene wieder auftauchte.

„Probleme über Probleme", murmelte er und massierte sich die Schläfen. Die Luft in seinem Büro war abgestanden und bereitete ihm Kopfschmerzen, doch wann immer er lüftete, fror er erbärmlich. Josef sehnte sich nach einem warmen Bett und einer erholsamen Nacht. Beides schien nie weiter entfernt gewesen zu sein. Fälle wie diese, in denen jede Stunde, jede Minute zählte, um ein nächstes Verbrechen zu verhindern, gestatteten ihm nicht, zur Ruhe zu kommen.

Seufzend trat Josef an die Korkwand heran, an die er sämtliche zum Fall gehörende Notizen sowie Tatort- und Leichenfotos gepinnt hatte.

Obwohl er längst nicht mehr erwartete, irgendetwas von Bedeutung auf den Aufnahmen zu erkennen, betrachtete er sie erneut. Las das Gedicht, das sich aus den klaffenden Wörter-Wunden zusammenfügte, zum vermutlich einhundertsten Mal.

Purpurne Tränen ranken sich um deine Seele
wie Dornen spitz ist ihr Gesicht
Die Muse schläft in deiner Kehle
ihr letzter Kuss nimmt dir dein Licht.
Mein Wortgewand ziert deine Mitte
Zäh und kalt dein totes Blut
Ach, wenn ich doch zu Grabe ritte
durch der verbrannten Träume helle Glut.
Aus deinen Blicken will ich trinken

Er hasste jedes einzelne dieser verdorbenen Worte.

Stöhnend rekapitulierte er die neuesten Erkenntnisse:

Tina hatte ihn angerufen, kurz nachdem er Hallers Büro am Vortag wieder verlassen hatte. Als Todesursache hatte sie einen Herzstillstand benannt, der, dem Mageninhalt des Opfers nach zu urteilen, durch eine Überdosierung des Medikamentes Cordarex herbeigeführt worden war.

„Cordarex" murmelte er und sah von dem Zettel mit der entsprechenden Notiz zu dem Foto der jüngst gefundenen Leiche. Verzweifelt versuchte er, einen Zusammenhang zu erkennen. Irgendetwas. Nur ein winziges Zeichen ...

„Na, Chef? Alles klar?" Gut gelaunt wie stets spazierte Matthias Weber in Josefs Büro. In den Händen balancierte er eine Pappschale mit zwei dampfenden To-Go-Bechern. „Dachte, du könntest vielleicht ein Käffchen vertragen. Und damit meine ich ein *richtiges* Käffchen, nicht das Gesöff aus unserer steinalten Maschine."

Josef brummte ein „Dankeschön", nahm den viel zu heißen Pappbecher entgegen und beäugte dessen Inhalt nicht ohne Skepsis. Von Kaffee war nicht das Geringste zu sehen, dafür umso mehr von einer karamellartigen Substanz auf einem Berg von Milchschaum.

„Pumpkin Spice Latte", beantwortete der Kollege Josefs unausgesprochene Frage. „Meine Lieblingssorte. Hilft mir beim Denken."

„Aha. Na dann … zum Wohl." Josef nippte an dem exotischen Kaffeegemisch, stellte den Becher dann auf seinem Schreibtisch ab und verschränkte die Arme vor der Brust.

„Es macht mich fertig, dass wir aus diesem Gedicht nicht schlau werden", gestand er und nickte in Richtung der über und über mit Bildern versehenen Korkwand.

Matthias trank seinen Pumpkin Spice Latte in zwei Zügen aus, wischte sich den Milchschaum aus dem Bart und nickte bekräftigend. „Ja. Damit bist du nicht allein. Aber ganz ehrlich? An dem, was Helena in unserem letzten Meeting gesagt hat, könnte etwas dran sein. Ich meine, vielleicht sind wir tatsächlich zu verbissen und können nicht akzeptieren, dass es auch Texte ohne tiefergehende Botschaft gibt."

Josef ging mit dieser Meinung seiner Kollegen nicht konform.

Sicher, bisher hatte keines der Opfer eine Gesichtsverletzung gehabt (*Wie Dornen spitz ist ihr Gesicht*) oder Blessuren an den Augen (*Aus deinen Blicken will ich trinken, was der Tod hineingemalt*) davongetragen, und auch die restlichen Zeilen ließen sich nicht mit dem Vorgehen des Täters in Einklang bringen.

Mein Wortgewand ziert deine Mitte war der einzige Satz, den sie zuordnen konnten – allerdings nicht jener jungen Frau, in deren Körper er geritzt worden war, sondern dem dritten und bisher letzten Opfer des Mörders.

„Moment mal." Irgendetwas an diesem Gedankengang ließ Josef stutzig werden.

Was, wenn die Verse in der Haut der ersten Leiche einen Hinweis auf den nächsten Mord gegeben haben? Und die Zeilen, die der Täter seinem zweiten Opfer ins Fleisch geschnitten hat, wiederum zum nächsten führen?

Er wirbelte herum und packte Matthias an den Schultern.

„Das ist es!"

„Wie bitte?"

„Mein Gott, das darf doch nicht wahr sein. Sieh nur", sagte er aufgeregt und zerrte seinen Kollegen am Hemdsärmel zur Bilderwand, „der Musenkuss, die Kehle und so weiter – alles, das alles stand auf dem Rücken des ersten Opfers. Die zweite Leiche wies eine Verletzung am Hals auf; ein Schnitt durch die Kehle, allerdings nicht tief genug, um sie zu töten, denn das hat ja erst der letzte Kuss der Muse getan. Hier schreibt der Täter von einem Wortgewand, das ihre Mitte ziert. Das stimmt aber nicht, denn die Verse befinden sich kreuz und quer auf dem Körper des Opfers verteilt. Die dritte Leiche aber", Josef klopfte mit den Fingerknöcheln demonstrativ auf das Foto der jungen Frau mit den Tattoos, deren Obduktion er ursprünglich hatte beiwohnen wollen, „trug ihre tiefsten Wunden allesamt auf Höhe der Gebärmutter. Also in ihrer *Mitte*. Jede Strophe sagt die Art und Weise voraus, auf die das nächste Opfer ermordet wird."

Matthias war deutlich anzusehen, dass er an dieser Schlussfolgerung seine Zweifel hatte. Josef schnaubte. Die Art, wie sein Kollege ihn musterte, gefiel ihm nicht.

Mitleid lag in seinem Blick – Mitleid und Besorgnis.

„Nichts für ungut, Chef, aber ist das nicht vielleicht ein bisschen –"

„Ein bisschen was? Weit hergeholt? Abwegig? Verrückt? Wir brauchen jeden verdammten Hinweis, den wir kriegen können! Jedes noch so kleine Zeichen, das uns dem Täter und seinen Motiven näherbringt. Nicht einmal das erstellte Profil von Katsaros hat uns bisher weitergeholfen. Wir tappen im Dunkeln. Da ist es ja wohl kaum verwunderlich, dass ich mich selbst über einen noch so kleinen Lichtblick freue. Und das hier *ist* einer.“

Ehe sein Kollege etwas einwenden konnte, beauftragte Josef ihn damit, die übrigen Ermittler zu informieren und die nächste Fallbesprechung einzuberufen. Kaum war Matthias aus der Tür, meldete sich Josefs Diensthandy mit einem schrillen Klingeln. Das Display zeigte die Nummer seines Kollegen Abdul an; einer jener Mitarbeiter, die von ihm gebeten worden waren, die kommenden Abende und Nächte mit auf Streife zu fahren, um ein wachsames Augenpaar mehr auf das nächtliche Stadt-Geschehen zu haben.

„Ja?“, meldete er sich in einem barschen, seinem Ärger über Matthias’ Reaktion geschuldeten Tonfall.

„Josef? Wir haben eine neue Leiche. Fischerinsel, direkt neben der Reederei. Liegt halbnackt auf einem Boot, eine alte Frau hat sie beim Abendspaziergang mit ihrem Hund gefunden.“

Abdul klang nervös. Für gewöhnlich konnte den Mittvierziger so leicht nichts aus der Ruhe bringen. Nicht einmal der aktuelle, schrecklich undurchsichtige Fall hatte seinen stillen Optimismus bisher trüben können.

Irgendetwas, dachte Josef verdrossen, musste vorgefallen sein.

„Und weiter?" Er schnappte sich seine Jacke vom Haken an der Garderobe, warf sie sich über den Arm und stürzte aus seinem Büro.

„Na ja … wenn wir bisher angenommen haben, das Muster des Täters zu kennen, wurden wir nun eines Besseren belehrt."

Josef stolperte beinahe über seine eigenen Füße.

Verdammt! Verdammt, verdammt, verdammt!

Die Herbstluft schnitt ihm schmerzhaft ins Gesicht, als er hinaus auf den Parkplatz trat und im Stechschritt auf seinen Dienstwagen zueilte. Viel schlimmer aber war die Kälte in seinem Inneren, die Abduls Worte entfesselt hatte. Erbarmungslos legte sie sich um seine Eingeweide.

„So, wie du es formulierst, kann das nur eines bedeuten", sagte er, sein Handy zwischen Ohr und Schulter eingeklemmt, während er die Autotür öffnete, „die Leiche ist männlich. Und vermutlich kein Influencer."

Er biss sich auf die Lippen. Zynismus war nun wahrlich fehl am Platz. Glücklicherweise war Abdul so höflich und überhörte seinen letzten Kommentar einfach.

„Männlich. Ganz genau."

Josef startete den Motor.

„Abdul?"

„Ja?"

„Der Tote weist nicht zufällig erhebliche Verletzungen an den Augen auf?"

Ein paar Sekunden lang war es still in der Leitung.

„W-woher weißt du das?"

„Scheiße!", fluchte Josef und schlug aufs Lenkrad. „Das erkläre ich gleich vor Ort. Bin unterwegs."

Wie nur war es möglich, dass er und seine Kollegen die so offensichtlichen Hinweise in den Versen des Täters bisher übersehen hatten?

Ganz einfach, wir haben die Zeilen nur in Zusammenhang mit den jeweiligen Opfern betrachtet. Vers 1, Opfer 1, Vers 2, Opfer 2, Vers 3, Opfer 3.

Am liebsten hätte er seinen Ärger laut hinausgeschrien. Fehler wie diese durften ihm nicht unterlaufen. Schon gar nicht in einem solchen Fall, der ihnen Tote wie am Fließband lieferte.

Josef schüttelte den Kopf. Das alles wurde immer komplizierter. Wer nur war dieser Mörder, der scheinbar wahllos tötete?

„Ich kriege dich", murmelte Josef und untermalte seine Worte mit einem Nicken, „ja, du elender Mistkerl, ich kriege dich."

Donnerstag, 26. September, 10:13 Uhr

Das träge Tröpfeln deiner Tränen
ist wie Musik in meinem Ohr
Ich spiel' ein Lied auf deinen Sehnen
und reiße dann dein Herz empor.

Ungläubig starrte Rika auf die Zeilen, die über den Bildschirm ihres Fernsehers flimmerten.

Ihr Herz geriet aus dem Takt, setzte einen Schlag aus und galoppierte dann so wild in ihrer Brust, dass es sich anfühlte, als wolle es jeden Moment daraus hervorbrechen.

„Wie uns die Pressesprecherin der Berliner Polizei mitteilte, hat der Täter den eben eingeblendeten Text auf dem Körper seines neuesten Opfers hinterlassen. Bei dem Toten handelt es sich um den 35-jährigen Thorsten G."

Ein verpixeltes Foto wurde eingeblendet, ehe die Moderatorin der Tagesthemen fortfuhr: „Der Mord ereignete sich am frühen Mittwochabend. Seit bald einer Woche hält der sogenannte 'Goethe-Killer' die Hauptstadt in Atem. In der Nacht zu Sonntag, den 22. September, wurde das erste Opfer unweit des Goethe-Denkmals aufgefunden, dem der Täter seinen Namen verdankt. Es folgte –"

Rika griff zur Fernbedienung und nutzte die Zurückspul-Taste, stoppte das Bild in jenem Moment, in dem der düstere Vers zu sehen war.

„Das ist nicht möglich", flüsterte sie beim Anblick der Worte, die Haller einst in ihrem Vertiefungsseminar zum kreativen Schreiben zu Papier gebracht und dem Kurs vorgetragen hatte, bestürzt.

Nun, da sie die Zeilen wieder vor sich sah, erwachte die Erinnerung an jenen Tag mit einer solchen Macht zum Leben, dass Rika sich vor ihrem inneren Auge wieder in dem langgezogenen Raum mit den Rundbogenfenstern sitzen sah.

Es war einer der ersten richtigen Frühlingstage des Jahres. Sie sah nach draußen und beobachtete ein paar besonders vorwitzige Spatzen, die zu Füßen der auf den Bänken und Rasenflächen sitzenden Studenten ihre tägliche Ration Krümel einforderten.

Die Teilnehmer ihres Kurses waren in die Aufgabe vertieft, die Rika ihnen gegeben hatte: Sie sollten ihre Gedanken zum Thema „Glück" in Versform niederschreiben.

Jacob Haller legte seinen Stift als erstes nieder und hob wie gewohnt die Hand, um zu signalisieren, dass er seinen Text vorlesen wolle.

Zu Rikas Bedauern hatte an diesem Tag keiner der anderen Studenten Lust, seine Worte mit dem Kurs zu teilen. Wie immer, wenn Haller im Begriff war, seine Zeilen vorzutragen, breitete sich ein nagendes Unwohlsein in ihr aus.

An jenem Tag war dieses Gefühl – eine dunkle Vorahnung, die kalt und scharfzahnig in ihrer Seele nistete – aus ihr herausgebrochen. Hatte sie vor den Augen aller ihre Fassung verlieren lassen, nachdem Haller sein düsteres Gedicht über die Lippen gekommen war.

„So also definieren Sie Glück? Ein Lied auf Sehnen spielen und jemandem das Herz herausreißen macht Sie glücklich?"

Der Student sah sie achselzuckend an.

„In der Literatur ist alles erlaubt, oder etwa nicht?"

„In der Literatur, ja! Leider habe ich aber das Gefühl, dass Sie nur schwer zwischen Fiktion und Realität unterscheiden können."

Rika war sich der grinsenden Gesichter der Studenten bewusst, die ihren Kommilitonen zwar sicher für durchgeknallt, die Reaktion ihrer Professorin aber für mindestens genauso überzogen hielten.

Von prustendem Gelächter begleitet, stürmte sie aus dem Raum.

Eine Erinnerung, die sie nur allzu bereitwillig vergessen hatte, passte sie doch ganz und gar nicht zu der selbstbeherrschten Frau, als die sie sonst auftrat.

Rika schüttelte sich unter der Intensität der Gefühle.

Rief sich zurück ins Hier und Jetzt, doch die Gegenwart fühlte sich nach diesem Kuss der Vergangenheit plötzlich seltsam an.

Es bestand kein Zweifel mehr: Jacob Haller musste der Goethe-Killer sein. Wie aber sollte sie seine Schuld beweisen?

„Rika?" Oliver klopfte an die offenstehende Tür. „Guckst du eigentlich gar nicht mehr auf dein Handy?"

Seine Haare klebten nass an seiner Stirn, der helle Mantel hatte eine dunkle Farbe angenommen. Verdutzt sah sie zum Fenster und stellte fest, dass es in Strömen regnete.

„So war das Wetter gar nicht angesagt."

„Rika?! Würdest du mir meine Frage beantworten? Was hast du mit deinem Handy angestellt? Ich wollte wissen, ob du noch etwas aus der Apotheke brauchst."

„Ist kaputt gegangen, entschuldige", murmelte sie ausweichend. Seit der Unbekannte sie mit seiner mysteriösen Nachricht und dem nicht minder mysteriösen Anruf derart erschreckt hatte, lag ihr Smartphone ausgeschaltet in der Schublade ihres Nachtschranks.

„Dann musst du es reparieren lassen. Ein Mörder läuft draußen frei herum."

„Mh." Erstaunt musste Rika sich eingestehen, dass die Anwesenheit ihres Mannes sie nervte. Sie wollte in Ruhe überlegen, wie sie Haller überführen und Licht ins Dunkel um die Sache mit dem anonymen Anrufer bringen konnte. Für letzteres fühlte sie sich noch lange nicht bereit, doch ewig würde sie nicht verdrängen können, was der Fremde zu ihr gesagt hatte.

Was er gesagt hat, ist nicht das Problem, dachte sie bitter, *sondern vielmehr, was ich möglicherweise getan habe.*

„Was macht deine Erkältung?", fragte Oliver, während er sich aus seinem Mantel schälte.

„Schon besser", antwortete Rika wahrheitsgemäß. Über Nacht waren ihre Halsschmerzen beinahe vollständig verschwunden und auch ihre Nase schien sich beruhigt zu haben.

„Das freut mich. Kommst du frühstücken? Ich habe Brötchen mitgebracht.“

„Ich komme gleich.“

„Was siehst du dir an? Ist das ein Gedicht?“ Oliver nickte in Richtung des Fernsehers, dessen Standbild noch immer jene Zeilen zeigte, die Haller vor rund acht Jahren zu Papier gebracht hatte.

Ihr erster Impuls war, mit einem unschuldigen „Nichts“ zu antworten und den Fernseher auszuschalten, doch Oliver hatte ohnehin schon die Laufschrift am unteren Bildschirmrand entdeckt.

„Mordserie geht weiter: Polizei veröffentlicht Botschaft auf Körper des vierten Opfers“, las er laut vor und sah Rika tadelnd an.

„Ich bin nicht verantwortlich für den Inhalt der Nachrichten“, verteidigte sie sich.

„Nein. Aber für deine Gesundheit.“

„Diesen Text habe ich *genauso* schon einmal gehört“, offenbarte sie Oliver, ohne auf seinen Kommentar einzugehen.

„Wie bitte?“

„Ja. In meinem Seminar zum kreativen Schreiben.“

Oliver seufzte resigniert. „Lass mich raten: Du hast die Worte aus Hallers Mund gehört.“

„Ja! Du musst mir das glauben, Schatz. Ich habe dem Kurs damals die Aufgabe gestellt, Glück in wenigen, aber prägnanten Formen zu beschreiben. Das, was da steht“, sie zeigte aufgeregt auf den Fernsehbildschirm, „hat er vorgelesen. Dafür lege ich meine Hand ins Feuer.“

„Wer, in aller Welt, würde Glück *so* definieren?“

„Jacob Haller", begehrte Rika auf, „genau das ist doch der Punkt."

„Du hast keine handfesten Beweise für seine Schuld, Rika", wiederholte Oliver, was er bereits am Morgen seines Geburtstages zu ihr gesagt hatte.

Gern hätte sie etwas Gegenteiliges behauptet, doch ihr Mann hatte recht: Anhand einer Aussage, die sich auf ein vor acht Jahren stattgefundenes Szenario bezog, würde Haller wohl kaum hinreichend verdächtigt oder gar verurteilt werden.

„Wenn ich damals doch nur Kopien von seinen Arbeiten angefertigt hätte", sagte sie bedauernd. Dann fiel es ihr plötzlich wie Schuppen von den Augen.

„Das Archiv!", rief Rika lauter als beabsichtigt. Oliver sah sie verständnislos an.

„Welches Archiv?"

„Herrgott, Oliver. Welches Archiv?! Das Universitätsarchiv natürlich! Vielleicht finden sich dort noch alte Klausuren oder Hausarbeiten von Haller. Praktisch alles, was er je geschrieben hat, war in irgendeiner Form düster und befremdlich. Die Polizei könnte einen Abgleich mit seinen Texten vornehmen. Vielleicht – ich weiß auch nicht – vielleicht lässt sich ja ein Zusammenhang erkennen."

„Rika." Ihr Name war ein einziges Seufzen aus seinem Mund. „Wenn du diesen Kerl vor acht Jahren unterrichtet hast und er nach nur zwei Semestern das Handtuch geworfen hat, sind die Aufbewahrungsfristen längst verstrichen."

„Du weißt genauso gut wie ich, dass das nichts bedeuten muss. Bitte, bitte, lass uns nachsehen."

Oliver schien mit sich zu ringen. Kopfschüttelnd fuhr er sich mit der Hand über das Gesicht. „Gut. Ich sage es dir offen und ehrlich: Ich bin noch immer nicht überzeugt davon, dass dieser Kerl ein Mörder ist. Aber ich möchte, dass es dir gut geht. Und wenn das bedeutet, dass ich mich mit dir auf Verbrecherjagd begeben muss, habe ich wohl keine andere Wahl, als genau das zu tun. Unter einer Bedingung."

„Ja?" Rikas Herzschlag beschleunigte sich. Womöglich würden sich im Archiv entscheidende Indizien finden. Sie war Haller auf den Fersen. Endlich.

„*Ich* werde nachsehen. Für dich bedeutet diese ganze Sache schon genug Stress und wir haben erst kürzlich gesehen, welche Konsequenzen das haben kann."

Rika wich dem Blick ihres Mannes aus. Sie fühlte sich schrecklich verletzlich.

Er behandelt mich wie ein Kind, dachte sie traurig, erwiderte jedoch nichts. Oliver deutete ihr Schweigen offenbar als Einverständnis.

„In Ordnung. Ich habe gleich sowieso noch eine Menge Termine auf dem Campus. Danach werde ich ins Archiv gehen und mich gründlich umsehen. Wenn ich etwas finde, nehme ich es mit und wir informieren *zusammen* die Polizei. Okay?"

„Okay."

Oliver sah sie kritisch an. „Rika?"

„Ja?"

„Versprich mir, dass du nichts Unüberlegtes tust."

Donnerstag, 26. September, 12:28 Uhr

Josef trommelte mit den Fingern auf dem Tisch.

Der Kaugummi, den er sich stellvertretend für eine Zigarette in den Mund gesteckt hatte, schmeckte schal. Er sehnte sich nach der anregenden Wirkung, die das Nikotin in seinem Körper freisetzte, doch noch war an eine Raucherpause nicht zu denken. Im Stundentakt betrat ein anderes Mitglied aus Hallers Männer-Clique den Verhörraum.

„Wann haben Sie Herrn Ritter zuletzt gesehen?", fragte Josef nun bereits zum vierten Mal an diesem Nachmittag.

Als er am gestrigen Abend am Tatort eingetroffen war, hatte er beinahe damit gerechnet, dass es sich bei dem Toten um den verschwundenen Junggesellen handelte.

Doch das Portemonnaie des Opfers zerstreute diese Überlegung schnell wieder.

Laut Personalausweis war der Tote 35 Jahre alt, hieß Thorsten Grunewald und wohnte in Neubrandenburg.

Ein optischer Abgleich war aufgrund der nicht mehr vorhandenen Augen nur bedingt verlässlich gewesen, doch die kontaktierten Angehörigen hatten den Familienvater wenige Stunden später identifiziert. Auch die

Fingerabdrücke des einst wegen Sachbeschädigung vorbestraften Mannes hatten ergeben, dass der Tote nicht Adrian Ritter war.

Grunewald hatte auf einem Boot gelegen, mit nacktem Oberkörper, ansonsten jedoch vollständig bekleidet. Dort, wo die Augen des Mannes hätten sein sollen, waren zwei schwarze Löcher gewesen. Quer über den Bauch der Leiche hatte der Täter seine nächste Botschaft hinterlassen, die Josef nach reiflicher Überlegung für die Presse freigegeben hatte.

Sein Ziel war es, dem Mörder die Macht des Geheimnisvollen zu nehmen. Ein riskanter Zug, ließ sich doch nicht mit Gewissheit sagen, wie dieser auf die Veröffentlichung reagieren würde.

Trotzig? Nervös? Wütend?

Josef hegte die Hoffnung, dass eine womöglich aus dem Affekt entstehende Reaktion, wie auch immer diese geartet sein mochte, die Ermittlungen vorantrieb.

Wichtig war, dass der Täter auf sich aufmerksam machte. Dass er Spuren hinterließ und seinen Status des unnahbaren Killers verlor.

Unabhängig von der Bekanntgabe des Verses hatten sie tatsächlich einen neuen Anhaltspunkt erhalten. Das Handy, das zusammen mit dem Portemonnaie bei Grunewald gefunden worden war, hatte inzwischen eingeschaltet und entsperrt werden können. Allem Anschein nach handelte es sich dabei nicht um das Eigentum des Opfers – dies hatten auch seine Angehörigen bestätigt. Das wahrhaft Verblüffende daran: Die Rufnummer des Smartphones gehörte zu niemand Geringerem als Adrian Ritter.

Hatte es bisher nicht genug Indizien gegeben, um offiziell nach ihm fahnden zu können, veränderte der Fund seines Handys am Tatort die Sachlage nun drastisch.

Josef hatte zudem nicht gezögert und die Freunde des nach wie vor unauffindbaren jungen Mannes zum Verhör gebeten.

In der Zwischenzeit arbeiteten die Kollegen von der IT daran, die gelöschte Anrufliste wiederherzustellen und Ritters Kontakte nachzuverfolgen. Bis die Abteilung ihm neue, hoffentlich entscheidende Erkenntnisse liefern konnte, blieb Josef nichts anderes übrig, als Befragungen durchzuführen.

Er räusperte sich vernehmlich. „Würden Sie mir bitte antworten?", bat er sein unverkennbar eingeschüchtertes Gegenüber. Mit seinen 26 Jahren war Frederik Scheffler der Jüngste im Bunde. Während der Rest der Clique sich aus längst vergangenen Studienzeiten kannte, befand er sich im letzten Lehrjahr seiner zweiten Ausbildung. Der angehende Handwerker hatte die Männer vor zwei Jahren auf einer Kneipentour kennengelernt und sich nach eigener Aussage sofort gut mit ihnen verstanden.

Seine Freunde, Haller inklusive, hatten einhellig dasselbe ausgesagt wie bereits tags zuvor am Telefon: Am Abend des 23. September waren sie bei Scheffler zum Play-Station-Spielen verabredet gewesen. Es hatte eine Menge Bier gegeben und Ritter war irgendwann zwischen 23 und 3 Uhr nachts verschwunden. Wohin genau und mit welcher Absicht, war ihnen nicht bekannt.

Haller hatte während seiner Befragung erneut darauf hingewiesen, dass er Ritter auf dem Heimweg im Treppenhaus getroffen und dieser einen blutverschmierten Mantel getragen habe. Der Rest der Clique war ebenfalls nicht von der Aussage abgewichen, dass Ritter nur kurz zurückgekehrt und dann wieder gegangen war. An ein mit Blut besprenkeltes Kleidungsstück wollten sie sich hingegen nicht erinnern.

Nichtsdestotrotz machte allein schon die Tatsache, dass Adrian Ritters Smartphone am Tatort gefunden worden war, ihn zum Hauptverdächtigen.

„Wir haben uns am 23. bei mir zu Hause getroffen. Jacob, Adrian, Dominik, Marcel und ich", sagte Frederik Scheffler mit einer für seine schmächtige Gestalt ungewöhnlich tiefen Stimme.

Josef musterte den jungen Mann aufmerksam, auf dessen Stirn sich Schweißperlen gebildet hatten. Unter seinem Auge zuckte ein Muskel.

„Zu welchem Anlass?"

„Play-Station. Das machen wir hin und wieder."

„Was haben Sie gespielt?", fragte Josef barsch. Die Veränderung in seiner Stimmlage verfehlte ihre Wirkung nicht – Schefflers Blick wanderte ruhelos im Raum umher. Kein Zweifel, er fühlte sich schrecklich unwohl.

„FIFA", sagte Scheffler atemlos, „wir haben FIFA gespielt."

„Wann ist Adrian gegangen?"

„Weiß ich nicht genau. Ich … äh … ich hatte ein bisschen was getrunken."

„Schätzen Sie."

„Okay … Auf jeden Fall spät, aber noch vor Mitternacht.“

„Und er kam nochmal wieder?“

„Ja. Nach zwei oder drei Stunden. Vielleicht auch mehr. Ich weiß es nicht.“

„Wie sah er aus? Ist Ihnen irgendetwas Ungewöhnliches an Ihrem Freund aufgefallen?“

„Nein“, sagte Scheffler wie aus der Pistole geschossen, „ich meine … ich habe nicht wirklich drauf geachtet.“

„Ihr Kumpel, Jacob Haller, hat ausgesagt, Adrian Ritter im Treppenhaus getroffen und Blut auf seinem Mantel gesehen zu haben.“

Die Erwähnung von Hallers Namen löste etwas in Frederik Schefflers Miene aus; etwas Unbestimmtes, kaum Greifbares, das wie ein Schatten über sein Gesicht huschte.

„Sie sind nervös“, stellte Josef fest, „warum?“

„Ich bin nicht nervös.“

„Aha. Das heißt, Ihnen bricht grundsätzlich der Schweiß aus, wenn Sie sich mit jemandem unterhalten? Und Ihre Mutter hat Ihnen auch nie beigebracht, dass man anderen Menschen in die Augen sieht, wenn man mit ihnen spricht?“

Josef erntete einen empörten Blick seiner Kollegin, die ihm bisher das Reden überlassen hatte.

Spiel nicht immer den bösen Bullen, las er darin. Ein Satz, den Nele im Anschluss an Vernehmungen ständig zu ihm sagte. Dabei entsprach sein Verhalten keiner albernen Taktik.

Nein, verflucht, er *war* der böse Bulle. Jedenfalls dann, wenn er das Gefühl hatte, dass jemand ihm nicht die Wahrheit sagte.

„Ich habe nicht –“, setzte der junge Mann an, doch Josef unterbrach seine Widerrede.

„Hören Sie mir mal gut zu. Ich werde jetzt ganz bestimmt nicht mit Engelszungen auf Sie einreden und Ihnen die Hand tätscheln, bis ich Ihnen Ihre Angst vor was auch immer genommen habe. Hier geht es um Leben und Tod, Herr Scheffler. Darum, weitere Verbrechen zu verhindern. Wenn Sie uns Informationen vorenthalten, die zur Auflösung des Falls führen könnten, machen Sie sich nicht nur strafbar. Sie laden auch eine Schuld auf sich, die Sie ganz sicher nicht den Rest Ihres Daseins mit sich herumschleppen wollen. Glauben Sie mir.“

Bei Gott, seit wann schwang er so pathetische Reden? *Ich brauche wirklich eine Zigarette*, dachte Josef und fürchtete schon, dieses Mal tatsächlich zu forsch vorgegangen zu sein. Doch seine Bedenken lösten sich schnell in Wohlgefallen auf, als er sah, wie der junge Mann sich auf seinem Stuhl wand. Offenbar war es Josef gelungen, Schefflers Gewissen zu erreichen. Der Kampf, den er in seinem Inneren ausfocht, war ihm jedenfalls deutlich anzusehen.

„Wie sieht es aus? Wollen Sie mir vielleicht etwas sagen?“, half er nach.

„Jacob“, sagte Frederik unglücklich, „er ... ähm.“

„Ja?“

„Er war nicht bei uns.“

Wie elektrisiert sprang Josef von seinem Stuhl auf. Scheffler erschrak ebenso sehr wie seine Kollegin, doch das kümmerte ihn nicht. Er stützte sich mit beiden Händen auf die Tischplatte und beugte sich so weit vor, dass ihn nur noch seine Zehenspitzen am Boden hielten.

„Jacob Haller war nicht bei Ihnen?!", wiederholte er ungläubig, was der junge Mann mit zerknirschtem Gesichtsausdruck gestanden hatte.

„Ja. Nein. Nicht die ganze Zeit jedenfalls. Immer nur für ein, zwei Bier. Er ... er hat uns gebeten, für ihn zu lügen. Wegen Romina, wissen Sie? O Mann ... Er wird so verdammt wütend auf mich sein."

Bei Romina Stayer handelte es sich nach den Angaben um Hallers Freundin.

Am Telefon hatte sie bestätigt, dass der Marketing-Manager während der vergangenen Abende bei seinen Kumpels gewesen war.

„Und wo, in Gottes Namen, war er dann?", polterte Josef. Hallers Dreistigkeit machte ihn so wütend, dass er kurz davor war, die Beherrschung zu verlieren.

„Bei einer anderen Frau." Schefflers Gesicht hatte eine ungesunde graue Färbung angenommen. „Er hat uns nie gesagt, wie sie heißt oder wo sie wohnt. Nur dass er uns braucht, damit Romina keinen Wind von der ganzen Sache bekommt."

„Das darf doch nicht wahr sein", stöhnte Josef und machte Anstalten, den Raum zu verlassen. Seine Halsschlagader pulsierte im Takt seines Herzens. „Nele, übernimmst du?"

Seine Kollegin nickte.

„Sie haben das einzig Richtige getan, Herr Scheffler", hörte er sie beruhigend sagen, bevor die schwere Tür hinter ihm ins Schloss fiel.

Im Stechschritt lief Josef den Gang entlang. Er würde das Team über die Neuigkeiten informieren und dann geradewegs in Hallers Büro fahren.

Dieser verlogene Mistkerl.

Die Geschichte um die betrogene Freundin konnte wahr sein – oder aber ein Ablenkungsmanöver. Und selbst wenn ersteres zutraf, entschuldigte es gewiss nicht eine Falschaussage. Er würde Haller mächtig die Leviten lesen, so viel stand fest.

Gerade wollte Josef den Aufzug betreten, als eine Hand ihn an der Schulter berührte.

„Chef?" Timo Weinreich, einer der Mitarbeiter aus der IT-Abteilung, sah ihn über den Rand seiner Brille hinweg ernst an.

„Ja?"

„Wir haben die Anrufliste wiederherstellen können. Die Rufnummern stimmen fast alle mit denen überein, die Sie uns zum Abgleich zur Verfügung gestellt haben. Ein weiterer Kontakt ist laut Telefongesellschaft und gespeichertem Namen wohl die Mutter des Vermissten. Interessant ist ein ausgehender Anruf in der Tatnacht. Die Nummer war bereits in unserem System gespeichert."

„Und weiter?", drängte Josef. Er hatte keine Zeit für unnötig lange Ausführungen.

„Sie gehört zu einer gewissen Rika Hohenstedt."

Freitag, 26. September, 11:43 Uhr

Tu nichts Unüberlegtes.

Die Musik aus den Deckenlautsprechern des belebten Cafés wurde von einem lauten Klirren verschluckt.

Rika, die seit Minuten zur Tür starrte, zuckte unter dem unerwarteten Geräusch erschrocken zusammen. Beinahe widerwillig wandte sie den Blick vom Eingang ab und sah sich nach der Quelle des Lärms um.

Einem Angestellten, der den Tisch neben ihr abgeräumt hatte, war das Tablett aus den Händen gerutscht und die Tassen darauf waren infolgedessen durcheinandergepurzelt. Glücklicherweise schien das Geschirr aber weitestgehend unversehrt zu sein – Rika zumindest konnte nirgendwo Scherben erkennen.

„Entschuldigung", sagte der junge Mann, der sie bemerkt und den zweifellos verängstigten Ausdruck auf ihrem Gesicht offenbar fehlinterpretiert hatte, „ich arbeite noch nicht lange hier." Seine Stimme kam Rika eigenartig vertraut vor.

Er stellte das Tablett wieder auf dem Tisch ab, trocknete sich die Handflächen an seiner Schürze und machte sich dann daran, das Chaos zu beseitigen.

„Kein Problem", winkte sie freundlich ab, „ich bin nur manchmal etwas schreckhaft."

„Sind Sie allein hier?", fragte der Angestellte lächelnd und trieb ihr mit dieser Frage die Hitze in die Wangen. Irritiert musterte Rika den Mann, der kaum älter sein durfte als 30. *Flirtete* er etwa gerade mit ihr?

„Nein", sagte sie hastig, „ich warte auf jemanden."

Allerdings nicht auf meinen Mann. Sondern auf jemanden, von dem ich glaube, dass er ein Mörder ist.

Sie konnte selbst kaum glauben, dass sie Haller um ein Treffen gebeten hatte, kaum dass Oliver aus dem Haus gewesen war. Ihr ehemaliger Student hatte keine zehn Minuten gebraucht, um auf ihre Facebook-Nachricht zu antworten.

Auf seine Frage hin, ob sie sich in seinem Büro treffen wollten, hatte Rika das in amerikanischem Stil errichtete Café unweit seines Arbeitsplatzes vorgeschlagen. Im öffentlichen Raum, noch dazu am helllichten Tag, würde von Haller vermutlich keine Gefahr ausgehen. Was genau sie sich von einem Gespräch mit ihm erhoffte, wusste Rika allerdings selbst noch nicht.

Sollte sie ihn mit ihren Anschuldigungen konfrontieren? Oder mit ihrem Verdacht gänzlich hinterm Berg halten und vorgeben, seine Hilfe bezüglich irgendeiner erfundenen Marketing-Problematik zu benötigen? Vielleicht gelang es ihr auf diese Weise, ihm näher zu kommen. Sein Vertrauen zu gewinnen und fortan ganz einfach zu hoffen, dass er seine wahre Identität versehentlich verriet. *Oder*, dachte Rika und kam sich dabei reichlich paranoid vor, *ich klaue ihm ein Haar und gebe es der Polizei zum Abgleich von DNA-Spuren.*

Vorausgesetzt, Haller tauchte überhaupt noch auf. Mittlerweile war er nämlich bereits 25 Minuten zu spät.

„Kann ich Ihnen die Wartezeit vielleicht etwas versüßen?", fragte der Kellner. Seine dunklen Augen wanderten unverhohlen von Rikas Gesicht hinunter zu ihren Brüsten. Plötzlich verfluchte sie den allzu engen Rollkragenpullover, unter dem sich ihre Rundungen deutlich abzeichneten. In einem Versuch, gegen das unangenehme Gefühl des Ausgeliefertseins anzukämpfen, verschränkte sie die Arme vor der Brust.

„Danke, nein", sagte sie so bestimmt wie möglich.

„Also wirklich, Sie dachten doch nicht ...?" Der junge Mann lachte und steigerte Rikas Scham somit ins Unermessliche. Bei Gott, was passierte hier? „Mit einem Kaffee oder einem Kakao, habe ich gemeint." Der Angestellte schüttelte mitleidig den Kopf. Plötzlich sah er ganz und gar nicht mehr freundlich aus.

Irgendetwas stimmt nicht mit seiner Gesamterscheinung, dachte Rika, ohne genau zu wissen, worin diese Unstimmigkeit bestehen könnte. Als ein weiterer Kellner um die Ecke bog, in die sie sich zurückgezogen hatte, sah sie es: Der Mann, dem das Tablett aus den Händen gerutscht war, trug zwar eine Schürze. Nicht aber das T-Shirt mit dem Logo des Cafés oder ein Schild mit seinem Namen.

„HE!", schrie der richtige Mitarbeiter, „was tun Sie da?"

Der Mann, der mit Rika gesprochen hatte, tat etwas Eigenartiges: Er grinste. So breit, dass sie fürchtete, seine Mundwinkel müssten einreißen. Dann schleuderte er das Tablett zu Boden, nutzte das Überraschungsmoment und rannte aus dem Laden.

Am ganzen Körper zitternd, sah Rika von dem zersprungenen Porzellan zu dem Angestellten, der ihren Blick sofort auffing.

„Was war das denn?!", fragte er verständnislos.

Rika stand von ihrem Stuhl auf und hielt ihre Handtasche wie einen Schild vor ihren Körper. Was, wenn dieser Irre wiederkam?

Du weißt, wer das war, sagte eine Stimme in ihrem Kopf, die sie am liebsten zum Schweigen gebracht hätte.

„Das w-war kein Mitarbeiter von Ihnen, oder?", fragte sie tonlos.

„Nein. Ein Glück für uns, stimmt's? Bei dieser schlampigen Arbeitsweise."

Rika fingerte einen zerknitterten Schein aus ihrer Tasche, drückte ihn dem Kellner in die Hand und steuerte im Laufschritt auf den Eingang zu.

„Warten Sie!", rief der Mitarbeiter ihr nach. „Nur kurz, bis die Polizei da ist."

Doch Rika dachte nicht daran, stehen zu bleiben. Ihr Herz flatterte wie ein in Not geratener Schmetterling, als sie die Eingangstür aufstieß und in den dunklen Nachmittag hinausstürzte.

Der anonyme Anrufer hatte sie gefunden.

KAPITEL 17

„Hallo. Hier ist die Mailbox von Rika Hohenstedt. Bitte hinterlassen Sie eine Nachricht nach dem Signalton."

Heiße Wut pulsierte in Josefs Schläfen. Die Professorin ging weder ans Handy noch öffnete sie die Wohnungstür. Auch seine Anrufe auf dem Festnetztelefon wurden nicht entgegengenommen, weswegen Josef vermutete, dass Rikas Mann ebenfalls nicht zu Hause war. Es hatte nicht lange gedauert, alles Notwendige über die gebürtige Husumerin herauszufinden: Wann sie nach Berlin gezogen war, an welcher Universität sie arbeitete und mit wem sie verheiratet war. Auf der Homepage der Universität hatten sie außerdem Fotos der beiden gefunden, die zwar ihrer Qualität nach zu urteilen vor vielen Jahren aufgenommen worden waren, Josef und seinem Team aber zumindest einen Eindruck von ihrem Aussehen vermittelten.

Josef hatte eine kurzfristige Observation angeordnet, was bedeutete, dass die Wohnung 24 Stunden lang beobachtet werden konnte. Sobald Rika oder ihr Mann ein Lebenszeichen von sich gaben, würden die Beamten vor Ort ihn telefonisch informieren. Nach Ablauf dieses vorgegebenen Zeitfensters würde er sie jedoch wohl oder übel von ihrem Posten abziehen müssen, denn für eine längerfristige Observation fehlten ihnen im Falle Hohenstedt die Befugnisse.

Ein Hoch auf die Bürokratie.

Murrend steuerte Josef seinen PKW in die Einfahrt des Parkhauses unweit der Museumsinsel.

Er hoffte, Haller noch in seinem Büro anzutreffen.

Sein Gefühl riet ihm, dass es besser wäre, den Marketing-Manager nicht direkt aufs Revier zu beordern. Vielleicht, so hoffte er, kitzelte ja ein Überraschungsbesuch die nötigen Informationen aus Haller heraus.

Josef zog das Ticket, das surrend aus dem Automaten glitt, und passierte die Schranke. Gedanklich vergegenwärtigte er sich noch einmal die jüngst eingeleiteten Schritte.

Die Fahndung nach Adrian Ritter war herausgegeben, Streifenpolizisten abgestellt und das Ermittlerteam instruiert worden. Josef hatte die Kollegen außerdem dazu angehalten, ihn über jedes noch so kleine Delikt, das sich im Großraum Berlin ereignete, zu unterrichten.

An einem Freitagnachmittag, pünktlich zum Wochenende, war die Anzahl der eingehenden Meldungen auf seinem Diensthandy entsprechend hoch. Josef machte sich keine Illusionen – mit fortschreitender Uhrzeit würden die gemeldeten Straftaten sich noch einmal vervielfachen. Dennoch konnte und wollte er nicht riskieren, etwas zu übersehen, das möglicherweise in Zusammenhang mit den Ermittlungen gebracht werden konnte.

Josef stellte den Motor aus und sichtete die eingegangenen Nachrichten routiniert. Eine davon erregte seine Aufmerksamkeit: In einem Café unweit des Campus hatte sich ein Mann als Angestellter ausgegeben und mit einer Frau gesprochen, die nach der überstürzten Flucht des Unbekannten ebenfalls davongelaufen war. Irgendetwas daran kam Josef seltsam vor.

Entweder werde ich allmählich paranoid und bringe alles Mögliche mit dieser Hohenstedt in Zusammenhang, oder auf meinen Instinkt ist tatsächlich Verlass, dachte er und ließ geräuschvoll die Luft auf seinen Wangen entweichen.

Er wählte die Nummer des Dezernats und bat darum, ihn über die Entwicklungen in dieser Sache auf dem Laufenden zu halten. Dann öffnete er die Autotür und wagte sich hinaus in die feuchte Kälte, die in den Wänden des Parkhauses hauste.

Fröstelnd eilte er auf den Ausgang zu – und zuckte innerlich zusammen, als er auf dem Weg dorthin den Pick-Up seiner Exfrau entdeckte. Kaum ein paar Schritte vom Ticket-Automaten entfernt stand er, der dunkelblaue Wagen mit den inzwischen längst ausgeblichenen „Baby on Board"-Stickern auf der Heckscheibe.

Wann immer er Sandra zufällig begegnete, was gemessen an der Größe der Stadt erstaunlich häufig vorkam, fühlte er sich, als erleide sein Herz einen winzigen und doch spürbaren Stromschlag.

Was führte sie hierher? War sie mit Amelie und Vanessa unterwegs? Saßen die drei vielleicht noch – oder schon wieder – im Auto?

Josef sah durch die Seitenfenster ins so schmerzlich vertraute Innere des Pick-Ups, doch weder Sandra noch die Mädchen waren zu sehen. Er schüttelte sich in einem Versuch, seine Gedanken wieder in geordnete

Bahnen zu bringen, und setzte seinen Weg zu Hallers Büro fort.

Doch das schlechte Gewissen, das der Anblick der Kindersitze und auf der Rückbank verstreuten Stofftiere in ihm geweckt hatte, fraß sich in seine Schläfen wie ein lästiger Kopfschmerz.

Verflucht, es war viel zu lange her, dass er Zeit mit seinen Kindern verbracht hatte. Manchmal kam es ihm vor, als entglitten sie ihm Tag für Tag ein wenig mehr. Als spielte er nur noch eine untergeordnete Rolle in ihrem Leben.

Und für diese Rolle hast du sogar selbst vorgesprochen, du Idiot, dachte er zynisch. Er tastete in seiner Jackentasche nach der Schachtel Zigaretten, die er am Morgen gekauft hatte. Die Berührung reichte aus, um ihn notdürftig zu beruhigen. Am liebsten hätte er noch ein paar Züge geraucht, doch die filigran verzierte Hausfassade des Gebäudes, in dem Haller sein Büro hatte, kam bereits in Sicht. Josef beschleunigte seine Schritte noch einmal und ließ zu, dass eine wieder aufglimmende Wut ihn antrieb.

Dass Haller gelogen hatte, war eine Sache. Dass er sogar seine Freunde dazu angestiftet hatte, eine Falschaussage zu tätigen, eine andere. Von den rechtlichen Konsequenzen einmal abgesehen, fand Josef Hallers Handeln vor allem auf moralischer Ebene verwerflich.

Er trat in den Hauseingang, betätigte die Klingel und wartete mit angehaltenem Atem darauf, dass das Surren des Türöffners erklang.

Bitte lass ihn noch da sein, beschwor Josef einen Gott, an den er nicht glaubte.

Der Gott erhörte ihn.

KAPITEL 18

Der Brief, der vor ihr auf dem Tisch lag, starrte Löcher in ihre Seele. Sein grausiger Inhalt, getarnt durch eine verschnörkelte, beinahe mädchenhafte Handschrift, hatte jeden Zweifel an Hallers Schuld ein für alle Mal zum Schweigen gebracht.

Ein unsicheres Lachen schlich sich über Rikas Lippen, das sich sofort in der Stille der Wohnung verlor. Sie fuhr sich durch die Haare, drehte die viel zu trockenen Spitzen nervös zwischen den Fingern.

Als sie den Briefumschlag auf ihrer Fußmatte hatte liegen sehen wie eine schlafende weiße Taube, hatte Rika bereits geahnt, dass in seinem Inneren etwas Böses schlummerte.

Dabei wirkte es auch jetzt noch so unschuldig, das mit Blumen bedruckte Papier, das mit königsblauer Tinte beschrieben worden war. Die Worte, die sich darauf allzu ordentlich aneinanderreihten, waren jedoch alles andere als harmlos.

Du spielst mit dem Feuer, Rika. Und es wird dich verbrennen, wenn du nicht Acht gibst. Ich beobachte jeden deiner Schritte. Leider gefällt mir nicht, was ich sehe.

Es war Jahre her, dass sie Hallers Schrift zum letzten Mal gesehen hatte. Und dennoch erkannte sie jeden Buchstaben als eine Schöpfung seiner Finger. Vor allem die Arkaden-Kringel über dem I und die im Gegensatz zum Rest so windschiefen Ns waren ihr unwiderruflich im Gedächtnis geblieben.

Bei dem Gedanken daran, dass er hier gewesen war, direkt vor ihrer Wohnungstür, wurde ihr ganz übel.

Hatte er geklingelt? War der Brief womöglich nur deshalb zum Einsatz gekommen, weil niemand zu Hause gewesen war? Hätte Haller das Problem andernfalls vielleicht auf direktem Wege beseitigt?

Es hatte keinen Sinn, sich darüber den Kopf zu zerbrechen.

Beunruhigt sah Rika auf ihr Handy, das sie nach dem Auffinden des Briefes notgedrungen wieder eingeschaltet hatte. Erneut war sie von einer unbekannten Nummer angerufen worden.

Sie blockierte auch diese, ehe sie zum vierten Mal versuchte, Oliver zu erreichen. „Bitte, geh ran."

Auch jetzt sprang die Mailbox an. Offenbar steckte ihr Mann noch mitten in seinem Termin.

Verdammt.

Wenn Oliver nun mit leeren Händen zurückkam und sie nicht beweisen konnten, dass Haller den Brief geschrieben hatte? Die Zeit rannte ihr davon. Sie musste die Sache selbst in die Hand nehmen, allen Warnungen des Mörders zum Trotz.

Vielleicht, dachte Rika in einem Anflug irrwitziger Hoffnung, würde es ihr ja gelingen, ihn zu einem Geständnis zu bewegen, das sie heimlich mit ihrem Handy aufzeichnen konnte. Wenn er nur zugab, den Brief geschrieben zu haben, hatte sie zweifellos genug gegen ihn in der Hand, um zur Polizei zu gehen. Möglicherweise schaffte sie es sogar, zusätzlich noch einen Notizzettel oder ein anderes Schriftstück aus seiner Wohnung zu entwenden.

Zusammen mit dem Brief würden Oliver und sie den ermittelnden Beamten einschlägige Beweise auf dem Silbertablett servieren können.

„Vorausgesetzt, ich komme lebend wieder aus Hallers Wohnung raus", murmelte Rika, zückte ihr Handy und tippte eine Nachricht an Oliver:

Wenn du etwas gefunden hast, komm schnell zurück. Haller hat mir einen Drohbrief geschrieben. Brauchen dringend Material für einen Abgleich. Hol den Brief von zuhause ab, sobald du fertig bist, und fahr sofort zur Polizei. Ich würde ihn ja selbst mitnehmen, aber hier ist er sicherer. Wenn Haller ihn mir wieder abnimmt, haben wir am Ende nichts gegen ihn in der Hand. Hörst du innerhalb der nächsten zwei Stunden nichts von mir, schick einen Streifenwagen in den Engeldamm, Hausnummer 60. Liebe dich.

Fröstelnd schloss Rika den obersten Knopf ihres Mantels, rückte ihren Schal zurecht und warf sich den Gurt ihrer Tasche über die Schulter. Kurz streifte ihr

Blick den Messerblock auf der Kücheninsel. Wie von selbst bewegten sich ihre Beine auf die Arbeitsplatte zu.

Es würde nicht schaden, sich verteidigen zu können, wenn es ernst wurde ...

„Mach dich nicht lächerlich", schalt Rika sich selbst.

Sie konnte nicht einmal einer Fliege etwas zu Leide tun – im wahrsten Sinne des Wortes. Ganz gleich, wie sehr ihr die Insekten auf die Nerven gingen, noch nie hatte sie zum Schuh oder zur Zeitung gegriffen, um sie mit einem gezielten Schlag ins Jenseits zu befördern.

Wie also könnte sie eine Waffe gegen einen Menschen richten?

Tu doch nicht so, meldete sich ein besonders intriganter Teil ihres Verstandes, *was ist denn mit dem Blut auf deiner Jacke? Der anonyme Anrufer weiß, wozu du fähig bist. Und wenn du ehrlich zu dir selbst bist, dann weißt du das auch.*

Rikas Mundwinkel zuckten.

Ihre Finger schlossen sich um den Messergriff.

KAPITEL 19

Hallers Bürotür stand offen.

Sein Lachen schallte bis in den Flur hinaus und klang überdreht. Stirnrunzelnd betrat Josef den Raum, dessen Wartezimmer-Atmosphäre ihn auch heute an den Einrichtungsvorlieben des Marketing-Managers zweifeln ließ.

Doch seine Aufmerksamkeit wurde schnell auf die zwei Personen gelenkt, die einander am Fenster gegenüberstanden.

Haller lehnte am Sims und unterhielt sich mit einer Frau, die Josef den Rücken zugewandt hatte.

Irgendetwas an dem Bild, das sich ihm bot, stimmte nicht; ja, es störte ihn sogar ganz gewaltig.

Als die Frau sich zu ihm umdrehte, wusste er auch, was es war.

„Sandra?", fragte er konsterniert, als er in das Gesicht seiner Exfrau sah. Josef blinzelte ein paarmal, um sicherzugehen, dass seine Sinne ihm keinen Streich spielten. Doch ein Irrtum war ausgeschlossen: Die rothaarige, hagere Frau mit den hohen Wangenknochen und den vielen Lachfalten um die grünen Augen war ohne jeden Zweifel jene, die ihm einmal das Jawort gegeben hatte.

„Josef", sagte sie und klang dabei nicht weniger erstaunt als er, „was tust du denn hier?"

„Was *ich* hier tue?!" Er merkte, dass er die Worte beinahe herausschrie, doch das war ihm gleich. Sandra hier zu sehen, im Büro eines Verdächtigen, der ihm eiskalt ins Gesicht gelogen hatte und seine Lebensgefährtin mit einer anderen betrog, weckte die schlimmsten Befürchtungen in ihm.

Keinem von Hallers Freunden war dessen Affäre bekannt.

Es war also durchaus möglich, dachte Josef und spürte die Schlagader an seiner Schläfe heftig pulsieren, dass es sich bei der namenlosen Liebhaberin um seine Exfrau handelte, oder etwa nicht?

Zuzutrauen war es dem Kerl, der ihn so furchtbar selbstgefällig angrinste, allemal. Josefs Blick jagte zuerst über Sandras, dann über Hallers Köper. Studierte ihre Mimik und Gestik, lauerte auf das kleinste Zeichen, das seinen Verdacht untermauern würde.

„Herr Winter, um Himmels willen, warum brüllen Sie denn so?", fragte Haller arglos.

Josef beachtete ihn nicht. „Sandra, rede mit mir. Was tust du hier?"

„Mich beraten lassen", antwortete sie irritiert, „und *du?* Bist du mir etwa gefolgt?"

Die Absurdität der Situation entlockte Josef ein Glucksen. „Dir gefolgt?! Ich wusste ja nicht mal, dass du hier bist!"

Das Diensthandy in seiner Tasche vibrierte. Entnervt zog er es heraus, prüfte die eingehende Nummer und stellte fest, dass es die vor Rika Hohenstedts Wohnung abgestellten Kollegen waren.

Vermutlich war sie gerade nach Hause gekommen.

Nein, korrigierte Josef, *sie, ihr Mann oder irgendwelche anderen Anwohner, denn idiotischerweise haben wir nur diese jahrhundertealt anmutenden verpixelten Aufnahmen als Orientierungshilfen.*

Doch es half nichts. Er konnte sich nicht zerreißen, nicht selbst vor Ort sein und jede Frau ansprechen, die das Wohngebäude betrat und zur Identifizierung nach ihrem Ausweis fragen. Zuallererst würde er ohnehin klären müssen, was in Dreiteufelsnamen seine Exfrau in Hallers Büro verloren hatte.

„Kann mich mal jemand aufklären, was hier los ist?", erkundigte sich dieser. Lässig stieß er sich von dem Fenstersims in seinem Rücken ab, umrundete seinen Schreibtisch und ließ sich seufzend in den dahinterstehenden Bürostuhl sinken. Die Arme hinter dem Kopf verschränkt und die Beine überschlagen, sah er von Sandra zu Josef und wieder zurück.

Fehlt nur noch, dass dieser sensationslüsterne Vollidiot sich einen Eimer Popcorn aus der Schublade angelt, dachte Josef wütend. Im Augenblick fühlte er sich allein von der Tatsache provoziert, dass Haller atmete.

Wie nur sollte er einen kühlen Kopf bewahren, wenn sich herausstellte, dass er tatsächlich mit seiner Exfrau

…

Josef verbot sich, diesen Gedanken zu Ende zu denken.

Mit wem Sandra schlief, war selbstverständlich ihr überlassen. Sie war eine alleinstehende Frau, die tun und lassen konnte, was sie wollte. Dennoch versetzte es ihm einen Stich, dass sie sich ausgerechnet auf jemanden wie Haller eingelassen haben konnte – und somit auf jemanden, dem nicht zu trauen war. Einen Lügner, der möglicherweise noch weit Schlimmeres tat, als seine Freundin zu betrügen.

Außerdem kann es verdammt nochmal kein Zufall sein, dass er sich ausgerechnet mit Sandra trifft, befand Josef, als der Polizist in ihm wieder die Oberhand gewann.

Vielleicht hatte er Rika Hohenstedt Unrecht getan.

Ja, vielleicht hätte er ihren Worten von Anfang an mehr Gewicht verleihen und ihren ehemaligen Studenten ordentlich in die Mangel nehmen müssen. Und zwar nicht nur zwischen Tür und Angel in lockerer Atmosphäre, sondern unter Zuhilfenahme der harten Geschütze.

Wohnungsdurchsuchung, stundenlange Vernehmungen und psychologische Gutachten anstelle von flapsigen Sprüchen in einem Büro-Gebäude, das eine Hommage an jeden Urologen war.

„Erzählen Sie's mir, Herr Haller. Ja, lassen Sie mich doch bitte an dem Grund dafür teilhaben, dass Sie den Freitagnachmittag ausgerechnet mit der Exfrau des leitenden Ermittlers jener Mordkommission verbringen, die Sie als Verdächtigen noch lange nicht von Ihrer Liste gestrichen hat."

Sandra machte große Augen. Zu Josefs Ärger blickte Haller nicht minder schockiert drein. Er öffnete den Mund, schloss ihn wieder und öffnete ihn dann von Neuem, doch kein Ton drang über seine Lippen.

Josef schnaubte. „Oh, ich bitte Sie. Was soll diese Scharade?"

„Jacob wird verdächtigt? Doch nicht etwa in dieser Goethe-Killer-Geschichte?", fragte Sandra entgeistert.

Ihre ohnehin schon rauchige Stimme klang noch kratziger als sonst, wenn sie Angst hatte. Josef wusste das nur zu gut, denn vor allem während der letzten Monate ihrer Ehe war Sandra oft ängstlich gewesen. Insbesondere dann, wenn er nächtelang fort und in hochgefährliche Fälle verwickelt gewesen war.

„Ja, *Jacob.*" Josef sprach den Vornamen überdeutlich aus. „Wollen Sie es meiner Exfrau vielleicht selbst sagen? Oder soll ich ihr eine kurze Zusammenfassung der Ereignisse liefern?"

Haller schüttelte den Kopf und sah dabei aus wie ein bekümmerter Vater, der sich für das Verhalten seines Kindes schämte. „Ich habe nichts damit zu tun, Sandra."

„Wartest du bitte draußen?", fragte Josef seine Exfrau. „Ich muss dich gleich wirklich dringend sprechen. Als Polizist, nicht als Privatperson."

Sandras Augen waren, wenn überhaupt möglich, noch größer geworden. Einen Moment lang zupfte sie unschlüssig an ihrer Bluse herum, dann nickte sie knapp und eilte mit klappernden Absätzen zur Tür hinaus.

Josef räusperte sich vernehmlich. „Schön. Da wären wir wieder." Er trat an Hallers Schreibtisch heran, stützte die Hände auf der Glasplatte ab und beugte sich zu dem jungen Mann hinüber, der mit seinem Stuhl sogleich ein Stück weit nach hinten rollte.

„Es ist nicht so, wie es aussieht, Herr Winter."

Josef lachte freudlos. „Aus dem unendlichen Repertoire möglicher Ausreden wählen Sie ausgerechnet *diese?* Ich habe Sie für deutlich kreativer gehalten. Aber gut. Geben wir Ihnen eine Chance. Wie ist es denn dann, Herr Haller?"

Der Marketing-Manager sah Josef durchdringend an.

„Jemand will mich fertigmachen. Und so langsam glaube ich, ich weiß auch, wer dieser Jemand sein könnte."

„Wer denn? Romina vielleicht? Als Rache für Ihre heimlichen Schäferstündchen außerhalb des gemeinsamen Bettes?"

Mit Genugtuung beobachtete Josef, wie seinem Gegenüber die Gesichtszüge entgleisten. Binnen weniger Sekunden nahm die Haut auf Hallers Wangen einen fleckigen Rotton an.

„Halten Sie meine Freundin da raus", presste er hervor.

„Welche denn genau, Herr Haller? Es scheint ja weit mehr als nur eine Frau in Ihrem Leben zu geben."

„Wie haben Sie –"

„Ich gebe Ihnen jetzt einen gut gemeinten Rat", unterbrach Josef ihn, „spielen Sie mit offenen Karten. Beantworten Sie jede meiner Fragen ehrlich und hören Sie verdammt nochmal auf damit, meine Zeit zu verschwenden."

Haller schwieg. Er sah aus, als wäge er seine Möglichkeiten ab. Josef konnte sich den Kampf, der in seinem Kopf stattfand, lebhaft ausmalen.

Wahrheit gegen Lüge.

Mut gegen Feigheit.

Herz gegen Verstand.

Es blieb keine Zeit mehr für solche Schlachten. Die Minuten rannen ihnen wie Sandkörner zwischen den Fingern hindurch.

Er ließ seine Faust ohne Vorwarnung auf die Glasplatte krachen. Haller zuckte zusammen. Mit aufgerissenen Augen starrte er Josef an.

„Sind Sie soweit? Schön. Dann erzählen Sie mal. Ich höre.“

KAPITEL 20

Sie wurde verfolgt.

Rika hatte die zwei Männer im silbergrauen Mercedes auf der gegenüberliegenden Straßenseite bereits bemerkt, als sie vom Café aus nach Hause gelaufen war, ihnen jedoch keine weitere Beachtung geschenkt. Nun aber, da ihre Sinne durch Hallers warnenden Brief noch einmal geschärft worden waren, empfand sie ein untrügliches Gefühl der Bedrohung.

Ich beobachte jeden deiner Schritte.

Hatte er die Männer angeheuert? Ihnen aufgetragen, sie nicht aus den Augen zu lassen, damit er sichergehen konnte, dass sie ihm nicht zur Gefahr würde?

Ihr einen handgeschriebenen Brief zu hinterlassen, der leicht mit ihm in Verbindung gebracht werden konnte, war ein Zeichen maßloser Arroganz und passte eindeutig in sein Verhaltensmuster. Dennoch war Haller nicht dumm.

Wenn er sich schon zu solch einer Handlung hinreißen ließ, musste er Vorkehrungen zu seinem Schutz getroffen haben.

Ja, ganz ohne Zweifel hatte er sich vorbereitet. Sich über die Rechtslage informiert und sichergestellt, dass ein Schreiben allein nicht ausreichend für eine Verurteilung war. Dafür gesorgt, dass keine seiner Fingerabdrücke auf dem Papier waren. Eine andere Handschrift eingeübt, die ihn im Falle eines Abgleichs entlasten würde.

Und zwei Kerle auf mich angesetzt, die sicherlich verhindern sollen, dass ich irgendwelche Dummheiten mache. Bestimmt ist einer von ihnen der namenlose Anrufer. Der am Steuer, dessen Gesicht ich nicht sehen kann.

Kaum dass sie aus der Tür hinaus auf den Bürgersteig getreten war, war einer der Männer aus dem Wagen gestiegen. Und obwohl er demonstrativ in eine andere Richtung gesehen hatte, hatte Rika *gewusst*, dass er ihr nachlaufen würde. Sein gesamtes Auftreten – die Art, wie er sich bewegte und geschäftig in sein Handy sprach – deutete darauf hin, dass er nicht der war, der er nach außen hin vorgab zu sein.

Ob Haller nun tatsächlich dahintersteckte oder die Polizei möglicherweise jemanden zu ihrem Schutz abgestellt hatte, spielte keine Rolle.

Fest stand nur eines: Dass sie unter keinen Umständen observiert werden wollte. Weder von der guten noch von der bösen Seite. Bis sie nicht alle Beweise gegen Haller zusammen hatte, konnte sie nicht riskieren, dass jemand ihr Vorhaben vereitelte.

Sie beschleunigte ihre Schritte, warf einen Blick über die Schulter und sah, dass der Mann ihr in einigem Abstand folgte. Rika vergrub die Hände in den Manteltaschen, wechselte die Straßenseite und mischte sich unter den Pulk, der die Treppen zur U-Bahn-Station hinuntereilte.

Eigentlich hatte sie die dunklen Tunnel meiden und mit der S-Bahn fahren wollen, doch ihr schwante, dass es weitaus leichter sein würde, ihren Verfolger im Gedränge des Untergrunds abzuschütteln.

Ihre Schritte wurden schneller, ihre Bewegungen hektischer.

Ohne sich noch einmal umzudrehen, hielt sie auf die einfahrende U-Bahn zu. Halbherzige Entschuldigungen murmelnd, quetschte sie sich zwischen einer Familie und einer Säule hindurch an den Bahnsteig.

Dann wartete sie.

Zählte im Rhythmus ihres hämmernden Herzens von 60 an abwärts. Sie sah sich zu allen Seiten um und entdeckte ihren Verfolger einige Meter entfernt am Fuße der Treppe.

Sein Blick fand sie im selben Moment. Ohne zu zögern, drängelte Rika sich bis zum letzten Waggon der Bahn vor und sprang hinein. Verzweifelt versuchte sie, durch das mit Graffiti besprühte Fenster zu sehen, was der Mann aus dem Mercedes tat.

Bitte, flehte sie im Stillen, *nun mach schon.*

Als das Piepen einsetzte, das die Schließung der Türen ankündigte, machte Rika einen Satz zurück auf den Bahnsteig.

Der Zug, eine blecherne Raupe voller Geschwüre, fuhr mit einem geräuschvollen Quietschen an.

Mit zum Zerreißen gespannten Nerven hielt Rika Ausschau nach ihrem Verfolger, doch es schien, als sei sie ihm tatsächlich entkommen.

Bevor der zweite Mann auf die Idee kam, nach ihr oder seinem Komplizen zu suchen, stieg Rika in die einfahrende U-Bahn auf der gegenüberliegenden Seite des Steiges.

Sie ergatterte einen Sitzplatz im sich langsam füllenden Abteil, zog den Schal bis knapp unter die Augen und registrierte beruhigt, dass sie allmählich hinter Mänteln, Aktenkoffern und Einkaufstaschen verschwand.

Als sie dem Rucksack eines unachtsamen jungen Mannes auswich, erhaschte sie einen Blick auf ein eindrucksvolles Plakat, das die graugekachelte Wand des Bahnhofsgebäudes zierte. Ein Buchcover war darauf zu sehen. Es zeigte einen Schmetterling, der, um ein Vielfaches vergrößert, auf der Klinge eines Messers saß.

Das Insekt war von einem durchscheinenden Blau. Entlang des äußeren Randes seiner Flügel verlief eine zarte schwarze Linie. Der schmale Körper glänzte schwarz, die Fühler waren dicht und kammzahnig.

Nicht fähig, auch nur einen Muskel zu bewegen, saß Rika da. Starrte den Fotodruck an, der vor ihren Augen immer trüber wurde, bis dahinter ein längst vergangener Sommer zum Vorschein kam.

Drei Jahre waren verstrichen, seit sie ihn getroffen hatte, den Mann am Seerosenteich. Anlässlich ihres Hochzeitstages war sie mit Oliver in einem Wellness-Hotel in der Nähe seines Elternhauses untergebracht gewesen und hatte mit ihm ein entspanntes Wochenende inklusive Massagestühlen und Frühstück im Bademantel verbringen wollen, doch sie hatten gestritten.

Die sonst so harmlosen Wortgefechte waren ungewohnt heftig ausgefallen, und so hatte Rika beschlossen, allein einen Spaziergang zu unternehmen.

Sie war weit durch den herrlichen Ort mit seinen altertümlichen Bauten gelaufen und hatte schließlich einen Wanderweg entdeckt, der über Felder und Wiesen bis hin zu einer verwilderten Parkanlage führte.

Dort schließlich war sie ihm begegnet.

Er hatte einfach nur dagesessen, ohne Schuhe und scheinbar ebenfalls ohne Sorgen. Hatte lächelnd die Libellen beobachtet, die über der sich kräuselnden Wasseroberfläche schwebten.

In einer für sie untypisch geselligen Art war sie auf ihn zugegangen und hatte sich, wenn auch mit einigem Abstand, neben ihn gesetzt.

Immer wieder hatte sie ihn aus dem Augenwinkel beobachtet und den Eindruck gehabt, als würde er dasselbe tun.

Irgendwann, es mochten in der Zwischenzeit Stunden oder Minuten vergangen sein, hatte sich eine Libelle auf seinem angewinkelten Knie niedergelassen.

„Faszinierende Tiere, nicht?", hatte der Mann gefragt, ohne den Blick von dem Insekt mit dem im Sonnenlicht schimmernden Körper abzuwenden.

„Ja", hatte Rika ihm zugestimmt, „das sind sie. Aber Schmetterlinge habe ich lieber. Ich glaube, im nächsten Leben wäre ich gern einer."

Dass sie einem Fremden gegenüber so offen gewesen war, hatte Rika ernstlich verwundert. Doch die Worte waren unaufhaltsam aus ihr herausgesprudelt; alles, was sie Oliver gegenüber niemals erwähnt hatte, weil sie sich sonst albern vorgekommen wäre, hatte sie dem

Libellenmann innerhalb eines einzigen Nachmittages anvertraut.

Die Stunden waren vergangen, die Sonne gesunken und die Gespräche tiefgründiger geworden.

Als er gegangen war, hatte er sie auf die Wange geküsst und ihr etwas ins Ohr geflüstert, das sie niemals vergessen würde: „Mach's gut, kleiner Schmetterling."

KAPITEL 21

An einem Ort ohne Zeit

Ihr Herz schlug so schnell, dass es sich anfühlte, als würde es in ihrer Brust vibrieren. Ein Motor aus Muskelfleisch und Blut, der zu Höchstleistungen auflief.

Dabei wünschte sie sich nichts sehnlicher, als dass dieser Motor seine Funktion einstellte. Dass er ratternd zum Stehen kam und schließlich ganz erstarb; ohne Aussicht auf Reparatur.

Sie hatte alles versucht. Den Atem angehalten, die Nahrungs- und Flüssigkeitsaufnahme verweigert und so sehr an ihren Fesseln gerissen, dass sie hoffte, die raufaserigen Seile würden ihr die Haut von den Knochen schleifen, damit sie in Frieden verbluten konnte.

Doch er hatte nichts dergleichen zugelassen.

Hatte ihr mit einer Spritze in den Rachen gedrückt, was ihren Kreislauf am Leben erhielt (einen undefinierbaren Brei, vermutlich Astronautennahrung; jeder Versuch, sich absichtlich daran zu verschlucken, war fehlgeschlagen).

Ihre Fesseln ausgetauscht, die Handgelenke gepolstert.

Ja, er hatte ihr unmissverständlich zu verstehen gegeben, dass allein *er* es sein würde, der darüber entschied, wann sie sterben durfte. Niemand sonst. Nicht einmal sie selbst.

„Ich bin zurück, meine schöne Musenkönigin."

Zuerst sezierte seine Stimme die Dunkelheit, dann erwachten die Deckenlampen mit einem leisen Surren aus ihrem Schlaf.

Seine Schritte klangen seltsam. Zu hektisch.

Als hätte er plötzlich vier Beine, dachte sie und stellte fest, dass sie sich nicht einmal darüber wundern würde, wenn es so wäre.

Immerhin war er der Teufel. Und wer, wenn nicht Satan höchstpersönlich, konnte sich schon ein zweites Paar Beine zaubern?

„Nein", flüsterte sie. Das Wort war nicht mehr als ein heiserer Laut, der es kaum über ihre spröden Lippen hinaus schaffte.

Ein Flehen, das sich im Gewölbe des Kellers verlor.

Erneut sah sie ihrem Schicksal ins Auge. In dem länglichen, beleuchteten Spiegel, den er über ihr angebracht hatte, konnte sie die Früchte seines Schaffens betrachten. Ihre wächserne Haut, die er immer wieder mit einer stinkenden Paste einbalsamierte. Die blauen Äderchen, die sich über ihren ausgemergelten Körper zogen wie die Linienscharen einer Landkarte. Und natürlich die tiefen, mit schwarz-geronnenem Blut verkrusteten Schnitte. Jeden einzelnen hatte er mit einer solchen Hingabe gesetzt, dass ihm dabei ein wollüstiges Stöhnen über die Lippen gekommen war.

„Keine Sorge, Liebes, ich bin nicht allein. Zur Feier des Tages habe ich dir jemanden mitgebracht."

Die Schritte kamen näher.

Sie wandte den Blick von ihrem Spiegelbild ab und blinzelte ins staubige Grau des Kellers, aus dem sich zwei Silhouetten lösten.

Die eine war ihr bereits schrecklich vertraut geworden.

Die andere hatte sie noch nie zuvor gesehen.

Unter Aufbringung all ihrer Kräfte hob sie den Kopf ein Stück, um den Fremden genauer in Augenschein nehmen zu können. Dabei war es keine Hoffnung, die sie antrieb, während sie den älteren, gebückt gehenden Mann musterte.

Sie hatte ihre Gefühle längst verloren, sie irgendwo auf den Stufen der Kellertreppe liegenlassen, die er sie hinuntergeschleift hatte.

„Das ist der nette Herr, den du während der letzten Tage oben hast rumlaufen hören. Seine Manieren sind furchtbar, du musst das entschuldigen. Ich habe ihm gesagt, dass wir Besuch haben, und trotzdem trampelt er dir so rücksichtslos auf dem Kopf herum. Nicht wahr? Das tust du doch, Vater?"

Vater?

Sie lachte heiser und spürte, wie sich eine Speichelblase in ihrem Mundwinkel bildete. Die Geisteskrankheit schien also in der Familie zu liegen. Folterten und mordeten Vater und Sohn gemeinsam? Gab es vielleicht noch eine Mutter oder Geschwister, die involviert waren?

Der ältere Mann gab einen gequälten Laut von sich und beugte sich noch ein Stück weiter nach vorn. Er sah gespenstisch aus. Sein eingefallenes Gesicht war aschfahl.

„Da haben wir sie wieder, die fehlenden Manieren. Hat es dir die Sprache verschlagen?"

Der Teufel warf seinem Vater einen Blick zu, der vor Hass geradezu zu lodern schien. Dann stellte er sich hinter ihn – und versetzte seinem Körper einen Stoß.

Es gab ein hässliches Geräusch, als der Alte auf dem Boden aufschlug. Von ihrer Position auf dem Metalltisch aus konnte sie ihn nicht mehr sehen, doch sie vermutete, dass sein Gesicht zertrümmert sein musste. Er hatte nicht ausgesehen, als wäre er in der Lage gewesen, den Sturz mit den Armen abzufangen.

„Ein Jammer", sagte der Teufel. Er bückte sich. Kurz darauf ertönte ein seltsames Schmatzen. „Jetzt muss ich dieses Häufchen Elend gleich noch irgendwie die Treppen hochschaffen. Mein Vater wird nämlich bald Besuch empfangen, weißt du?"

Sie wusste nicht, ob er mit ihr sprach oder einen seiner dramatischen Monologe führte. Doch im Grunde spielte es keine Rolle. Die Zeiten, in der sie geglaubt hatte, ihn mit den richtigen Worten besänftigen zu können, waren vorüber. Der Teufel tat, was er wollte.

„Dennoch ... Das alles ist so wahnsinnig inspirierend!" Begeistert trat er an ihren Tisch heran und fuchtelte mit einem Messer vor ihrem Gesicht herum, von dessen Klinge dickes Blut troff.

Deswegen also war der alte Mann so gebeugt gegangen.

Die Waffe hatte bereits in seinem Rücken gesteckt.

Sie verzog das Gesicht. Die Blutstropfen benetzten ihre Lippen, zerplatzten auf ihrem Kinn und rannen an ihrem Hals hinunter.

„Entschuldige mich, Musenkönigin. Ich werde jetzt weiter an meinem Meisterwerk schreiben. Es sind nur noch wenige Kapitel übrig. Ist das nicht traurig? Eins für dich. Eins für jemanden, der meine Geduld endgültig überstrapaziert hat. Und eins für jemanden, der einfach nicht weiß, wann es besser ist, sich aus den Angelegenheiten anderer herauszuhalten.“

Einen Moment lang starrte der Teufel geradewegs durch sie hindurch. Dann führte er das Messer zum Mund und leckte die Klinge ab. Als teste er den Geschmack eines erlesenen Weines, kniff er die Augen zusammen und schmatzte ein paarmal.

„Grässlich“, stellte er fest und sah sie wollüstig an. „Ich bin mir sicher, du und Rika werdet besser schmecken.“

KAPITEL 22

Jacob Haller redete sich um Kopf und Kragen.

Mit jedem Satz, der unbeholfen über seine Lippen stolperte, wurde es schlimmer. Er verrannte sich in einem Labyrinth aus Widersprüchen, Rechtfertigungen und albernen Versuchen, der Situation durch sarkastische Bemerkungen einen Teil ihrer Ernsthaftigkeit zu nehmen.

Stumm lauschte Josef dem Wirrwarr aus Worten, hob hin und wieder die Augenbrauen oder nickte knapp.

„Ich konnte gar nichts anderes tun, als die Sache weiterlaufen zu lassen", schloss Haller seinen Bericht und leckte sich sichtlich nervös über die Lippen.

Maria – eine junge Spanierin, mit der er seine Freundin seit einigen Monaten betrog – habe ihn mit pikanten Fotos erpresst. Wenn Haller sie verlasse, würde sie seiner Freundin, von der sie überhaupt nur durch einen dummen Zufall erfahren habe, die Bilder zuschicken.

Sie wolle außerdem nicht nur Sex, sondern auch Schweigegeld von ihm, das von Monat zu Monat höher ausfiel.

Adrian Ritter habe Maria und Haller vor einigen Monaten miteinander bekanntgemacht. Er sei selbst an der Spanierin interessiert gewesen, die für ihn wiederum nichts als freundschaftliche Gefühle empfunden und ihm eine Abfuhr erteilt habe.

Haller war der festen Überzeugung, dass sein Kumpel Wind von der Affäre bekommen und beschlossen hatte, ihm eins auszuwischen.

„Glauben Sie mir", betonte Haller, dessen Blick ganz glasig geworden war, „Adrian steckt hinter alledem. Warum sonst sollte er plötzlich untergetaucht sein? Ich habe es ja anfangs auch nicht wahrhaben wollen, aber es passt alles zusammen. Das Blut auf seiner Jacke. Seine Eifersucht wegen Maria. Dass er seit Tagen nicht auffindbar ist."

Josef seufzte lethargisch. „Wissen Sie was, Herr Haller? Allmählich kommt es mir doch ein wenig komisch vor, dass Sie den Namen Ihres Freundes nur dann in den Mund nehmen, wenn Sie sich in die Enge getrieben fühlen."

Obwohl Josef vor allem aufgrund des am Tatort gefundenen Handys nicht abstreiten konnte, dass der Vermisste tatsächlich in irgendeiner Art und Weise in den Fall verwickelt war, störte er sich an Hallers Bereitwilligkeit, über Adrian Ritter auszupacken. Genauer gesagt, an der *temporären* Bereitwilligkeit, die immer bloß dann vorhanden war, wenn er selbst in den Mittelpunkt der Ermittlungen geriet.

„Wenn Sie Bedenken haben, dass Ihr Freund Ihnen etwas anhängen will, wieso in aller Welt wenden Sie sich dann nicht an uns?", polterte Josef. Bei Gott, er hatte keine Geduld mehr. Die Unruhe saß wie ein Knäuel aus Ameisen in seinem Brustkorb. „Vor allem wenn Sie ebendiesem Freund nach eigener Aussage sogar zutrauen, einen Mord zu begehen?“

„Wie bitte?“, begehrte Haller auf. „Das habe ich nie gesagt!“

„Dann trauen Sie es ihm also nicht zu? Was ist mit dem Blut auf seiner Jacke?“

„Ganz bestimmt nichts weiter als eine Schlägerei.“

„Woher der Sinneswandel? Auf dem Revier klang es nicht danach, als würden Sie bloß eine Schlägerei hinter dem Blut vermuten.“

„Herr Winter, Adrian hat die Statur meiner 18-jährigen Cousine. Ich traue ihm ja vieles zu, aber nicht, dass er jemanden umgebracht hat.“

Hallers Stimme klang verändert. Der unüberhörbar aggressive Unterton trieb sie deutlich in die Höhe. Josef bemühte sich um einen unbeteiligten Gesichtsausdruck. Er wollte Haller provozieren, ihn aus der Reserve locken. Zumindest bedingt war ihm das offenbar geglückt. Josef hatte im Laufe seiner Karriere schon oft mit narzisstisch veranlagten Personen wie Haller zu tun gehabt.

Personen, die sich selbst zu wichtig nahmen und die es kaum ertrugen, wenn sie nicht im Zentrum der allgemeinen Aufmerksamkeit standen.

Obwohl der Marketing-Manager selbst es gewesen war, der Ritters Namen wieder und wieder ins Spiel gebracht hatte, schien er sich an Josefs Fragen zu stören.

Na, dachte er zynisch, *wie sehr kratze ich gerade an deinem Ego? Reagierst du so, weil du einfach nur ein selbstverliebtes Arschloch bist oder weil es dich innerlich rasend macht, dass ich deine Taten jemand anderem zuschreibe?*

„Sie scheinen sich da ja sehr sicher zu sein. Dabei hatte ich den Eindruck, Sie selbst hätten Ihren Freund ebenfalls im Verdacht.“

„Ich habe nur darauf hingewiesen, dass er ein paar Schwierigkeiten hat. Und dass er mich vermutlich fertigmachen will, indem er ausgerechnet Ihre Exfrau mit mir Kontakt aufnehmen lässt. Keine Ahnung, wie er das angestellt hat, aber es würde ins Bild passen. Sie wissen schon, wegen Maria. Dass Sie mich auf dem Kieker haben, hat ihm sicher in die Karten gespielt. Vielleicht möchte er mich auf diese Weise loswerden. Sein Verhalten kam mir in letzter Zeit komisch vor, ja. Aber das macht ihn doch noch lange nicht zu einem geistesgestörten Serienkiller.“

Die Erwähnung seiner Exfrau ließ Josefs Wut erneut aufflammen. „Daran ist also auch Adrian Ritter schuld? Wie praktisch. Dafür, dass er Sie beide wider Willen zusammengeführt hat, wirkten Sie aber ganz schön vertraut. Immerhin haben Sie sich geduzt.“

„Wir hatten schon ein paar Tage lang E-Mail-Kontakt. Rein beruflich! *Gesehen* habe ich Sandra heute das erste Mal. Zu einem offiziellen Beratungstermin übrigens. Sie können in meinem Kalender nachschauen.“ Haller reckte trotzig das Kinn.

„Und dieser Termin kam wann zustande?“

„Heute Mittag. Ich wollte mich in meiner Mittagspause eigentlich mit einer alten Bekannten treffen – Sie wissen schon, die Professorin, die Ihnen diesen ganzen Unsinn über mich überhaupt erst erzählt hat. Sandra hatte ursprünglich vor, nächste Woche zu kommen, rief dann aber an und sagte, sie brauche meine Hilfe dringend noch vorm Wochenende. Also musste ich

Rika sitzen lassen. Nicht die feine Art, ich weiß. Aber ich muss schließlich auch meine Tankfüllung bezahlen. So ein Porsche verbraucht einiges."

Als wolle er sich selbst von ihrer Richtigkeit überzeugen, untermalte Haller seine Worte mit einem Nicken.

Der wichtigtuerische Ausdruck auf seinem Gesicht trieb Josef beinahe zur Weißglut. Seine Selbstbeherrschung balancierte auf Zehenspitzen an einem Abgrund entlang.

„Okay. Sie hatten vor, sich mit der Frau zu treffen, die Sie für einen Serienmörder hält. Zuvor haben Sie wider besseres Wissen eine Falschaussage getätigt und Ihre Freunde angestiftet, über Ihren Verbleib während der Tatzeiten zu lügen. Und plötzlich verspüren Sie auch noch das dringende Bedürfnis, sich mit meiner Exfrau anzufreunden? Das sind mir allmählich ein paar Zufälle zu viel. Sie haben zehn Minuten Zeit, hier alles dichtzumachen. Danach kommen Sie mit mir aufs Revier und machen eine Aussage. Ich warte unten vor dem Hauseingang auf Sie."

Josefs Handy klingelte erneut. Er warf Haller einen letzten strengen Blick zu, ehe er den Raum mit weiten Schritten verließ. Erst als er die Treppe bereits zur Hälfte hinuntergelaufen und der Marketing-Manager außer Hörweite war, nahm er den Anruf entgegen.

„Ja?", bellte er.

„Ich habe die ganze Zeit versucht, Sie zu erreichen. Wir haben Zielperson 1 aus den Augen verloren."

„Hervorragend." Er ballte die freie Hand zur Faust, öffnete sie wieder und schloss sie von Neuem. Josef wusste, dass er den Kollegen keinen Vorwurf machen konnte. Er hatte sie lediglich vor der Wohnung der Hohenstedts positioniert und ihnen nicht aufgetragen, Rika oder ihren Mann in Gewahrsam zu nehmen.

„Sie wirkte verängstigt", sagte der Beamte, „ist regelrecht vor mir geflohen."

„Hervorragend", wiederholte Josef.

Verflucht nochmal, lief denn in diesem Fall einfach alles schief? Rika Hohenstedt schien viel tiefer in diese undurchsichtige Geschichte verstrickt zu sein, als er bisher angenommen hatte.

Wenn er doch nur vorhin schon ans Telefon gegangen wäre …

Wieder war Haller ihm in die Quere gekommen.

Ja, dachte Josef zornig, dieser vermaledeite Kerl behinderte die Ermittlungen, wo immer er konnte. Ob vorsätzlich oder nicht, würde sich endlich klären müssen.

„Suchen Sie nach ihr", insistierte Josef, „aber lassen Sie auch die Wohnung nicht unbeobachtet. Ich möchte mit Frau *und* Herrn Hohenstedt sprechen. Wenn Sie ihn sehen, schicken Sie ihn direkt aufs Revier."

Er legte auf, schob das Handy zurück in seine Jackentasche und sah Sandras roten Haarschopf hinter dem Türfenster im Eingangsbereich des Gebäudes abwechselnd aufleuchten und wieder verschwinden. Offenbar lief sie auf dem Bürgersteig auf und ab.

Ausgerechnet hier auf sie zu treffen, machte ihn noch immer fassungslos. Seufzend trat er hinaus in den viel zu dunklen Herbstnachmittag. Um sicherzugehen, dass Haller sich drinnen nicht verschanzte, zog er einen Prospekt aus dem Wandbriefkasten, faltete ihn und steckte ihn zwischen Tür und Rahmen.

„Josef." Sandra trat dicht an ihn heran. Kummer zerfurchte ihre Stirn. „Ich habe das nicht gewusst." Sie klang erschüttert.

Josef gab ein Grunzen von sich. „Woher auch? Wir machen unsere Liste möglicher Verdächtiger ja nicht publik. Trotzdem würde mich brennend interessieren, wie du ausgerechnet auf Haller kommst. Er behauptet, dich heute zum ersten Mal gesehen, aber schon mehrmals E-Mails mit dir ausgetauscht zu haben."

„Ja, das stimmt." Hektisch strich Sandra sich eine lockige Haarsträhne hinters Ohr. „Ich bin durch eine Empfehlung auf ihn aufmerksam geworden und wollte erstmal digital abklopfen, ob die Chemie stimmt. Immerhin geht es ja um mein Herzensprojekt."

„Dein Herzensprojekt", sagte er langsam.

„Ja." Die gerade zurückgestrichene Strähne löste sich wieder. Vor Sandras blassem Gesicht wirkte sie geradezu absonderlich rot. „Mir wurde gesagt, an Freitagen gäbe es so eine Art Extra-Rabatt auf seine Dienstleistungen."

Gereizt stellte Josef fest, dass er nicht die leiseste Ahnung hatte, wovon seine Exfrau da eigentlich sprach.

In ihrem Job als Steuerfachangestellte hatte sie seines Wissens nach keinerlei Berührungspunkte mit Marketing-Angelegenheiten. Ging sie also neuerdings irgendeinem Hobby nach, wofür sie den Rat eines Fachmannes benötigte?

„Sandra ... Ich brauche Kontext."

„Ich werde ab Januar nur noch halbtags arbeiten. Parallel möchte ich mir mit meinen Tees ein zweites Standbein aufbauen. Sie online verkaufen. Als Alleinerziehende brauche ich einfach mehr Zeit zuhause.

Mehr Zeit für die Mädchen. Sicher, andere Mütter arbeiten auch, und das oft sogar in Vollzeit. Aber für mich ist das einfach nichts mehr. Es gefällt mir nicht, die Kinder den ganzen Tag über fremdbetreut zu wissen. Das haben sie lange genug mitmachen müssen."

Der Vorwurf in Sandras Stimme war nicht zu überhören.

Voller Wonne fraß er sich in Josefs Gewissen.

Seine Arbeitszeiten waren schon immer Streitthema gewesen. Wenn er ehrlich war, sah er seine Töchter nun, da Sandra und er geschieden waren, genauso selten wie vorher.

„Deine Tees?", fragte er vorsichtig. Entweder seine Exfrau hatte ihm nichts von dieser Freizeitbeschäftigung erzählt oder, was wahrscheinlicher war, er hatte wieder einmal nur mit halbem Ohr zugehört.

„Ja, Josef, meine Tees. Ich habe schon immer gern Kräutermischungen hergestellt, weißt du nicht mehr? Wie dem auch sei. In den letzten Monaten habe ich das Ganze nach und nach perfektioniert. Kleingewerbe angemeldet, Probierpäckchen verschickt und so weiter und so fort. Bisher konnte man meine Produkte aber eben nur über Kleinanzeigen-Portale kaufen. Ich wollte eine eigene Website haben, um keine Provision mehr abgeben zu müssen. Also habe ich mich in diesem Forum angemeldet, in dem Kunden ihre Erfahrungen mit unterschiedlichen Anbietern von Online-Shops teilen."

Josef hob die Brauen. Dass ausgerechnet seine sicherheitsliebende Exfrau ihre Vollzeitstelle für ein Hobby aufgab, das sie mit etlichen anderen Menschen teilte, beeindruckte ihn.

„Und in diesem Forum hast du Haller kennengelernt?"

„Indirekt. Er ist dort gar nicht angemeldet, glaube ich. Ich habe mich und mein Konzept in einem Thread vorgestellt und bin daraufhin mit anderen Selbstständigen ins Gespräch gekommen. Einer von ihnen war sehr interessiert und schrieb mir regelmäßig. Er hat immer wieder gesagt, Haller sei der Beste auf seinem Gebiet und biete gute Leistungen zu vertretbaren Preisen an. Und – na ja – er wollte, dass ich dir liebe Grüße ausrichte. Dass er dich kannte, hat mir ein gutes Gefühl gegeben."

Josef vergrub die Hände in den Manteltaschen und wippte auf den Fußballen vor und zurück. Angestrengt versuchte er, in der Bewegung Ruhe zu finden und dem in ihm hochköchelnden Zorn so Einhalt zu gebieten – mit mäßigem Erfolg.

„Sandra? Würdest du mir *bitte* verraten, wie ein vollkommen fremder Mensch in einem harmlosen Internetforum über Verbrauchertipps so viel über dich herausfinden kann, dass er weiß, mit wem du verheiratet warst?"

Seine Exfrau verschränkte die Arme vor der Brust. „Hey. Du musst nicht gleich so einen Ton anschlagen."

Himmelherrgott nochmal. „Tut mir leid. Also?"

„Er wollte ein paar Fotos von meinen Arbeiten sehen. Da habe ich ihm den Link zu meinem Facebook-Profil geschickt. Er ... er muss sich wohl durch meine Alben geklickt haben. Unsere Bilder von damals habe ich nicht gelöscht."

Eine Vorahnung sickerte wie eiskaltes Wasser in die Verästelungen seines Verstandes. „Und wie hieß dieser Nutzer?"

„Er hat sich 'Adrian R.' genannt."

Einen Augenblick lang nahm Josef die Lichter der vorbeirauschenden Autoscheinwerfer wie durch ein trübes Kaleidoskop wahr. Auch die Geräusche um ihn herum veränderten sich; wurden von einer unsichtbaren Schallmauer abgeschirmt und verklangen zu einem kaum hörbaren Piepen.

„Das darf nicht wahr sein! Das *darf* einfach nicht wahr sein!"

Adrian Ritter.

Tatsächlich. Das gottverdammte Phantom von Berlin.

Der Mann, der gleichzeitig überall und nirgendwo zu sein schien. Es kostete Josef alle Willenskraft, seine Faust nicht gegen die Tür sausen zu lassen.

Haller hatte recht gehabt.

Entweder das, oder er inszenierte das Ganze. Hatte Sandra unter einem falschen Account mit falschem Namen geschrieben, um den Verdacht von vornherein von sich abzulenken.

Aber würde sein Ego eine solche Handlung zulassen? Oder lechzte es dafür nicht viel zu sehr nach Anerkennung, ganz egal ob negativer oder positiver Art?

Wer auch immer dahinter steckte, Haller oder Ritter, wusste genau, was er tat. Er spielte ein Spiel; die Stadt war sein Schachbrett und ihre Einwohner die Figuren.

Zumindest jene uniformierten Einwohner, die seit Tagen vergeblich versuchten, eine schreckliche Verbrechensserie aufzuklären.

„Sandra, ich muss dich bitten, aufs Revier zu fahren und eine Aussage zu machen. Jetzt sofort.“

Er sah seiner Exfrau an, dass sie im Begriff war, zu widersprechen. Sie öffnete den Mund, schloss ihn jedoch wieder, als sie den Ernst der Lage von seinem Gesicht abzulesen schien.

„Okay.“

„Fahr auf direktem Wege dorthin. Ich sorge dafür, dass du und die Mädchen im Anschluss Polizeischutz bekommen. Wo sind die zwei jetzt?“

Sandra wurde blass. „Bei meinen Eltern.“

„Gut. Können sie dortbleiben, bis du deine Aussage gemacht hast?“

„Ja ... sicher.“

„Am besten rufst du sie an und sagst ihnen, sie sollen im Haus bleiben, bis du mit den abgestellten Kollegen dort bist und sie abholst.“

„Mein Gott, Jo. Uns wird doch nichts passieren?“

Jo.

Wie lange schon hatte sie ihn nicht mehr so genannt?

„Nein. Das wird es nicht“, sagte Josef und tat dann etwas für ihn ganz und gar Untypisches: Er umarmte Sandra.

„Es wird alles gut“, flüsterte er in ihr Haar, das so schmerzlich vertraut nach ihrem Lavendelshampoo roch.

Dabei war die Wahrheit natürlich, dass er *nicht* wusste, ob alles gut würde. Josef konnte nicht mit Bestimmtheit sagen, was es für Sandra bedeutete, dass Adrian Ritter Kontakt zu ihr aufgenommen hatte. Dass er in Zusammenhang mit einer Mordserie gesucht wurde, reichte allerdings aus, um sie – und somit auch ihre gemeinsamen Töchter – in Gefahr zu vermuten. Der Gedanke, dass Amelie und Vanessa etwas zustoßen könnte, machte Josef schier wahnsinnig.

„He", protestierte Sandra in den Stoff seiner Jacke, „du erdrückst mich." Als sie sich von ihm löste, erhellte ein Lächeln ihr Gesicht.

Ein fragiles Lächeln zwar, aber immerhin ein echtes.

„Gibst du mir kurz dein Handy?", fragte er sie.

Mit fliegenden Fingern tippe Josef Janinas Durchwahl ein. Seine junge Kollegin nahm sofort ab. „Janina Tesch, Landeskriminalamt Berlin, Abteilung 1, was kann ich –"

„Janina, hier ist Josef."

„Herr Winter?"

Er verdrehte die Augen. „*Josef.* Wärst du so gut, mit meiner Exfrau zu sprechen, bis sie in ihrem Wagen angekommen ist? Damit würdest du mir einen großen Gefallen tun."

„Ähm, klar, aber was –"

„Das wird sie dir gleich erklären."

„Okay."

Zufrieden gab Josef Sandra ihr Handy zurück.

„Warum?", formte sie lautlos mit den Lippen, während sie sich den Hörer ans Ohr hielt.

„Zu deiner Sicherheit. Und jetzt los. Die Zeit arbeitet gegen uns."

Sandra nickte knapp, berührte ihn flüchtig an der Schulter und verschwand die Straße hinunter.

Während er ihr nachsah, wählte Josef die Nummer der IT-Abteilung. Er schilderte knapp, was seine Exfrau ihm erzählt hatte, nannte den Namen des Forums und des Nutzers und forderte, die IP-Adresse Ritters mit Genehmigung der Staatsanwaltschaft so schnell wie möglich herauszufinden. Dann zündete er sich eine Zigarette an, die er in schnellen Zügen rauchte, während er seine Kollegen über Sandras Kommen informierte.

Sein Körper wehrte sich mit Schwindel und aufsteigender Übelkeit gegen das Nikotin, doch Josef empfand diese Reaktion seines Kreislaufs beinahe als Wohltat.

Alles war besser als die schreckliche Wut über die immer neuen Wendungen in diesem Fall, der bereits so viele Opfer gefordert hatte.

Warum nur führen so viele Pfade zurück zu dir, hm?, fragte er und sah hinauf zu Hallers Büro. Der Marketing-Manager stand am hell beleuchteten Fenster und sah auf ihn herab.

Auf die Entfernung war es unmöglich zu erkennen, und doch meinte Josef, ihn lächeln zu sehen.

Nein, korrigierte er sich, *er lächelt nicht. Er grinst.*
Und dabei sieht er aus wie der Teufel.

KAPITEL 23

Kleiner Schmetterling.

Sie hatte den Klang seiner Stimme nie vergessen.

Er war so weich und warm wie der Sommertag, an dem sie sich begegnet waren. Drei Jahre lang hatte ihre Erinnerung diesen besonderen Klang bereits konserviert, und Rika war sicher, dass er ihr noch sehr viel länger erhalten bleiben würde.

Als sie aus dem Zug in die hektische Realität des U-Bahnhofs Rosenthaler Platz trat, verloren die Gedanken an den Libellenmann sich jedoch vorerst im Gedränge.

Konzentrier dich. Das hier ist noch nicht ausgestanden.

Unsicher sah Rika sich um.

Sollte sie auf die Bahn warten, die sie wieder in die richtige Richtung brachte? Oder sich der die Treppen hinaufströmenden Menge anschließen und zu Fuß zur nächsten Station laufen, um sicherzugehen, dass ihr wirklich niemand mehr auf den Fersen war?

Nach kurzem Überlegen entschied sie sich dazu, auf Nummer sicher zu gehen. Wenn ihre Verfolger erst einmal herausfanden, dass sie zu Haller wollte, würden sie sie dort sicher mit großer Freude in Empfang nehmen.

So einfach werde ich es diesen Typen nicht machen.

Der Wind, der den Treppenaufgang hinunterkroch, ließ Rika frösteln. Erbarmungslos wirbelte er den Dreck, der sich auf den Stufen angesammelt hatte, durcheinander.

„Hey!", rief jemand, als sie zwischen einer Gruppe schwatzender Teenager-Mädchen ins kränklich-graue Tageslicht stolperte. „Sie da, mit dem grünen Schal. Warten Sie!"

Obwohl sie sich der Farbe ihres Schals deutlich bewusst war, schielte Rika auf den wollenen Stoff hinunter, den sie sich in doppelter Lage um den Hals geschlungen hatte.

„Ja, Sie meine ich. Hier drüben!" Irritiert sah Rika in die Richtung, aus der sie die Stimme vermutete. Vor einem ziemlich heruntergekommen wirkenden Straßenkiosk entdeckte sie eine Frau mit einem unordentlichen Dutt und einer überdimensionierten Winterjacke.

Sie hielt eine Flasche in der Hand, mit der sie Rika nun über die Entfernung hinweg zuprostete.

„Kommen Sie rüber", rief sie, doch Rika dachte nicht daran.

Was auch immer die Frau von ihr wollte, sie sah alles andere als vertrauenserweckend aus. Eilig wandte sie den Blick ab und schlug den Weg zum nächstgelegenen U-Bahnhof ein.

„Hey!", rief die Frau noch einmal. Ihre schrille Stimme erhob sich mühelos über den Verkehrslärm. Zügig überquerte sie die Straße und schloss zu Rika auf.

„Warum laufen Sie vor mir weg? Ich habe doch nur fragen wollen, ob es Ihnen schon besser geht."

„Ob es mir schon *besser* geht?" Besorgt um die geistige Gesundheit der Fremden, musterte Rika sie aus dem Augenwinkel. In ihrer viel zu großen Jacke wirkte sie auf eine kindliche, beinahe bemitleidenswerte Art verloren.

„Ja. Sie haben wirklich schrecklich ausgesehen. Möchte nicht wissen, auf was für 'nem Trip Sie unterwegs waren. Wobei ... vielleicht doch. Mann, Mann, Mann. Dass wir uns nochmal wiedersehen, nenne ich jedenfalls mal einen gewaltigen Zufall."

„Sie müssen mich mit jemandem verwechseln."

Rika beschleunigte ihre Schritte noch einmal, doch die Fremde ließ sich nicht so einfach abschütteln und zog ihrerseits das Tempo an.

„Sie verwechseln? Pff. Mein Gedächtnis ist der Wahnsinn, Lady. Ich vergesse kein Gesicht, wenn ich es einmal gesehen habe. Schon gar nicht, wenn es zu einer Person gehört, die sich weinend von einem Irren mit Blut füttern lassen hat." Sie lachte keckernd.

Abrupt blieb Rika stehen. Erst jetzt bemerkte sie, wie flach ihr Atem ging. Wie angespannt jeder Muskel in ihrem Körper war. Vermutlich hatte ein Teil ihres Gehirns die Frau längst als das erkannt, was sie war: Ein kostbares Puzzleteil aus dem Bildnis jener Nacht, an die Rika jegliche Erinnerung fehlte.

„Was haben Sie da gerade gesagt?"

Die Frau sah Rika an, als wäre sie begriffsstutzig. „Sie haben sich die Augen aus dem Kopf geheult. Und zwar in der Nacht von Montag auf Dienstag. Das weiß ich genau, weil es bei Elfriede montags immer ein paar Cent Rabatt pro Pils gibt. Hat sich so eingebürgert."

„Sie haben gesehen, wie mich jemand mit Blut ... *gefüttert* hat?", hakte Rika ungeduldig nach. Wer wann welchen Rabatt auf Bier gab, interessierte sie herzlich wenig.

„Ja. War ganz schön gruselig. Wie irgend so ein krankes Ritual von Satanisten. Man hört ja immer wieder davon. War es eins?"

Rika ging nicht darauf ein. Ihr war schlecht.

„Ist das im U-Bahnhof passiert? Haben Sie mich vom Kiosk aus beobachtet?"

„Hab ich's mir doch gedacht." Die Frau lachte erneut auf, verfiel dabei in ein Husten und spuckte einen zähen Pfropfen aus Speichel auf den Gehsteig. Angeekelt trat Rika einen Schritt zur Seite. „Was haben Sie sich gedacht?"

„Na, dass Sie voll waren wie 'ne Strandhaubitze. Ist ganz schön beschissen, so ein Filmriss, hm? Hab ich mir jedenfalls sagen lassen. Wie gesagt, *mein* Gedächtnis funktioniert einwandfrei."

„Ich hatte keinen Filmriss. Es war nur ... vergessen Sie's. Unwichtig." Rika schüttelte den Kopf. Ihr Puls raste und trotz der Kälte brach ihr unter der Kleidung plötzlich der Schweiß aus. „Wo haben Sie mich gesehen? Ich brauche Antworten! Bitte. Können Sie mir erzählen, was genau passiert ist?"

Die Frau kniff die Augen zusammen. „Nein." Ihr linker Mundwinkel wanderte kaum sichtbar in die Höhe. „Aber ich kann es Ihnen zeigen."

Unbehaglich sah Rika sich um.

Der etwa eine Viertelstunde Fußmarsch entfernt gelegene Hinterhof, auf den die redselige Frau sie geführt hatte, kam ihr nicht im Geringsten bekannt vor.

Eine Stahltreppe führte zu dem Eingang eines Kinos hinauf, hinter dessen vergitterten Fenstern ein schummriges Licht brannte, das sich mit dem bläulichen Schimmer einer daneben angebrachten Neonleuchtschrift biss.

An einer über und über mit Graffiti besprühten Mauer lehnte ein Fahrrad, von dem nur noch das rostige Gestell übriggeblieben war, und auch die vielen Bierbänke und -tische schienen aufgrund der Witterung nicht in bestem Zustand zu sein.

Rika dachte, dass der Hinterhof im Sommer bestimmt einen schönen Anblick bot. Nun aber, mit all seinen leeren Blumenkübeln und unter einem wolkenverhangenen Himmel, wirkte er wenig anheimelnd.

Und bei Nacht sicher erst recht nicht.

„Martha", sagte Rikas selbst ernannte Fremdenführerin unvermittelt.

„Wie bitte?"

„Mein Name. Hab mich noch gar nicht vorgestellt. Können wir mit dem albernen Gesieze aufhören?"

„Oh. Klar. Ich bin Rika."

„Hi, Rika. Und? Klingelt's im Köpfchen?"

„Nein. Da klingelt gar nichts."

„Hm." Martha kickte einen Kronkorken gegen die Wand. Sie wirkte enttäuscht. „Du warst mit einem Kerl unterwegs. Groß, breite Schultern."

„Wie hat sein Gesicht ausgesehen?", fragte Rika hoffnungsvoll. Zu ihrer Ernüchterung zuckte Martha die Achseln.

„Er hatte eine Kapuze auf, die er sich fast bis zum Kinn runtergezogen hat. Konnte nichts erkennen.“

„Nichts? Überhaupt nichts?“

„Überhaupt nichts.“

Rikas Gedanken überschlugen sich. Nie zuvor, nicht einmal zu den Hochzeiten ihrer Erkrankung, hatte sie im Schlaf eine derart weite Strecke zurückgelegt. Sollte sie tatsächlich U-Bahn gefahren und durch die halbe Stadt marschiert sein, ohne aufzuwachen? Wenn dem so war, dachte sie schockiert, hatte ihr Somnambulismus eine völlig neue Dimension erreicht – eine, über die sie dringend mit ihrem behandelnden Arzt sprechen musste. Immerhin dauerten schlafwandlerische Episoden laut Dr. Rega in der Regel nur wenige Minuten, in Ausnahmen bis zu einer halben Stunde an.

Vielleicht hatte ich so etwas wie einen psychotischen Schub und war deswegen stundenlang weggetreten, dachte sie schockiert, *so etwas kommt vor.*

„Das fühlt sich so falsch an“, murmelte Rika bedrückt und rieb sich über die Oberarme. Ihr Verstand wehrte sich strikt gegen die Tatsache, dass sie schon einmal hier gewesen sein sollte, ohne dabei die Kontrolle über ihren Körper gehabt zu haben.

„Ich war diesem Kerl also vollkommen ausgeliefert.“ Die Worte galten nicht Martha, sondern vielmehr ihr selbst.

Es tat gut, auszusprechen, was sich unter dem Mantel des Schweigens andernfalls wie eine Messerspitze in ihre Seele bohren würde.

„Den Eindruck hatte ich auch“, bekräftigte ihr Gegenüber, hustete und spuckte erneut vor die Füße. „Mist. Könnt ‘ne Bronchitis werden.“

„Und wo ... na ja ... haben wir gestanden?", fragte Rika, ohne auf Marthas Gesundheitszustand einzugehen. Sie war der Fremden dankbar dafür, dass sie sich ihrer angenommen hatte; dankbar dafür, dass sie womöglich Licht ins Dunkel eines Geheimnisses brachte, das andernfalls in den Untiefen ihres Bewusstseins ertrunken wäre. Dennoch konnte sie nicht bestreiten, dass die Gegenwart der teilweise verwahrlosten Frau sie nervös machte.

Martha deutete auf einen umgestürzten Blumenkübel neben dem hölzernen Skelett eines Pavillons.

Tonscherben säumten den Boden.

Hatte hier ein Kampf stattgefunden?

„Da drüben. Der Kerl hat sich ins Handgelenk geschnitten. War wohl nicht allzu tief, sonst hätte er nämlich nicht mehr so viel Mist reden können. ‚Jetzt kann uns nichts mehr trennen' und ‚Ich mache uns unsterblich'. Besaß 'nen ziemlichen Hang zur Dramatik, der Gute. Danach hat er dir die Wunde auf die Lippen gepresst und dir den Mund abgeputzt, als er fertig war. Wie bei einem kleinen Kind." Martha schüttelte sich.

„Dabei also ist das Blut auf meinen Mantel getropft", murmelte Rika. Ihr wurde schwindelig. Die Vorstellung, das Blut eines Fremden getrunken zu haben, machte sie krank vor Ekel.

„Alles in Ordnung? Du siehst blass aus."

„Mir gehts gut", log Rika. Sie fühlte sich, als würde ihr Kreislauf jeden Moment schlapp machen, doch es half nichts. Sie musste sich zusammenreißen. Die Wahrheit war näher denn je, das spürte sie.

„Hat ... hat denn niemand etwas von alldem bemerkt?", fragte sie irritiert.

Martha zuckte die Achseln. „Hier ist abends richtig was los. Im Sommer zwar eher als im Herbst oder Winter, aber trotzdem. Da sicherlich alle blau waren und du zwischenzeitlich außerdem wie eine Verrückte geheult hast, wollte wahrscheinlich eh keiner so genau hinsehen. Ich habe so getan, als wäre ich auch voll, und hab immer wieder rüber geschielt. Erschien mir dann doch schlauer, als so offensichtlich hinzustarren. Dachte, du hättest richtig schlimmen Stress mit deinem Macker und dass er dich bestimmt windelweich prügeln würde. Also wollte ich ein Auge drauf haben. Um notfalls eingreifen zu können. Die Bullen kann ich nämlich leider nicht rufen, weißt du? Hab immer ein bisschen zu viel von dem Zeugs bei mir, das gute Laune macht, wenn du verstehst, was ich meine."

Rika verstand. Stirnrunzelnd ging sie neben den zertrümmerten Blumenkübeln in die Knie. Ein Zettel, der unter einem der Bottiche hervorlugte, hatte ihre Aufmerksamkeit erregt. Vorsichtig zog sie ihn heraus.

Er sah aus, als stammte er von einer Medikamentenverpackung. *Zolpi* stand, orange umrandet, in schwarzer Schrift auf weißem Grund. Hinter dem „I" war das Papier abgerissen worden. Ihrer Intuition folgend, stopfte sie den Schnipsel in ihre Jackentasche. Vielleicht ließ sich ja im Internet herausfinden, um welches Medikament es sich handelte.

„Was'n los?", fragte Martha neugierig. „Irgendwas gefunden?"

„Nicht wirklich. Wahrscheinlich nur Müll." Rika räusperte sich. Eine schreckliche Unruhe ergriff von ihr Besitz. Plötzlich wollte sie nichts sehnlicher, als den Hinterhof wieder zu verlassen.

„Was ist noch passiert?", fragte sie widerwillig. „Nachdem dieser Typ mir ..." Sie ließ den Satz unvollendet, doch Martha verstand. Sie nickte eifrig, während sie einen weiteren Kronkorken gegen die Wand schoss.

„Ein Mann hat den anderen abgelöst."

„Wie bitte?! Es war *noch jemand* involviert?"

„Ja. Ich fand's auch komisch. Beide trugen diese elenden Kapuzenpullover. Ich weiß also auch nicht, wie der andere aussieht. Glaube, ich habe Bartstoppeln gesehen, aber mehr auch nicht. Der mit der Wunde ist abgehauen, der andere noch eine Weile mit dir sitzen geblieben. Er hat dich umarmt und ist dann mit dir weggegangen. Habe noch gehört, wie er was von Albrechtstraße sagte."

Rika schluckte. Marthas Worte trafen sie wie ein Faustschlag.

„Ist was?"

„Ich wohne in der Albrechtstraße."

„Aha? Dann hat der zweite Kerl dich also wieder nach Hause gebracht? Na, wenn das mal alles nicht eigenartig ist."

Wie paralysiert starrte Rika auf die Tonscherben zu ihren Füßen.

„Ja", wiederholte sie leise und dachte an Oliver, „wenn das mal nicht eigenartig ist."

KAPITEL 21

Donnerstag, 26. September, 14:03 Uhr

Naserümpfend steuerte Josef seinen Wagen auf den Anwohnerparkplatz vor dem senfgelben Gebäudekomplex.

Er roch nach Schweiß, Kaffee und Nikotin – eine unangenehme Mischung, die er dem bisherigen Tag und seinen Strapazen zu verdanken hatte. Er würde unter die Dusche springen, sich frische Kleidung anziehen und dann wieder aufs Revier fahren.

Versuchen einzuordnen und auszuwerten, was die Erkenntnisse der letzten beiden Stunden mit sich gebracht hatten.

Während er aus dem Auto stieg und den mit unordentlich wachsenden Hecken flankierten Weg gen Hauseingang entlangeilte, zog er gedanklich ein Fazit.

Die Beamten, die Rika Hohenstedt und ihren Mann observierten, hatten immer noch keinen Erfolg vermeldet. Seit die Professorin so überstürzt geflohen war, hatte sie sich nicht mehr zuhause blicken lassen. Auch Oliver Hohenstedt schien noch unterwegs zu sein.

Sein neuerliches Verhör mit Jacob Haller war überdies nicht weniger frustrierend gewesen als jene davor. Stur hatte der Marketing-Manager wiederholt, was er

Josef bereits in seinem Büro erzählt hatte, und jede Schuld von sich gewiesen.

Am Ende des Gesprächs hatte er lakonisch verkündet, sich einen Anwalt zu nehmen – immerhin das war eine Neuigkeit – und danach eisern geschwiegen.

Da sie ihn nicht im Dezernat hatten festhalten können, hatte Josef auch für Hallers Wohnung eine kurzfristige Observation angeordnet und damit für allgemeinen Unmut in den eigenen Reihen gesorgt.

Seine Kollegen machten keinen Hehl daraus, dass sie seinen Entscheidungen jüngst mehr als kritisch gegenüberstanden.

Und auch Josef selbst musste sich eingestehen, dass er öfter als gewöhnlich an seinen Fähigkeiten zweifelte.

Er fühlte sich wie ein Kind, das durch ein Spiegelkabinett irrte, sich dabei immer wieder schmerzhaft den Kopf stieß und vor seinen eigenen Bewegungen erschrak.

Immerhin, dachte er seufzend, wusste er Sandra und die Kinder in Sicherheit. Tom, der von Josef geschickte Kollege, hatte seine Exfrau zu ihren Eltern begleitet, wo er Amelie und Vanessa nach eigener Aussage wohlbehalten vorgefunden und abgeholt hatte. Josef hatte ihn angewiesen, mit Sandra und den Mädchen im Haus zu bleiben und ihn über jede ungewöhnliche Entwicklung auf dem Laufenden zu halten.

Dass Sandra ins Visier eines verschwundenen Tatverdächtigen geraten war, behagte ihm ganz und gar nicht.

Er freute sich schon jetzt darauf, Adrian Ritter das zweifellos arrogante Grinsen aus dem Gesicht zu wischen, wenn er ihn endlich zu fassen bekam.

Allmählich gewann er den Eindruck, dass ein gewisser Grad an Geisteskrankheit und Überheblichkeit Grundvoraussetzung dafür war, in Hallers Männer-Clique aufgenommen zu werden.

„Ach, Herr Winter, Sie kommen gerade recht.“

Die krächzende Stimme seiner Nachbarin riss Josef aus seinen Gedanken.

„Hallo, Frau Herzsprung“, grüßte er die alte Dame, die, mit verzweifelter Miene und auf ihren Gehstock gestützt, vor der Haustür des Wohnkomplexes stand. Ihre stets schwarze Kleidung, die wilden Haare und die Hakennase verliehen ihr, wie Josef fand, ein vogelartiges Aussehen. „Stimmt etwas nicht? Haben Sie Ihren Schlüssel vergessen?“

Frau Herzsprung schüttelte den Kopf. „Nein, nein. Ich möchte eine Freundin treffen. Sie wissen schon, Berta von Gegenüber. Aber dann habe ich dieses Paket dort liegen sehen. Ich wollte nicht, dass es jemand klaut. Leider will mein Rücken nicht mehr so, wie ich es will.“ Sie verdrehte die Augen. „Die Zusteller werden immer dreister, stimmt's? Kann mir kaum vorstellen, dass das vom Empfänger so gewollt war. Denen würd ich aber was erzählen, wenn das mein Päckchen wäre. Zum Glück habe ich nichts bestellt. Glaube ich jedenfalls.“

Irritiert folgte Josef dem Blick der alten Frau zu einem Karton, über den so manch unachtsamer Nachbar sicher früher oder später stolpern würde.

„Wirklich ein denkbar ungünstiger Ablageort“, stimmte er der betagten Dame zu. Er bückte sich, um das Päckchen an sich zu nehmen und es dem jeweiligen Mieter zumindest auf die Fußmatte zu legen.

Es war leichter, als seine Größe vermuten ließ.

Sein Blick suchte das Adressfeld – und fand an dessen Stelle einen bedruckten Notizzettel, auf dem er seinen eigenen Namen las.

Josef Winter, stand dort geschrieben, nicht mehr und nicht weniger. Das Paket war allem Anschein nach nicht per Post geschickt, sondern persönlich vorbeigebracht worden.

Sofort beschlich ihn ein ungutes Gefühl. Seine Vernunft appellierte an ihn, es vor dem Öffnen auf etwaige Gefahren überprüfen zu lassen. Immerhin ließ sich nicht ausschließen, dass jemand ihm etwas Böses wollte; Feinde hatte Josef sich in seiner Laufbahn als Mordermittler allemal gemacht.

Zwar hatte er diesen Feinden selbstverständlich nicht freudestrahlend seine Anschrift mitgeteilt, doch war es für einen Kriminellen im digitalen Zeitalter sicher ein Leichtes, diese herauszufinden.

„Eigenartig", sagte er mehr zu sich selbst als zu Frau Herzsprung, die seine Bemerkung sofort mit einem „Was denn?" quittierte.

„Das Paket ist für mich."

„Für Sie? An Ihrer Stelle würde ich sofort Beschwerde einreichen. Am besten mit dem Briefkopf Ihrer Dienststelle. Das macht bestimmt Eindruck."

„Mhm."

„Na ja. Ich werd dann mal. Soll ich Berta von Ihnen grüßen? Sie fragt immerzu nach Ihnen. Ist ganz neidisch, dass ich mit einem Polizisten unter einem Dach wohne. ‚Gertrude, du bist vor jedem Einbrecher sicher', sagt sie immer. Und ich antworte dann –"

„Einen schönen Nachmittag Ihnen beiden", unterbrach Josef und mühte sich ein Lächeln ab. Er mochte die alte Dame, doch wenn sie erst einmal in Fahrt gekommen war, gestaltete es sich äußerst schwierig, ihren Redefluss wieder zu bremsen.

„Oh, ich merke schon, Sie sind im Stress. Lassen Sie sich von mir nicht aufhalten. Auf Wiedersehen, Herr Winter! Es ist immer wieder schön, mit Ihnen zu plaudern."

Josef fragte sich ernstlich, was Gertrude Herzsprung unter Plaudern verstand, nahm ihre Aussage jedoch kommentarlos hin. Kurz sah er ihr nach, dann widmete er seine Aufmerksamkeit wieder dem Päckchen in seinen Händen.

Der Warnungen zum Trotz, die sein gesunder Menschen- und Polizistenverstand ihm zuraunte, klemmte Josef sich die ominöse Lieferung unter den Arm, betrat den Hausflur und fünfzehn Stufen später seine Wohnung.

Was auch immer da drin ist, verfolgt nicht das Ziel, mir körperlichen Schaden zuzufügen, dachte er, als er das Paket auf dem Küchentisch ablegte und es, mit einem Cutter-Messer in der Hand, betrachtete. Sie war wieder erwacht, seine Intuition, und sie wähnte ihn nicht in unmittelbarer Gefahr. Dennoch war Josef davon überzeugt, dass der Inhalt des Päckchens nicht aus Gummibärchen und Grußkarten bestand.

„Dann wollen wir mal", sagte er laut.

Die Klinge durchtrennte Pappe und Klebeband und brachte ein Knäuel aus Luftpolsterfolie zum Vorschein.

Sofort stieg Josef ein süßlicher Gestank in die Nase.

O nein. Nein, nein und nochmal nein.

Übelkeit brandete seinen Rachen hinauf, als Josef die Folie mit spitzen Fingern auseinanderzog und einen rautenförmigen Hautfetzen mit ausgefransten Rändern freilegte.

Würgend wandte er sich ab.

Der Täter drang immer weiter in seine Privatsphäre vor.

Überschritt eine Grenze nach der nächsten, ohne dass ihm jemand Einhalt gebot.

Verdammt! Er war hier gewesen, direkt vor Josefs Wohnung. War das Risiko eingegangen, erwischt zu werden.

Entweder das, oder er hatte jemanden geschickt, der das Päckchen an seiner Stelle platziert hatte.

Ob dieser jemand sich wohl über den grauenerregenden Inhalt des Pakets bewusst gewesen war?

Still beschwor Josef seinen Magen, sich zu beruhigen.

Seine Augen tränten, als er sich dem Paket wieder zuwandte.

Auf ungesund gräulichem Grund prangte ein einziger Buchstabe: R.

„R" wie Rika Hohenstedt?

Der Gedanke versetzte ihm einen Stich. Sollte die Professorin am Ende ihrem Mörder in die Arme gelaufen sein, nur weil er, Josef, sie mit einem seiner Ermittler verschreckt hatte?

Nein. Verflucht, er musste seine fünf Sinne beisammen behalten. Es nützte niemandem etwas, wenn er sich vorschnell in Selbstvorwürfen verlor.

Josef hastete ins Bad, kippte seine Kulturtasche über dem Waschbecken aus und fand in Sekundenschnelle, was er suchte. Notdürftig desinfizierte er die Pinzette, schnappte sich aus dem Wandschrank ein Päckchen steriler Handschuhe und schlüpfte hinein.

Zurück im Wohnzimmer presste er sich das über dem Stuhl hängende Küchenhandtuch vor Mund und Nase und trat mit gezückter Pinzette an das Paket und seinen grauenhaften Inhalt heran.

Konzentriert klemmte er den Hautfetzen zwischen den gebogenen Zangen ein und hielt ihn gegen das Licht der Pendelleuchte über dem Tisch. Drehte und wendete ihn auf der Suche nach einem weiteren Hinweis. Doch außer Gewebe und einer gelblichen Fettschicht konnte er nichts entdecken.

Vorsichtig legte Josef die Raute aus Fleisch zurück auf die Luftpolsterfolie. Von einer plötzlichen Vorahnung getrieben, nahm er die Folie samt darauf liegender Haut hinaus – und registrierte mit Entsetzen, das sich darunter eine weitere Lage befand.

Hustend presste er sich das Handtuch noch ein wenig fester ins Gesicht, doch der süßliche Verwesungsgestank drang mühelos durch den durchlässigen Stoff.

Mit der Pinzette entwirrte Josef die Folie, bis der zweite Hautfetzen – dieses Mal herzförmig ausgeschnitten – zum Vorschein kam. In seine Mitte war ein „O" geritzt worden.

Josef wiederholte die am ersten Hautfetzen vorgenommene Prozedur, hob ihn danach mitsamt Folie an und entdeckte eine dritte und letzte Botschaft.

Der mit einem „T" versehene Fetzen war deutlich größer und dicker als die vorangegangenen. Josef vermutete, dass er aus einem körperfettreichen Areal wie Bauch oder Oberschenkel stammte.

Hatte sich der Absender des Päckchens anfänglich offenbar Mühe mit der Auswahl seiner Formen gegeben, war dieses letzte Exemplar willkürlich herausgeschnitten worden. Die Ränder waren um ein Vielfaches ausgefranster und ließen auf eine grobe Vorgehensweise schließen.

Josef schluckte. Magensäure brannte in seiner Kehle.

Der Hautfetzen machte ein schmatzendes Geräusch, als er ihn zurück auf die Folie legte.

R, T und O. Was hatte das zu bedeuten?

Rot? Tor? Ort?

Erregt lief Josef vor dem Tisch auf und ab.

Er musste sich konzentrieren. Durfte nicht denselben Fehler begehen wie bei der Analyse der Gedichtstrophen, deren Botschaft er erst viel zu spät entschlüsselt hatte.

„Tor", murmelte Josef, „Brandenburger Tor?"

Er würde sowohl das Bauwerk selbst als auch die gleichnamige S-Bahn-Station vorsorglich unter Beobachtung stellen.

„Was könnt ihr mir noch verraten, hm?", fragte er die Hautfetzen verzweifelt.

Auf den ersten Blick schienen sie gemäß Beschaffenheit und Farbe identisch zu sein, doch mit Gewissheit vermochte er das nicht zu sagen.

Tina würde ihm die nötigen Antworten verschaffen – ob die Haut zu einem Mann oder einer Frau gehörte, von verschiedenen Körpern stammte, aus welchem Bereich sie entfernt worden war und wie lange schon kein Leben mehr in ihr steckte.

Ruf sie an. Los.

Schwindel schwappte in Wellen über ihn hinweg, als Josef durch die Kontaktliste seines Diensthandys scrollte und seinen zitternden Daumen auf das mit „Tina Obermayer“ beschriftete Feld drückte.

Die Rechtsmedizinerin nahm den Anruf sofort entgegen.

„Verdirb mir ja nicht meinen Nachmittag, Winter. Ich sitze gerade vor einer frischen Lieferung chinesischen Essens, die so gut riecht, dass ich die Kontrolle über meinen Speichelfluss verloren haben.“

Josef starrte auf das Stück Haut, das von Sekunde zu Sekunde weiter vergammelte. Während sein Magen sich bei diesem Anblick seltsam hohl anfühlte, würde es Tina vermutlich nicht einmal stören, wenn sie ihr Mittagessen am selben Tisch einnehmen müsste.

Finden wir's heraus.

„Bist du im Institut?“

„O Gott, du *willst* mir den Nachmittag verderben. Hätte ich mir auch denken können, wenn du nicht privat anrufst.“

„Institut“, knurrte er, „bist du da?“

„Physisch ja. Meine Seele macht gerade Urlaub in der Karibik. Ewigkeiten her, dass ich zuletzt weg war. Was ist mit dir?“

„*Tina.* Ich fahre jetzt los.“

„Okay, okay. Was ist denn überhaupt passiert?“

In wenigen Worten erläuterte Josef die Sachlage. Tina sog scharf die Luft ein.

„Hui. Okay. Das erklärt immerhin, warum du so nasal sprichst. Hatte schon Sorge um deine Polypen.“ Josef hörte es in der Leitung rascheln. Offenbar packte Tina ihr Essen wieder ein. Der darauffolgende laute Seufzer bestätigte diese Vermutung. „Ich bereite alles vor. Bis gleich.“

„Bis gleich.“

„Ach, und Josef?“

„Ja?“

„Zwei Dinge. Erstens: Egal, wie verzweifelt du bist, das nächste Mal öffnest du nicht einfach so ein Paket von einem Unbekannten und dokterst an dessen Inhalt herum. Das muss ich jemandem mit deiner Berufserfahrung doch eigentlich nicht erst erklären, oder? Und zweitens: Du schuldest mir eine warme Mahlzeit. “

KAPITEL 15

Zolpidem.

Rika las den Namen des Medikaments wieder und wieder.

Starrte hilflos auf das Display ihres Smartphones, das ihren Blick gefangen hielt und ihren Puls in die Höhe trieb.

Angst quetschte ihre Lungen zusammen und dehnte sich wie ein Luftballon in ihrem Brustkorb aus.

Verkantete den Atem in ihrem Hals.

Sie hatte gegoogelt. Hatte „Medikament" und „Zolpi" eingegeben und war sofort auf eine Seite mit sogenannten „Z-Drugs" gestoßen: Zoplicon, Zaleplon und Zolpidem.

Allesamt umstrittene Schlafmittel mit verheerenden Nebenwirkungen. Verwirrtheit, Halluzinationen, Albträume. Gedächtnisstörungen ... und nicht zuletzt Schlafwandeln.

Ein so ausgeprägtes Schlafwandeln, dass es laut der US-Behörde für Lebens- und Arzneimittel sogar tödliche Folgen haben konnte.

Rika fühlte sich, als hätte ihr jemand den Boden unter den Füßen weggerissen. Als würde sie fallen und fallen, ohne die geringste Möglichkeit, sich an einem rettenden Gedanken festhalten zu können.

Der Aufprall auf den Boden der Tatsachen ließ allerdings nicht lange auf sich warten – er erfolgte im selben Moment, da die Wolken über Berlin ihre Schleusen öffneten und der Regen in dicken Tropfen auf die Stadt hinunterdonnerte.

Rika suchte Schutz in einem Hauseingang, wischte ihr nass gewordenes Smartphone mit dem Ende ihres Schals trocken und stopfte es zurück in ihre Jackentasche. Dabei berührte sie den Schnipsel der Medikamentenpackung. Die feinen Härchen in ihrem Nacken stellten sich auf.

„Danke, Martha", murmelte Rika, obwohl ihre unverhoffte Bekanntschaft längst wieder zurück in Richtung Kiosk verschwunden war.

Die fremde Frau mit der neugierigen Natur hatte ihr ein größeres Geschenk gemacht, als sie ahnte. Denn bei allem Horror, den die jüngsten Erkenntnisse in ihr auslösten, fühlte sie sich doch von einer Schuld befreit, die sie wie selbstverständlich auf sich geladen hatte.

Der Mann mit dem Kapuzenpullover musste ihr die Tablette verabreicht haben.

Es gibt zwei von ihnen, erinnerte Rika sich, *welcher also war es?*

Vermutlich beide. Einer musste sie abgefangen haben, als sie im Treppenhaus oder auf der Straße vor ihrer Wohnung umhergeirrt war, und ihr das Medikament bereits dort eingeflößt haben. Später, auf dem Hinterhof, hatte der zweite Mann ihr sicher noch eine Dosis verpasst.

Zur Sicherheit. Damit sie nicht aufwachte.

Das war die naheliegende Version. Die Version, die trotz aller ihr innewohnenden Schaurigkeit die harmloseste war.

Denn die Alternative bestand darin, dass Oliver ihr die Tabletten gegeben und ihre Schübe auf diese Weise herbeigeführt hatte. Dass ihrem plötzlich wieder aufgetretenen Schlafwandeln gar keine natürliche Ursache zugrunde lag. Dass er ihr das Medikament unters Essen gemischt, pulverisiert und in den Tee gemischt hatte ...

Sie verabscheute sich für diesen Gedanken, und doch konnte sie nicht verhindern, dass er sich in eine dunkle Ecke ihres Herzens schlich.

Du bist vollkommen verrückt geworden. Er ist dein Ehemann. Er liebt und umsorgt dich. Und so dankst du es ihm? Indem du ihn verdächtigst, dir schaden zu wollen? Warum? Was hätte er davon?

Rika entschied, dass es auf diese Fragen keine Antworten geben durfte. Notdürftig schnürte sie ihre wilden Spekulationen und die misstrauischen Gedanken zu einem Päckchen zusammen, das sie in der untersten Schublade ihres Bewusstseins verstaute.

Fröstelnd sah sie sich um – und fasste einen Entschluss.

„Also dann", murmelte Rika. Innerhalb kürzester Zeit hatten sich Rinnsale auf Straße und Gehweg gebildet, die plätschernd in den Kanaldeckeln verschwanden.

Sie setzte sich die Kapuze auf und zog sie weit ins Gesicht. *Wie du mir, so ich dir*, dachte sie düster, trat hinaus in den Regen und steuerte auf den gegenüberliegenden Taxistand zu. Der Fahrer des ersten Wagens in der Reihe nickte Rika freundlich zu. Hastig öffnete sie die Tür und ließ sich auf den abgewetzten Ledersitz sinken.

„Hallo. Einmal bis zur Kreuzung Köpenicker-Straße-Engeldamm, bitte."

Für den Fall, dass sie noch beobachtet wurde, wollte Rika sich nicht bis unmittelbar vor Hallers Wohnung chauffieren lassen.

Ein Taxi, vor allem ein so quietschgelbes wie dieses, erregte Aufmerksamkeit. Und Aufmerksamkeit war das Letzte, was Rika gebrauchen konnte. Zumindest dann, wenn sie von den falschen Leuten ausging.

„Alles klar." Der Fahrer fädelte den Wagen in den fließenden Verkehr ein, warf Rika einen Seitenblick zu und stellte die Sitzheizung an. „Was ein Wetter, oder? Wenn's Ihnen zu warm wird, stellen Sie den Regler einfach runter."

„Ja. Danke."

Rika versuchte sich auf nichts als die angenehme Wärme zu konzentrieren, die ihren Körper durch die Lederpolster hindurch streichelte. Doch ihr Herz flatterte so unstet wie die Flügel eines Wildvogels, der in einen Käfig gesperrt worden war.

Immerhin, und daran gab es nichts zu rütteln, ging es nun um alles. Darum, einen kollektiven Albtraum zu beenden, der schon viel zu viele Opfer gefordert hatte.

Mit ihren nagenden Zweifeln an Oliver war ein weiterer Grund hinzugekommen, Hallers Schuld endlich zu beweisen.

Einer, der in ihrem Fall vielleicht schwerer wog als alle übrigen Gründe zusammen.

***

Das Erste, was Rika im Wohngebäude mit der Hausnummer 60 auffiel, war der für Treppenhäuser ganz und gar untypische Geruch. Die Luft war nicht schwer vom Dunst angebratener Zwiebeln oder dem Duft nach blumigen Waschmitteln.

Nein, vielmehr roch es nach ... nichts.

Als wären die Wohnungen hinter den schwarzen Türen ganz und gar verwaist.

Rika atmete zitternd aus. Die Nervosität, die ihr Herz mit gierigen Fingern kitzelte, hatte ihren Höhepunkt erreicht. Ihr Körper fühlte sich an, als wäre er mit Watte ausgestopft worden.

Sie hatte mehrmals geklingelt, doch das ersehnte Summen des Türöffners war ausgeblieben. Entweder Haller war nicht zuhause, oder, was ebenso wahrscheinlich war, er wollte keinen Besuch empfangen. Schließlich hatte Rika jede einzelne Klingel betätigt, bis die Gegensprechanlage auf Höhe ihres Kopfes zum Leben erwacht war und eine der Stimme nach zu urteilen ältere Dame sie gefragt hatte, wer sie sei und was sie wolle.

Sie hatte sich kurzerhand als Mitarbeiterin eines Paketdienstes ausgegeben, die die Anweisung erhalten hatte, eine Lieferung vor der Tür eines abwesenden Nachbarn zu lagern. Ihre Lüge war mit einem Seufzen hingenommen worden.

Und nun bin ich hier. In der Höhle des Löwen, dachte sie aufgekratzt und schluckte ein verzweifeltes Lachen schnell wieder hinunter. Die in sterilem Weiß gehaltenen Wände und die eigenartige Stille, die daraus hervorquoll, ließen jedes Geräusch unangebracht wirken.

Auf Zehenspitzen eilte sie die Treppen hinauf, bis sie im dritten Stockwerk endlich auf Hallers Namen stieß.

Auf dem angelaufenen, schiefhängenden Messingschild, das in Rika augenblicklich Assoziationen an Verfall weckte, wirkte er wie eine Warnung.

„Was zum …“ Irritiert bemerkte sie, dass Hallers Wohnungstür bereits einen Spaltbreit offenstand. Der Anblick zupfte unangenehm an ihren ohnehin schon zum Zerreißen gespannten Nerven.

Geh da nicht rein, schrie der rationale Teil ihres Gehirns wie von Sinnen, *was auch immer du tust, geh bloß nicht in diese Wohnung.*

Doch war sie nicht schon längst an einem Punkt angelangt, an dem sie gar nicht mehr umkehren konnte? Bot sich ihr hinter der angelehnten Tür nicht die womöglich einzigartige Gelegenheit, diesen Horror, in den sie hineingeraten war, zu beenden? Und war die Aussicht darauf, ihr altes, langweiliges Leben zurückzuerlangen, den Schritt über die Schwelle nicht allemal wert?

Rikas Finger suchten in ihrer Handtasche den Griff des Messers und umklammerten ihn fest. Bereit, die Waffe jederzeit herauszuziehen und sich damit zu verteidigen, machte sie ein paar weitere vorsichtige Schritte in die Wohnung hinein.

Am liebsten hätte sie Haller gerufen – so, wie es die Schauspieler in Fernsehkrimis oder Horrorfilmen oft taten, wenn sie ein Gebäude betraten, in dem sie Mörder und Monster vermuteten.

Doch auch hier hatte die unnatürliche Stille des Treppenhauses sich niedergelassen. Sie war zu massiv, als

dass ein paar angstgeborene Worte sie hätten durchbrechen können.

So lautlos wie möglich bewegte Rika sich durch den
Flur und verharrte schließlich kurz hinter dem Rah-
men der nach rechts abgehenden, offenen Schiebetür.
Von ihrer Position aus konnte sie nur einen kleinen
Teil des Wohnzimmers einsehen. Rika nahm einen tie-
fen Atemzug und zählte im Kopf von drei an rückwärts.

Drei …

Er ist da drin.

Zwei …

Er wartet auf mich.

Eins …

Gleich bin ich tot.

Die aufsteigende Panik ließ ihre Bewegungen fahrig
werden, sodass Rika mit der Schulter am Türpfosten
hängenblieb und ein paar Schritte weit in den Raum
hineinstolperte.

Wild mit den Armen rudernd, kam sie zum Stehen.

Blinzelte die Tränen fort, die Schmerz und Furcht ihr
in die Augen getrieben hatten.

Ein loser Gedanke schwirrte ihr durch den Kopf.

Die Wände sehen eigenartig aus.

Wie benommen drehte Rika sich um die eigene
Achse.

Es dauerte einen Moment, ehe sie begriff, dass die roten Spritzer um sie herum nicht zu dem Muster einer
Tapete gehörten, sondern einmal durch den Kreislauf
jenes Mannes gepumpt worden waren, der mit leerem
Blick auf dem Sofa saß.

KAPITEL 26

„Definitiv die Haut einer einzelnen Person. Das Gewebe ist schon länger tot. Wie lange genau, ist schwer festzustellen. Ich tippe auf ein, zwei Tage."

Josef lehnte, die Arme vor der Brust verschränkt, an einer Säule unweit Tinas Obduktionstisch.

Die ganze Zeit über hatte er sie schweigend beobachtet; ihr dabei zugesehen, wie sie jeden Hautfetzen einzeln mit hochkonzentrierter Miene untersucht hatte.

Obwohl die Rechtsmedizinerin wie gewohnt ebenso schnell wie effizient arbeitete, waren ihm die Minuten endlos lang vorgekommen.

Er brauchte Antworten, Informationen.

Alles, was zählte, war das Leben jener Person zu retten, der die Haut so großflächig entfernt worden war.

Josef hatte den Fund noch auf dem Weg zum Institut mit seinem Team geteilt und eine Besprechungsrunde einberufen, die seine Kollegin Nadia stellvertretend leiten sollte, bis er dazu stieß. Zwei Kollegen hatte er aufgetragen, so bald wie möglich eine Befragung seiner Nachbarn durchzuführen.

Bei den vielen neugierigen Rentnern, die auf der Suche nach Unterhaltung stündlich aus dem Fenster sahen, war Josefs Hoffnung groß, dass jemand den vermeintlichen Zusteller gesehen hatte.

„Ein, zwei Tage", wiederholte er nachdenklich, „mit solchen Wunden kann man doch überleben?"

Das Gesicht, das Tina machte, gefiel ihm nicht. „Das kommt ganz auf die Umstände an. Es ist zwar keine Arterie durchtrennt worden, dennoch sind die Wundareale sehr groß und natürlich anfällig für Infektionen. Wenn wir davon ausgehen, dass das Opfer keine medizinische Versorgung erhalten hat, besteht akute Lebensgefahr. Auf der einen Seite durch den doch beträchtlichen Blutverlust, auf der anderen Seite durch Verunreinigungen und damit einhergehende Entzündungen."

„Medizinische Versorgung." Josef lachte freudlos. „Ich fürchte, das ist das Letzte, wonach dieser kranken Seele der Sinn steht."

„Vermutlich. Eines der ausgeschnittenen Areale stammt ganz klar vom Abdomen. Der Fettanteil lässt darauf schließen, dass das Opfer weiblich ist."

Josef nickte. „Das habe ich mir schon gedacht."

„Ach ja?", fragte Tina anerkennend. „Sieh mal einer an. Da hat sich das jahrelange stumme Über-die-Schulter-Gegucke ja doch gelohnt."

„Gibt es noch etwas, das du mir sa–"

Das Klingeln seines Diensthandys schnitt Josef das Wort ab.

Ein Blick aufs Display verriet ihm, dass die Einsatzzentrale der Direktion ihn zu erreichen versuchte.

Mit einem flauen Gefühl im Magen nahm er ab.

„Ja?"

„Herr Winter, wir haben gerade einen anonymen Anruf erhalten. Lässt sich nicht zurückverfolgen, wahrscheinlich ein Prepaid-Handy. Wer immer da gesprochen hat, hat einen Stimmverzerrer benutzt. Auf dem Zwölf-Apostel-Friedhof in Schöneberg soll eine Leiche liegen. In einem mit Laub und Moos beklebten Müllsack unter einer Hecke. Aus dem Körper ist Haut herausgeschnitten worden."

Eine Leiche. Schon wieder. Die Frau mit den Wunden hatte es nicht geschafft. Und es war seine Schuld.

„Auf der roten Insel", stöhnte Josef, „auf der gottverdammten roten Insel!"

Rot.

Nicht „Tor", nicht „Ort". Einfach nur „Rot".

Und hatten die Hautfetzen mit etwas Fantasie nicht wie Inseln ausgesehen?

Fantasie. Das, verflucht nochmal, war es, woran es ihm fehlte. Ihm und dem ganzen Rest seines Teams.

Er stieß sich von der Säule ab, ballte die freie Hand zur Faust und lief vor den Leichenfächern auf und ab. Verschwommen spiegelte der polierte Stahl seine hektischen Bewegungen.

„Ja", sagte die Beamtin am anderen Ende der Leitung unsicher, „auf der roten Insel. Die Spurensicherung ist schon auf dem Weg."

„Weist der Körper bis auf die herausgeschnittenen Hautfetzen ähnliche Verletzungen auf wie die vorherigen Leichen? Gibt es ein ... *Gedicht?*" Er sprach das Wort mit tiefem Abscheu aus. Josef hatte keinen Zweifel daran, dass es sich bei dem Mörder um den Goethe-Killer handelte – Verse hin oder her. Ein paar seiner Kollegen jedoch, die großes Vertrauen in Täterprofile hatten und das Abweichen von einem bekannten Muster als eher unwahrscheinlich betrachteten, würden die Sachlage anders beurteilen.

Kann dir egal sein, gab ihm sein Unterbewusstsein flapsig zu verstehen, *du bist immer noch der Chef.*

„Das hat der Anrufer unerwähnt gelassen."

„So eine Scheiße. Gut. Ich bin unterwegs." Josef beendete das Gespräch. Fluchend wandte er sich Tina zu, die ihn mit hochgezogenen Brauen ansah.

„Das mit dem Essen muss noch weiter nach hinten verschoben werden, nehme ich an?"

„Ganz genau."

Als Josef und Tina am Tatort eintrafen, erwarteten sie eine schlechte und eine gute Nachricht. Die schlechte lautete, dass ein alter Mann mit seinen Enkelkindern auf dem Friedhof unterwegs gewesen war und die Leiche noch vor dem Eintreffen der Spurensicherung entdeckt hatte. Vor den Augen der Zwillingsjungen, die gerade einmal 8 Jahre alt waren, hatte er den Müllsack geöffnet und ihnen somit vermutlich genug Albträume für die nächsten zwanzig Jahre beschert.

Außerdem, und das war für den Moment das weitaus größere Problem, bestand die Gefahr, dass er durch sein rabiates Vorgehen Spuren vernichtet haben könnte.

Die gute Nachricht aber nahm Josef eine solche Last von den Schultern, dass er sich augenblicklich um ein paar Kilo leichter fühlte: Die zwischen Laub und Erde

liegende Frau war bereits tot gewesen, als er das Päckchen mit der verschlüsselten Botschaft des Mörders erhalten hatte.

Seit mindestens 24 Stunden, wie Tina sagte. Und obwohl eine Leiche gewiss keinen Grund zur Freude bot,
war Josef erleichtert, dass ihr Tod zumindest nicht ihm
und seiner Unfähigkeit zu verdanken war.

„Ich möchte eine Liste mit sämtlichen Pastoren,
Friedhofsgärtnern und Bestattern, die je einen Fuß auf
dieses Gelände gesetzt haben", wies er die zwei Ermittler aus seinem Team an, die er von unterwegs zum
Friedhof zitiert hatte. Achim und Karlotta, mit Ende
zwanzig die jüngsten Mitglieder der Mordkommission,
waren beinahe zeitgleich mit ihm und Tina eingetroffen. „Irgendjemand *muss* etwas gesehen haben. Niemand ist unsichtbar."

Nicht einmal Adrian Ritter oder Jacob Haller, fügte er in
Gedanken hinzu.

Die am Engeldamm abgestellten Beamten hatten Haller seine Wohnung vor zwei Stunden betreten und seit-
her nicht mehr verlassen sehen. Eine Tatsache, die Josef noch auf der Fahrt zum Fundort der Leiche an ihm
als möglichen Täter hatte zweifeln lassen.

Nun, da er um den etwaigen Todeszeitpunkt der Frau
wusste, hatte er diese Unschuldsvermutung allerdings
wieder verworfen.

„Geht klar, Chef. Was machen wir, wenn Presseleute
auftauchen?" Karlotta warf einen Blick zum Eingangstor, doch noch waren keine Journalisten zu sehen.

„Auf unsere Pressesprecherin verweisen. Wir werden
demnächst sowieso eine Konferenz einberufen müssen."

„Als würde die das interessieren", bemerkte Achim verdrießlich, der schon so manche diskussionsreiche Auseinandersetzung mit Redakteuren der Boulevardblätter hinter sich hatte.

Josef war versucht, ein „Ihr macht das schon" zu murmeln, schluckte es dann jedoch hinunter und rang sich ein Lächeln ab, von dem er hoffte, dass es zuversichtlich wirkte.

Dass seine Kollegen in ihm einen emotionslosen Klotz sahen, war ein offenes Geheimnis. Irgendwann einmal hatte er sich vorgenommen, daran zu arbeiten. Aber das war *vor* der grausamen Mordserie gewesen. Hier und heute gab es Wichtigeres als den empathischen Vorgesetzten zu mimen.

Karlotta und Achim tauschten einen Blick, der Josef nicht entging, ehe sie unter dem Absperrband hindurch schlüpften und sich in Richtung Eingangstor entfernten.

Er selbst holte tief Luft und ging zurück in das über der Leiche errichtete Zelt, das zwischen all den Hecken und mannshohen verwucherten Grabsteinen beinahe überflüssig wirkte.

„Bist du fertig, Tina?"

Die Rechtsmedizinerin war nun schon ungewöhnlich lange mit der Leichenschau beschäftigt, die eine Grundvoraussetzung für die Überführung in die Pathologie darstellte. Die behandschuhten Hände über ihrem Tatortkoffer zusammengefaltet, kniete sie unweit der Toten auf dem Boden. Ihr Overall raschelte geräuschvoll, als sie sich zu Josef umdrehte.

„Es passiert gerade etwas Komisches", sagte sie und Josef meinte prompt herauszuhören, was es war: Ihre

Stimme hatte den zynischen Unterton verloren. Sie klang immer noch heiser; immer noch nach Tina und doch anders.

Irgendwie verletzlich.

„Was meinst du?", fragte er trotzdem.

„Das alles hier ..." Sie schüttelte den Kopf. „Das geht mir nahe, weißt du? Keine Ahnung, woran das liegt. Vielleicht daran, dass wir uns hier auf einem gottverdammten Friedhof befinden. Kaum zu glauben, wenn man mich so sieht und erlebt, aber ich habe Friedhöfe noch nie gemocht. Diese Atmosphäre ... Ich weiß auch nicht. Versteh mich nicht falsch – es ist nicht die Anwesenheit der Toten, die mir mulmig werden lässt. Sonst wäre ich ja wohl auch falsch in meinem Job, was? Es ist eher diese Kombination aus Tod und ... Vergessen. Dieses Sichtbarwerden der Zeit."

Tina schüttelte den Kopf. Josef sah ihr an, dass sie sich lächerlich vorkam. Er konnte sich nicht entsinnen, dass sie jemals so offen mit ihm gesprochen hatte.

Er wollte etwas sagen, doch wie so oft fehlten ihm auch jetzt die richtigen Worte. Zu seiner Erleichterung kam die Rechtsmedizinerin ihm zuvor, indem sie das Gespräch wieder aufnahm.

„Du musst mich für bescheuert halten."

„Überhaupt nicht." Da waren sie doch, dachte er, die richtigen Worte. Tina jedenfalls schien sie als solche anzuerkennen. Schief lächelte sie Josef an.

„Weißt du, ich finde, durch unsere Arbeit machen wir die Toten ein Stück weit wieder lebendig. Erzählen ihre Geschichten, weil sie selbst nicht mehr in der Lage dazu sind. Deswegen empfinde ich Leichenhallen vermutlich auch als sehr dankbare Orte. Sie erlauben mir, mich in aller Ruhe mit den Geheimnissen eines Menschen zu befassen. Aber diese Ruhe ist nicht endgültig. Ich kann sie durchbrechen. Mit dem Klappern meines Anatomie-Bestecks oder Rock-Musik auf den Ohren. Und ich weiß, dass *mein* Leben hinter den Türen weitergeht. Hier ist das anders. Als ich die Frau hier habe liegen sehen, habe ich sofort gedacht, dass sie zweimal gestorben ist. Einmal, als der Täter sie erwürgt hat, und ein weiteres Mal, als sie hier abgeladen wurde. Das ist schwer zu erklären."

Josef räusperte sich. „Ich glaube, ich verstehe, was du meinst. Du hast von Frieden gesprochen. Wenn es auf Friedhöfen so etwas wie den Frieden gibt, den du in Leichenhallen empfindest, dann sicher nur in Särgen oder Urnen. Aber nicht außerhalb. Nicht für einen Toten."

Der Blick, mit dem Tina ihn ansah, war voller aufrichtigem Erstaunen. Sie stand auf – ihre Knie knackten dabei geräuschvoll – und trat dicht an Josef heran. Zu dicht, wie er fand, und doch unterdrückte er den Impuls, zurückzuweichen.

„Ich glaube, ich habe nie tiefer in deine Seele sehen können als jetzt. Danke." Sie legte ihm eine Hand auf die Schulter, ließ sie dort ein paar Sekunden verharren und verließ das Zelt dann ohne ein weiteres Wort.

Josef lächelte einen Moment lang in sich hinein, ehe er sich der Anwesenheit der ermordeten jungen Frau wieder gewahr wurde. Ihr Anblick lähmte seine Mundwinkel.

Sie sah so jung aus, beinahe wie ein schlafendes Kind. In den blonden Haaren saß noch eine rosa gemusterte Spange.

Dort, wo der Täter die Hautfetzen aus ihrem Körper geschnitten hatte, war gräuliches Muskelfleisch zu sehen.

Der schlanke Hals war mit Würgemalen übersät.

Josef schluckte. Er spürte, dass auch ihm die nötige Distanz fehlte. Vermutlich war es die schreckliche Gewissheit, dass er Teile der jungen Frau auf seinem Küchentisch untersucht hatte, die ihm zu schaffen machte.

Er hat sein Muster geändert, dachte Josef resigniert, *er spielt mit uns. Hat uns glauben lassen, ihn endlich verstanden zu haben, nur um nun vollkommen anders vorzugehen.*

„O je. Das sieht gar nicht gut aus", hörte er Tina draußen sagen. Kaum einen Wimpernschlag später wusste er, was sie meinte – Regen prasselte auf die Zeltplane. Heftiger Regen.

„Abtransportieren!", rief Tina über den zeitgleich auffrischenden Wind hinweg.

Josef machte den für die Überführung zuständigen Kollegen Platz und trat mit schützend über dem Kopf ausgebreiteten Händen nach draußen. Er sah Tina durch den Platzregen hindurch zu den zwei Kastenwagen am Eingangstor des Friedhofes rennen und hechtete ihr hinterher. Als er das Innere des Wagens erreichte, in das sich die meisten Anwesenden quetschten wie die Sardinen, schien das Unwetter sich bereits wieder zu beruhigen.

„Das ist ja wie im April", klagte Achim, der aussah, als hätte er sich in voller Montur unter eine Regenwalddusche gestellt. „Klimawandel", murmelte Karlotta, die es ähnlich schlimm erwischt hatte. Achims bissige Erwiderung verlor sich im Rascheln des Overalls, dessen oberen Teil Josef sich von den Schultern streifte. Er tastete in der Jackentasche nach Diensthandy und Autoschlüssel.

„Ich hoffe, sie findet Frieden", sagte Tina, ohne ihn anzusehen. Ihr Blick haftete an dem Leichenwagen, mit dem die Tote in wenigen Augenblicken ihre letzte Reise antreten würde.

Ihre vorletzte, korrigierte Josef sich, *die letzte führt hoffentlich auf einen Friedhof, der seinem Namen Ehre macht.*

„Ja. Das hoffe ich auch." Josef senkte die Stimme, ehe er weitersprach. „Auf dem Rücken des Opfers hast du keine Verletzungen ausmachen können, richtig? Keine Spur von den gewohnten Versen?"

Tina hatte die Leiche unmittelbar nach ihrem Eintreffen umfassend untersucht und Josef mündlich jedes noch so kleine Detail zu Protokoll gegeben. Dennoch wollte er auf Nummer sicher gehen, fühlte er sich doch durch die grauenhafte Paket-Lieferung immer noch wie benommen.

„Nicht das geringste Wort", stimmte Tina ihm zu. „Vielleicht ..." Sie fuhr sich mit den Schneidezähnen über die Unterlippe und starrte nachdenklich auf ihre ineinander verschränkten Hände hinunter.

„Ja?"

„Vielleicht war das hier der letzte Teil seines Gedichts."

Josef erwiderte nichts. Er wünschte sich von Herzen, dass Tina damit Recht hatte.

26. September, Donnerstag, 15:02 Uhr

Der Schock durchfuhr ihre Glieder wie ein glühendes Eisen.

Waren Rikas Sinne im Treppenhaus noch wie betäubt gewesen, schienen sie nun ein Vielfaches ihrer gewohnten Leistung zu erbringen. Dabei wünschte sie sich in diesem Moment nichts sehnlicher, als das, was sich ihren Augen dort offenbarte, weder sehen und hören noch riechen und schmecken zu können.

Da sitzt eine Leiche. Mit einem offenen Hals.

Als Rika an ihn herantrat, erkannte sie den Toten als jenen Mann wieder, der ihr noch vor wenigen Stunden im Café aufgelauert und sich als Mitarbeiter ausgegeben hatte.

Der anonyme Anrufer.

Sein Kopf ruhte auf der Lehne des blutgetränkten Sofas, dessen metallischer Gestank ihr die Tränen in die Augen trieb.

Die Körperhaltung des Mannes suggerierte Entspannung; seine Arme lagen auf der Lehne und die Beine hatte er überschlagen. Alles an ihm wirkte so verstörend normal – alles, bis auf die Wunde an seinem Hals, durch deren klaffende Öffnung hindurch Rika den

Kehlkopf sehen konnte. In einer abgehackten Bewegung wandte sie sich von dem Toten ab und erbrach sich auf Hallers Teppich.

Durch den Nebel des Schocks hindurch meldete sich ihr Selbsterhaltungstrieb zu Wort.

Lauf, schrie er aus Leibeskräften, *hau ab und ruf verdammt nochmal die Polizei!*

Das Kommando erreichte ihre Beine mit einiger Verzögerung. Es fühlte sich an, als würde sie durch Wasser waten. Ihr Körper gehorchte ihr nicht mehr. War viel zu langsam, viel zu schwach.

Wimmernd wankte sie in den Flur hinaus, der sich plötzlich endlos auszudehnen schien. Wie in Zeitlupe bewegte Rika sich auf die Tür zu ... und blieb stehen, als sie ein Stöhnen aus einem der angrenzenden Zimmer in ihrem Rücken hörte.

Widerstrebend drehte sie sich um. Die kläglichen Laute, die eindeutig von der anderen Seite der Diele herrührten, ertönten erneut. Sie klangen wie der Hilferuf eines Sterbenden. Rika, noch immer wie benommen vom Adrenalin, zögerte.

Das ist eine Falle!, rief ihr Verstand.

Sie war geneigt, ihm zu glauben. Doch allein der Hauch einer Möglichkeit, dass nicht Haller selbst dort am Ende des Flurs auf sie wartete, sondern eines seiner Opfer im Sterben lag und auf ihre Hilfe angewiesen war, reichte aus, um Rikas Flucht zu vereiteln.

Es kostete sie all ihre Willenskraft, das Messer in der Hand gegen ihr Smartphone zu tauschen. Mechanisch wählte sie die 110, drehte sich dabei pausenlos um die eigene Achse.

„Polizeinotruf, was kann ich für Sie tun?“ Die Stimme der Beamtin war angenehm beruhigend. Sachlich. Unaufgeregt.

„Hohenstedt hier. Bitte schicken Sie jemanden in den Engeldamm 60. Bei Haller. Es hat einen Mord gegeben. Ein Krankenwagen wird auch benötigt … Ich glaube, hier ist noch jemand am Leben.“

Einen Moment lang hörte Rika nur das hektische Klackern einer Tastatur. Dann richtete die Polizistin wieder das Wort an sie.

„Frau Hohenstedt, bitte bleiben Sie –“

Rika unterbrach die Verbindung. Mit dem Anruf hatte sie ihren Dienst getan. Rede und Antwort konnte sie den Polizisten immer noch stehen, sobald diese eingetroffen waren.

Und jetzt raus hier. Mach, dass du wegkommst.

Ihre Beine gehorchten ihr nicht. Ungläubig sah sie an ihnen hinunter und bemerkte die rostbraunen Fußspuren, die sich vom Wohnzimmer aus auf diese Seite des Flurs zogen.

Hatte es einen Kampf zwischen Haller und dem Toten gegeben?

Oder war es einem zweiten Opfer gelungen, sich mit letzter Kraft aus dem Raum zu schleppen und in einem der Zimmer zu verbarrikadieren?

Das Stöhnen wurde lauter. Als besäße das Leid, das darin lag, kleine Widerhaken, verfing es sich in ihrem Herzen und zog sie die Diele entlang.

Helfen. Sie musste helfen.

Vor der angelehnten Tür blieb Rika stehen. Starrte wie in Trance durch den Spalt hindurch, der den winzigen Übergang zwischen Freiheit und Gefangenschaft bildete.

Zwischen Leben und Tod.

Zwischen Feigheit und Mut.

Ihr Herz war ein Rehkitz, das vor einem Wolf floh und in letzter Sekunde umdrehte, um ihm in die Arme zu laufen.

Kreischend stieß sie die Tür auf. Ihr Blick jagte durch den Raum und verharrte auf dem Mann, dessen Gesicht sie vor vielen Jahren zum letzten Mal gesehen hatte.

Er saß mit ausgestreckten Beinen auf dem Badezimmerboden, den Rücken an den Wannenrand gelehnt und das Kinn auf der Brust ruhend. Seine Kleidung war mit Blut besudelt, in seiner geöffneten linken Faust lag ein Messer.

„Jacob?", fragte Rika. Ihre Stimme hallte laut und hoch von den grau gekachelten Wänden wider.

Hallers Lider flatterten. Kurz sah es so aus, als wolle er den Kopf heben, doch dann gab er auf. Stöhnte wie ein verletztes Tier.

Was war hier nur geschehen? Stand er unter Drogen?

Hatte der Mord an dem Mann im Wohnzimmer ihn in einen rauschähnlichen Zustand versetzt? Eine Verletzung jedenfalls konnte Rika nicht erkennen.

„Jacob? Können Sie mich hören?"

Eine Reihe unverständlicher Laute stolperte über seine Lippen. Entgegen jeder Vernunft trat Rika näher an Haller heran. Ihr eigenes Messer, das sie in ihrer Tasche nun wieder umklammert hielt, ließ sie wagemutig werden.

„Jacob?", fragte sie erneut, als sie neben Haller in die Hocke ging.

Er sieht so eigenartig aus, dachte sie, während Bilder eines jüngeren Hallers ihr Gedächtnis fluteten. Damals hatte er einen Wahnsinn ausgestrahlt, dessen Flammen alles versengten, das sich ihnen in den Weg stellte. Heute, zumindest hier und jetzt, war diese Aura zu Asche zerfallen.

Der Mann, der dort mit dem Blut eines Fremden befleckt auf dem Boden saß und sich offenbar in einem ganz eigenen kranken Rauschzustand befand, hatte nichts von der zerstörerischen Energie seines acht Jahre jüngeren Ichs.

Er wirkte seelenlos. Gebrochen. Wie jemand, der seine inneren Dämonen entfesselt hatte und nun, ohne sie, nur noch eine leere Hülle war.

Das Handy in ihrer Tasche vibrierte. Vermutlich versuchte die Notfallzentrale, sie zurückzurufen. Ob Polizei und Rettungswagen sich wohl schon auf dem Weg zu Hallers Wohnung befanden? Und ob Oliver fündig geworden war und den Drohbrief entdeckt hatte?

Rika kam zu dem Schluss, dass Letzteres keine Rolle spielte. Jacob Haller würde in Handschellen abgeführt werden, so viel war sicher.

Er ist ein Serienmörder, und trotzdem habe ich jetzt, in diesem Moment, keine Angst vor ihm, stellte Rika verblüfft fest und fragte sich, ob sie womöglich giftige Dämpfe einatmete, die ihren Geist vernebelten.

Immerhin befand sie sich gerade in der Wohnung eines Mannes, der mehrere Leben ausgelöscht hatte – eines davon vor vermutlich nicht allzu langer Zeit in seinem eigenen Wohnzimmer. Und sie, Rika, kniete sogar neben ihm. Forderte das Monster in ihm heraus.

Ein neuerliches Stöhnen löste sich aus seiner Kehle. Dieses Mal aber schien es, als würde er etwas sagen wollen.

„ne ... uld ..."

Sofort verkrampften sich ihre Muskeln. Die Illusion ihrer Furchtlosigkeit zerbrach im Takt ihres hämmernden Herzens.

Es war, als würde sie die Situation erst jetzt in ihrem vollen Ausmaß begreifen.

Plötzlich drohte Rika, das Gleichgewicht zu verlieren. Von einem furchtbaren Schwindel übermannt, sprang sie auf und taumelte rückwärts. „Wie bitte?", fragte sie schrill und stieß im nächsten Moment mit dem Rücken gegen eine Kommode.

Eine Flasche Parfum zerbarst auf dem Boden.

„Deine Schuld", krächzte Haller.

Seine Lider hatten aufgehört zu flattern. Er sah sie nun an, sah ihr geradewegs ins Gesicht. Mit der Hand, in der er das Messer hielt, wies er in Richtung Flur.

Nein, dachte Rika, *in Richtung Wohnzimmer. In Richtung Tod.*

„Was ist meine Schuld?", würgte sie hervor. Ihr Hals war so elendig trocken. Sie wusste, was er sagen würde. Und obwohl sie es nicht hören wollte, zwang ein masochistischer Teil von ihr sie dazu, die Antwort aus Haller herauszukitzeln.

„Sie … sin' … deinetwegen … gestorben." Er atmete röchelnd ein und aus.

Die Worte trafen Rika wie eine Ohrfeige. Ihr Gesicht wurde heiß, verbrannte von innen, stand lichterloh in Flammen. Sie machte einen Schritt zur Seite. Das Glas knackte und knirschte unter ihren Sohlen.

Haller gab einen Laut von sich, der einem Lachen am nächsten kam.

Sie sind deinetwegen gestorben.

Ihretwegen. Das Blut des Kapuzen-Mannes, die Nächte außerhalb ihres Bettes. Stunden ohne Erinnerung, verschleiert von einer Überdosis Zolpidem.

Ihr kam ein irrwitziger Gedanke: Was, wenn sie am Ende unwissentlich mit Haller unter eine Decke steckte?

„Die armen Kaninchen", flüsterte sie.

Von irgendwoher ertönte eine Sirene. Dann versank die Welt irgendwo zwischen Badezimmerkacheln und dem Nachhall eines Lachens.

26. September, Donnerstag, 16:15 Uhr

Es war vorbei.

Fünf Tage, nachdem mit dem ersten Mord des Goethe-Killers eine Zeit der Furcht über Berlin gebracht worden war, war es endlich vorüber.

Sie hatten Haller das Handwerk gelegt – etwas, das ohne Rika Hohenstedts Zutun nicht gelungen wäre. Josef konnte noch immer nicht fassen, wie die Dinge sich entwickelt hatten. Der Notruf der Professorin, das Stürmen von Hallers Wohnung, der Fund des toten Phantoms ...

All das hatte er wie durch die Distanz eines Fernsehbildschirms wahrgenommen.

Am Ende war der mehrfache Mörder zwar nicht in Handschellen abgeführt, sondern von Sanitätern ins Krankenhaus gefahren worden. Doch Josef tröstete sich mit dem Gedanken, dass sein Moment des endgültigen Triumphes über den Marketing-Manager lediglich aufgeschoben war.

Immerhin war es ihm nicht geglückt, sich mit dem Drogencocktail in seinem Blut ins Jenseits zu befördern.

Eines schönen, hoffentlich nicht allzu fernen Tages würde er verhandlungsfähig sein und für die Vergehen bestraft werden, die er begangen hatte.

Josef fühlte sich, als hätte er seit jener Nacht im Tiergarten die Luft angehalten und würde nun das erste Mal wieder atmen. Sauerstoff flutete seine Lungen. Sauerstoff und das wohldosierte Kohlenmonoxid seiner Zigarette, deren Rauch kräuselnd in der Kälte des Nachmittages verschwand.

„Du bist meine Letzte", eröffnete er ihr und nahm einen tiefen Zug.

Er würde seine Gewohnheiten ändern. Regelmäßiger und gesünder essen, mehr schlafen, beruflich kürzertreten.

So sehr er seinen Job auch liebte, seine Kinder liebte er mehr. Sie hatten es verdient, dass sie ihren Vater kennenlernten – und zwar über unregelmäßige Wochenendtreffen hinaus.

Wenn dieser Vater dann auch noch ein paar Jährchen durchhält und wegen seines Lebensstils nicht mit 50 ins Gras beißt, umso besser.

Josef blies Rauch aus und blickte an der Fassade des Gebäudes hinauf, hinter der Rika Hohenstedt und ihr Mann gerade getrennt voneinander vernommen wurden.

Rika hatte einen Notruf aus Hallers Wohnung abgesetzt, der Universitätsdekan eine archivierte Arbeit Hallers gefunden. Gemeinsam mit der Ausarbeitung und einem an seine Frau geschriebenen Drohbrief hatte er die Schuld des ehemaligen Studenten beweisen wollen.

Dass Rika währenddessen neben einem Mörder auf dessen Badezimmerboden gelegen und angesichts des grausam hingerichteten Adrian Ritter einen Schock erlitten hatte, war dabei offenbar an ihm vorbeigegangen.

Bei aller Erleichterung darüber, Haller dingfest gemacht zu haben, empfand Josef tiefes Mitgefühl für die Professorin und zugleich eine nagende Schuld gegenüber den Menschen, die er nicht hatte retten können. Er war sich seines eigenen Versagens, das mit seiner Ignoranz hinsichtlich Rikas Anrufes im Dezernat begonnen hatte, deutlich bewusst.

Irren ist menschlich, tröstete ihn sein Verstand.

Im Laufe seiner Dienstjahre war Josef öfter an diesen Leitsatz erinnert worden, als ihm lieb war.

Der Unterschied zu damals bestand nun allerdings darin, dass er dieses Mal seine Konsequenzen ziehen würde.

Wann er dem Team seinen Rücktritt verkündete, wollte Josef im Laufe der nächsten Tage entscheiden. Für den Moment war nur wichtig, dass er hinter Haller aufräumte und den Fall zu Ende brachte.

Erneut wanderten seine Gedanken zu Rika Hohenstedt. Er hatte ihre Erstbefragung durchgeführt, was sich unter den gegebenen Umständen als äußerst schwierig herausgestellt hatte. In eine Wärmedecke gehüllt und unter den strengen Blicken der umstehenden Sanitäter war Josef durch den Dschungel ihrer noch taufrischen Erinnerungen geirrt und hatte versucht, sich zurecht zu finden.

Zu Josefs Überraschung hatte sie sich strikt geweigert, ins Krankenhaus zu fahren, und war stattdessen mit aufs Revier gekommen, wo sie auf eigenen Wunsch hin mit einer weiblichen Kollegin hatte sprechen wollen.

Ihr Mann war bereits mit seinem Brief auf der Dienststelle eingetroffen und hatte sie seltsam gestelzt begrüßt.

Josef hatte im Laufe seines Lebens viele eigentümliche Ehen beobachten können. Unter Zeugen wie Tätern schien gegenseitiges Misstrauen an der Tagesordnung zu stehen und ein regelmäßiges Aneinander-vorbei-Handeln zum guten Ton zu gehören.

Rikas und Oliver Hohenstedts Beziehung allerdings stellte ihn noch vor ganz andere Rätsel. Sie wirkten einander so fremd, als hätten sie sich erst gestern kennengelernt. Olivers Sorge um seine Frau schien kaum bis gar nicht vorhanden zu sein, während Rika ihren Mann in jedem zweiten Satz erwähnte.

Ich sollte am besten wissen, wie es ist, wenn einer mehr liebt als der andere, befand Josef zynisch und nahm einen weiteren tiefen Zug seiner letzten Zigarette.

Kurz bevor sie bis zum Filter hinuntergebrannt war, zerdrückte er sie im Aschenbecher und betrat das Dezernat.

Als er den zweiten Stock erreichte, hatte Rika das Vernehmungszimmer bereits wieder verlassen.

Mit hinter dem Rücken verschränkten Händen ging sie in einem winzigen Radius auf und ab. Kaum dass sie Josef bemerkte, hielt sie inne und fing seinen Blick auf.

Sie war hübsch, dachte er und war aufrichtig verblüfft über diesen Gedanken. Zum einen weil er es als bedenklich empfand, dass die Gesetze der Anziehung nicht einmal in Situationen wie diesen außer Kraft traten. Zum anderen weil die Professorin nun, da ihre Haut vor Angst nicht mehr grau war, allerhöchstens eine entfernte Ähnlichkeit mit der Person aus den verpixelten Internet-Bildern aufwies.

Ihre Haare, auf den Aufnahmen noch kurz und dunkelblond, waren lang und von einem gepflegten Kastanienbraun. Auch wirkte Rika Hohenstedts Gesicht weniger schmal und eingefallen und war von einer gesunden Fülle, die ihren Wangen einen Hauch von Rosa verliehen. Ihre großen Augen und die geschwungenen Lippen vervollkommneten ihr Erscheinungsbild auf eine unbestreitbar angenehme Art und Weise.

Auf den ersten Blick sah sie nicht aus wie jemand, der gerade noch von einem Sanitäter untersucht worden war, weil er neben einem Serienmörder das Bewusstsein verloren hatte.

Nur jemandem, der ganz genau hinsah, offenbarten sich die Schatten unter ihren Augen und die Leere, die wie ein schlafender See darin lag.

Angesichts dessen, was Rika in Hallers Wohnung zu Gesicht bekommen hatte, war das zwar wenig überraschend. Dennoch wurde Josef das Gefühl nicht los, dass es weit mehr als ein Gespräch mit einer Polizeipsychologin bedürfen würde, bis die Professorin das Geschehen verarbeitet hatte.

„Und Sie kommen wirklich zurecht?", hakte er nach.

„Ja", sagte sie steif, „natürlich."

„Melden Sie sich bitte bei mir, wenn sich daran etwas ändern sollte. Sie waren in ein Verbrechen verwickelt – Ihnen stehen alle Behandlungsmöglichkeiten offen."

Kurz schien es, als wolle Rika Hohenstedt etwas sagen, dann war der Moment vorüber. Unruhig warf sie einen Blick über die Schulter.

„Wo ist mein Mann?", fragte sie leise.

Wie aufs Stichwort öffnete sich die Tür zum Vernehmungszimmer, in dem Nele Lamprecht Herrn Hohenstedts Aussage im Anschluss an Josefs Befragung aufgenommen hatte.

Rikas Ehemann trat auf den Flur hinaus, stemmte die Hände in die Hüften und seufzte theatralisch.

Er sah noch immer aus, als erwarte er, jeden Moment einen Superhelden-Umhang überreicht zu bekommen. Dass die Dienststelle bereits von Rika selbst informiert worden war, als Oliver Hohenstedt seinen Anruf getätigt und den Beamten Hallers Adresse genannt hatte, schien er dabei geflissentlich auszublenden.

Josef hegte keine Zweifel, dass er eine ganz eigene Version der Geschichte von der Rettung seiner Frau erzählen würde. Eine, die mit der Wahrheit womöglich nicht allzu viel zu tun hatte.

Der Gesichtsausdruck seiner Kollegin, die hinter Hohenstedt aus der Tür schlüpfte, spiegelte Josefs Gedanken wider.

Er konnte sich lebhaft vorstellen, wie sehr der Universitätsdekan die vergangenen Stunden erzählerisch ausgeschmückt hatte – von seinem Fund im Archiv, der Nachricht seiner Frau bezüglich des Drohbriefes und seines geistesgegenwärtigen Handelns, mit dem er Haller in seinen Augen dingfest gemacht und Rika das Leben gerettet hatte.

Sicher, die von ihm beschafften Indizien würden bei den abschließenden Untersuchungen zweifellos von Nutzen sein.

Dennoch legte er ein Verhalten an den Tag, das Josef sonst nur von schlechten Sherlock-Holmes-Imitatoren auf ebenso schlechten Kostümpartys gewohnt war.

„Oliver", sagte Rika leise. Aus ihrem Mund klang sein Name wie ein Lächeln.

„Da bin ich wieder. Mein Gott. Wer hätte das gedacht, oder? Als wir vor ein paar Tagen am Frühstückstisch saßen und meine Frau mir gesagt hat, dass sie Haller für den Goethe-Killer hält, habe ich sie noch für verrückt erklärt. Und nun sowas!"

„Ja", brummte Josef, „verrückt."

Bei Gott, der Kerl war ihm wirklich unsympathisch. Seine Art hatte etwas Überhebliches, von dem Josef entgegen seines selbst auferlegten Pauschalisierungsverbotes schon oft angenommen hatte, dass es vor allem Akademikern zu eigen war.

Oliver Hohenstedt sprach wie jemand, der große Stücke auf sich hielt. Und er passte, zumindest den Eindrücken nach zu urteilen, die Josef jüngst gewonnen hatte, nicht im Geringsten zu Rika.

Die Professorin wirkte alles andere als souverän. Als sei sie sich ihres guten Aussehens nicht im Mindesten bewusst. Josef fürchtete, dass sie von einer Persönlichkeit wie der ihres Mannes in höchstem Maße eingeschüchtert wurde.

Kein Wunder, allein die Stimme dieses Typen ist so penetrant und laut, dass sie alles andere übertönt.

„Sie werden Haller doch festnehmen, sobald er gestanden hat, Herr Winter? Dafür sorgen, dass er nie wieder auf freiem Fuß sein wird?“

Josef fand, dass Hohenstedt sich wie ein aufgekratzter Reporter aufführte. Am liebsten hätte er die Augen verdreht und auf dem Absatz kehrtgemacht. Doch die Zeiten, in denen er sich folgenlos hatte unprofessionell verhalten können, waren längst vergangen. Als auf dem Papier noch leitender Ermittler und somit Aushängeschild der Mordkommission, musste er Fassung wahren.

„Ich kann Ihnen versichern, dass wir immer im Sinne des Allgemeinwohls handeln, Herr Hohenstedt.“

„Das hoffe ich. Immerhin hat dieser Mensch sieben Leben ausgelöscht, ohne dass Sie etwas dagegen unternommen haben.“

Josef überhörte den Seitenhieb geflissentlich. „Sie brauchen nicht zu hoffen. Es reicht, wenn Sie auf unsere Justiz vertrauen.“

Rikas Mann lächelte mitleidig. „Natürlich. Das glauben Sie tatsächlich, oder?“ Er legte einen Arm um Rikas Schulter und gab ihr einen flüchtigen Kuss auf die Haare. „Komm, wir gehen. Lassen wir die Jünger der Gerichtsbarkeit ihre Arbeit machen.“

Die Jünger der Gerichtsbarkeit.

Am liebsten hätte Josef das Gesicht in den Händen verborgen. Bei all den geschwollenen Ausdrücken kam es einem Wunder gleich, dass der Universitätsdekan nicht hier und jetzt platzte wie ein zu großzügig aufgeblasener Ballon.

„Einen schönen Abend noch, Herr Winter.“

Josef wollte sich gerade kopfschüttelnd abwenden, als eine unbestimmte Empfindung ihn innehalten ließ.

Irgendetwas stimmte nicht. Das Gefühl war vergleichbar mit einem Bild, das auf den ersten Blick gerade an der Wand hing und doch schief war.

Er sah Rika und Oliver Hohenstedt im Aufzug verschwinden.

Als die Türen sich schlossen, wusste er plötzlich, was es war, das ihn störte.

Immerhin hat dieser Mensch sieben Leben ausgelöscht.

Sieben Leben. Dabei hatte es nur sechs Morde gegeben.

Entweder Oliver Hohenstedt war ganz einfach durcheinandergekommen. Oder aber er wusste etwas, das Josef nicht wusste.

KAPITEL 29

26. September, Donnerstag, 16:40 Uhr

Die Welt hatte sich verändert.

Ihre Farben waren plötzlich verwaschen.

Blass. Nicht wiederzuerkennen. Als hätte jemand mit dem Ärmel über ein noch nicht trockenes Gemälde gewischt.

Die Bäume und Häuser, die Rika am Fenster vorbeirauschen sah, wirkten wie Attrappen.

Einzig die Bilder des Toten, der mit offener Kehle auf dem Sofa gesessen hatte, waren real. Während alles andere seine Konturen verloren hatte, waren sie gestochen scharf.

„Ich hätte nicht gedacht, dass du so verantwortungslos sein kannst, Rika", sagte Oliver und klang dabei weniger wütend denn bewundernd.

Sie löste die Blicke von der veränderten Welt außerhalb des Wagens und musterte ihren Mann von der Seite. Wie immer hielt er das Lenkrad so fest umklammert, als erwarte er jeden Moment, es in letzter Sekunde herumreißen zu müssen.

Seine Schultern waren angespannt, der Sitz gewohnt dicht vorm Steuer. Oliver war anzusehen, dass er selten und ungern Auto fuhr.

„Ich auch nicht", gab sie zu. „Erst habe ich gedacht, ich wollte einfach nur das Richtige tun. Verhindern, dass anderen etwas Schlimmes passiert. Aber irgendwie glaube ich, dass ich die ganze Zeit über nur in meinem eigenen Interesse gehandelt habe. Ich wollte beweisen können, dass ich nichts mit alledem zu tun hatte. Der Polizei, dir ... Aber vermutlich vor allem mir selbst."

Das war nur die halbe Wahrheit, und doch kostete es sie einige Überwindung, diese scharfzahnigen Gedanken auszusprechen. Die nächtlichen Ausflüge ohne Erinnerung, das Blut auf ihrem Mantel, die anonymen Anrufe ... All das war auch ohne den scheußlichen Verdacht, den sie gegenüber ihrem Mann gehegt hatte, belastend genug gewesen.

Noch immer waren so viele Dinge in diesem Fall ungeklärt. Rika hatte korrekt ausgesagt, dass sie den Toten nicht kannte. Weder wusste sie, wie er in den Besitz ihrer Telefonnummer gekommen, noch was die Motivation hinter seinen Anrufen gewesen war.

Sie hatte den Beamten nicht verschwiegen, dass sie in jüngster Zeit zunehmend oft schlafwandelte. Dass sie während einem dieser nächtlichen Ausflüge von einem Mann mit Blut gefüttert worden war, allerdings schon.

Zu groß war ihre Angst gewesen, Oliver in Schwierigkeiten zu bringen. Immerhin war er es gewesen, der das Blut aus ihrem Mantel gewaschen hatte.

„Warum hast du auf dem Revier eigentlich nicht mit Winter gesprochen?", fragte Oliver unvermittelt. „Warum unbedingt mit einer Frau? Hat dieser Haller etwa ..."

Erschrocken sah Rika ihn an. „Nein! Das hat er nicht. Ich wollte ganz einfach nicht mit jemandem sprechen, von dem ich denke, dass er mir jede noch so kleine Lüge sofort ansieht. Und weil mir nichts Besseres einfiel, habe ich auf eine Frau bestanden."

„Ist er denn so wahnsinnig bewandert, dieser Polizist? Er hat mir besser gefallen, als du ihn noch für ein Arschloch gehalten hast."

Unsicher sah Rika ihren Mann von der Seite an.

War er *eifersüchtig?*

Derart gewöhnliche Gefühle passten nicht zu ihm, der sich doch sonst gern von allem freisprach, was er als durchschnittlich erachtete.

„Oliver. Bitte."

„Dann frage ich anders: Was gibt es denn, das du unbedingt vor ihm verschweigen musst?"

„Das Blut auf meinem Mantel, zum Beispiel. Du ... Du hast ihnen doch auch nichts davon erzählt, oder?", fragte Rika vorsichtig. Auch wenn sie es Oliver gegenüber nicht zugeben würde, bereute sie es inzwischen, dieses Detail bei ihrer Vernehmung verschwiegen zu haben. Es kam ihr nicht richtig vor. So als hätte sie eine entscheidende Information unterschlagen.

„Nein, das habe ich für mich behalten. Ich wollte nicht, dass sie dir am Ende noch einen Strick daraus drehen. Man weiß ja nie, was sich da intern alles zusammengereimt wird. Ich hatte jedenfalls immer noch nicht unbedingt den besten Eindruck von diesem Josef Winter, du etwa?"

„Na ja. Ich hatte die Befürchtung, dass sie *dir* einen Strick daraus drehen, weil du geholfen hast, irgendetwas zu vertuschen, aber das spielt jetzt sowieso keine Rolle mehr. Sie haben ihren Täter."

Rika wunderte sich über ihren nüchternen Tonfall. Bei allem, was der heutige Tag für sie bereitgehalten hatte, hätte sie noch auf dem Revier am liebsten schreien mögen.

Nun, von der Wärme der Autoheizung umarmt, fühlte sie sich einfach nur zutiefst erschöpft, aber dennoch bei glasklarem Verstand.

Oliver neigte den Kopf leicht zur Seite. „Hm. Sie werden wegen deiner Schlafwandlerei trotzdem noch einmal auf dich zukommen, Rika, da bin ich mir ziemlich sicher. Bestimmt, um Einsicht in deine Krankenakte zu erhalten. Lass dich bloß nicht auf sowas ein. Genau weiß ich es zwar nicht, aber ich glaube, als Patient sitzt du immer am längeren Hebel. Nicht einmal die Polizei darf so ohne Weiteres über deine Persönlichkeitsrechte hinwegsehen."

Rika zuckte die Achseln. Ob Josef Winter und sein Team Akteneinsicht gewährt wurde oder nicht, war ihr vollkommen gleichgültig, solange es nichts an ihrer Unschuld änderte.

„Es war schlimm", sagte sie leise. „Ich habe mir zwischenzeitlich selbst nicht mehr getraut, Oliver. Ich glaube, ich kann erst jetzt wirklich verstehen, wie mein Vater sich damals gefühlt haben muss. Was da während der letzten Tage passiert ist, war psychologische Folter für mich. Ich habe mich gefragt ..."

Rika unterbrach sich selbst und stieß einen langen Seufzer aus.

„Ja?", hakte Oliver nach.

Ob du mir etwas zu dem Verpackungsschnipsel sagen kannst, den mir Martha gezeigt hat. Die fremde Frau, die uns auf dem Hinterhof beobachtet hat, erinnerst du dich?

*Und wie gut weißt du über die Nebenwirkungen von soge-
nannten Z-Drugs Bescheid, mein Schatz?*

„Ach, nichts. Schon gut."

Konnte sie die Wahrheit ertragen? Die ganze, unge-
schönte Wahrheit, deren Teil möglicherweise auch ihr
Ehemann war?

Sie wusste es nicht. Für den Moment sehnte Rika sich
ganz einfach danach, in Ruhe gelassen zu werden.
Nicht mehr reden zu müssen und all die verworrenen
Gedanken für ein paar friedvolle Stunden aus ihrem
Kopf zu verbannen.

„Du kannst offen mit mir sprechen, Rika. Dir kann
nichts mehr passieren. Es ist vorbei. Und dazu hast du
einen wesentlichen Teil beigetragen." Oliver schmun-
zelte. „Vielleicht solltest du über eine Karriere bei der
Polizei nachdenken."

Rika wollte lachen und eine scherzhafte Bemerkung
machen, doch die aufwallenden Bilder in ihrem Kopf
ließen es nicht zu.

Wir sind hier, schrien sie unaufhörlich und ihrem in-
nigen Wunsch nach Ruhe zum Trotz, *und wir werden
dafür sorgen, dass du uns niemals wieder vergisst.*

Schaudernd wandte sie den Blick aus dem Fenster.

Häuserblocks, Reklametafeln und Passanten waren
längst verschwunden. Sie hatten Berlin verlassen; Rika
konnte der Silhouette der Stadt im Rückspiegel beim
Schrumpfen zusehen.

„Wohin fahren wir überhaupt?", fragte sie unbehaglich.

Wieso brachte Oliver sie nicht nach Hause? Hatte er
vor, den Rat der Sanitäter zu befolgen und sie wider ihres eigenen Willens in ein Krankenhaus zu bringen?

Und wenn ja, warum war seine Wahl dann auf eines gefallen, das so weit außerhalb lag?

„Wäre es in Ordnung für dich, wenn wir noch bei meinen Eltern vorbeischauen?", zerstreute Oliver Rikas Spekulationen. „Es hat eine ganze Weile niemand auf meine Anrufe reagiert. Langsam mache ich mir Sorgen."

„Aber ... wir waren schon ewig nicht mehr in Wandlitz. Wie kommt es, dass du dich plötzlich um deine Eltern sorgst?"

Die amtsfreie Gemeinde, in der Esther und Marius eine alte Villa bewohnten, lag eine gute Autostunde weit entfernt. Rikas Hoffnung, sich zeitnah in ihr Bett kuscheln und in einen tiefen Schlaf fliehen zu können, war jäh dahin.

„He. Höre ich da etwa einen Vorwurf? Darf ich mich nicht um die beiden sorgen, nur weil ich sie längere Zeit nicht gesehen habe? Komm schon, Rika. Davon abgesehen dachte ich einfach, Ablenkung würde uns guttun. Auch wenn es zugegebenermaßen nicht gerade eine Ablenkung der fröhlichen Art sein wird. Du weißt ja, wie sie sind."

„Mhm." In Wahrheit wusste Rika erschreckend wenig über ihre Schwiegereltern. Ihr Verhältnis zu der Architektin und dem Mediziner war immer schon unterkühlt gewesen.

Zu Beginn ihrer Beziehung mit Oliver hatten sie das Ehepaar noch recht häufig besucht und die Ausflüge außerdem genutzt, um lange Wochenenden in der Natur zu verbringen.

Mit den Jahren waren die Besuche und schließlich auch die Anrufe deutlich weniger geworden. Die meiste

Zeit über hatte Rika nicht den Eindruck gehabt, dass die Funkstille Oliver in irgendeiner Art und Weise negativ beeinflusste.

Im Gegenteil: Sprach er nach langer Zeit wieder einmal mit seinen Eltern, war er danach oft niedergeschlagen.

Einmal hatte er Rika gegenüber erwähnt, es fühle sich oft an, als wären Esther und Marius gar nicht seine leiblichen Eltern, sondern vollkommen fremde Personen, denen er rein zufällig ähnlich sah.

„Muss das denn ausgerechnet heute sein? Ich bin wirklich müde", sagte sie kleinlaut und ärgerte sich sofort über ihren unterwürfigen Tonfall. Es war ihr gutes Recht, sich nach einem so aufwühlenden Tag erschöpft zu fühlen und sich in die eigenen vier Wände zurückziehen zu wollen.

„Wir können uns hinlegen, sobald wir dort sind. Ich habe uns eine Tasche mit Kleidung für ein, zwei Tage gepackt. Ein Kurzurlaub. Wie in alten Zeiten."

Ein Gefühl, als würde heißer Sirup in ihren Brustkorb gegossen, ließ Rikas Atem stocken. Zuerst konnte sie es nicht einordnen, dann erkannte sie widerwillig an, was es war: Angst. Oliver jagte ihr Angst ein.

Sein Tonfall, sein Gebaren, einfach alles an ihm. Es kam ihr vor, als habe er sich mir nichts, dir nichts eine andere Haut übergestreift.

Zudem verhielt er sich ganz und gar nicht wie jemand, dessen Frau sich noch bis vor kurzem in ernsthafter Gefahr befunden und ein traumatisches Erlebnis gehabt hatte.

Wie in aller Welt hatte er zwischen dem Fund der Archiv-Unterlagen, dem Entdecken des Drohbriefes und seiner Vernehmung die Ruhe dafür aufbringen können, eine Urlaubstasche zu packen?

„Zolpidem“, sagte Rika unvermittelt. „Was weißt du darüber?“

Das ausgeschüttete Adrenalin schwemmte ihr Bedürfnis nach Ruhe und Harmonie davon. Nervös ließ sie die Fingergelenke knacken.

Ohne den Blick von der Straße zu nehmen, angelte Oliver sich ein Pfefferminzbonbon aus der Mittelkonsole. „Nie gehört.“

„Okay. Ich möchte dir nichts unterstellen, aber –“

„Ich habe nicht mehr lange zu leben, Schatz“, sagte Oliver und klang dabei, als teilte er Rika mit, dass sie keinen Parmesan mehr im Haus hatten.

„Du ... *was?*“

Sie musste sich verhört haben. Falls er sie von ihrer Frage hatte ablenken wollen, war es ihm allemal gelungen. In einer reflexartigen Geste griff Rika sich ans Ohrläppchen und zog daran, wie um sicherzugehen, dass die richtigen Informationen nun problemlos durch ihren Gehörgang fanden. „Was sagst du da?!“

„Du hast mich schon verstanden. In ein paar Monaten sollte es vorbei sein. Die Ärzte sind sich da noch uneinig, aber ich kenne meinen Körper am besten und kann wohl einschätzen, wie es um mich steht. Reichst du mir mal die Cola? Dieses Bonbon schmeckt scheußlich.“ Theatralisch spuckte er die Süßigkeit in ein Taschentuch.

Als Rika nicht reagierte, griff Oliver umständlich an ihr vorbei und angelte sich eine Dose aus ihrem Getränkehalter. Das Knacken des Verschlusses und das unmittelbar darauffolgende Zischen verstärkten Rikas

Unwohlsein noch einmal. Diese so vertrauten Geräusche gehörten irgendwo in einen glücklichen Sommer. Nicht ins Innere eines Wagens, in dem ein viel zu junger Mensch über das Sterben sprach.

„Du machst Witze. Du … du kannst das unmöglich ernst meinen." Rika studierte Olivers Profil, starrte ihn an, ohne zu blinzeln. Er würde jeden Moment grinsen und sich damit verraten. Ganz sicher.

„Hör auf damit!", begehrte er auf. „Das ist kein Scherz, sondern der Stand der Dinge." Fleckige Röte kroch in seine Wangen. Es machte ihn sichtlich wütend, dass Rika seine Worte infrage stellte. Doch sie konnte nichts dagegen tun; ihr Verstand hatte seine Türen von selbst vor dem verschlossen, was Oliver ihr glauben machen wollte.

„Ich akzeptiere das nicht", sagte sie hilflos. Endlich lachte Oliver. Leider war es jedoch kein befreites, sondern ein abschätziges Lachen. Eines, das ihr einen Schlag in die Magengrube versetzte.

„Sei nicht so vermessen, Rika. Als würde der Tod sich darum scheren, was du akzeptierst und was nicht. Es ist, wie es ist."

„Ach ja? Was ist es denn? Was sollte einen Mann in den Vierzigern, der immer gesund gelebt hat, so plötzlich hinrichten?"

Oliver warf ihr einen mitleidigen Seitenblick zu. „Krebs, was sonst? Komm schon. Ich muss dir doch nun wirklich nicht erklären, dass weder Alter noch Lebensstil ausschlaggebende Kriterien für tödliche Krankheiten sind. Es kann jeden von uns treffen, mein Schatz. Kinder wie Erwachsene. So ist das nun mal."

Tränen schossen Rika in die Augen. Sie wollte Oliver schütteln, ihn boxen, ihm eine Ohrfeige verpassen.

„Wie kannst du so reden?", rief sie fassungslos. „Wie kannst du das einfach hinnehmen?!"

Wie kannst du mir das jetzt erzählen? Nach allem, was wir heute durchgemacht haben? Wie endlos lang kann ein einziger Tag sein?

„Was sollte ich denn deiner Meinung nach tun? Meinem Tumor sagen, dass er bitte jemand anderes belästigen soll?"

„Ein Tumor", sagte sie langsam. „Wo?"

„Am Frontallappen. Da, wo die Persönlichkeit sitzen soll. Im Volksmund auch ‚Stirnhirn' genannt, glaube ich." Oliver trank ein paar kräftige Schlucke aus der Cola-Dose, knüllte das Blech danach in der Faust zusammen und warf es achtlos auf die Rückbank. „In meiner Familie ist man anfällig für derlei Sachen. Alle haben sie irgendetwas mit dem Kopf gehabt. Zysten, Tumore, Schädel-Hirn-Traumata ... Ich bin allerdings der Erste, der daran sterben wird. Es sei denn ..."

„Es sei denn was?"

„Nicht so wichtig."

Rika spürte, wie ihr übel wurde. Auf einmal ertrug sie den Druck des Sicherheitsgurts nicht mehr, der ihr aufgrund ihrer geringen Größe immer ein wenig zu nahe am Hals lag.

Mit der einen Hand hielt sie ihn auf Abstand zu ihrem Körper, während sie die andere zum Mund führte.

Ruhig. Es ist alles gut. Ganz bestimmt gibt es Hoffnung, Oliver war schon immer ein bekennender Schwarzmaler.

„Warum hast du mir nichts gesagt?", fragte sie kleinlaut, obwohl sie sich vor der Antwort fürchtete.

„Was hätte das geändert? Außer dass du mir ständig damit in den Ohren gelegen hättest, dass ich zu diesem und jenem Spezialisten gehen und beruflich kürzertreten soll. Ich kenne dich doch, Rika. Ich kenne dich sogar sehr gut. Du bist nicht stark genug, um so eine Last zu tragen. Deine Seele ist zerbrechlich. Aber ich kann mich nicht ewig in Schweigen hüllen. Mir rennt die Zeit davon.“

Zu schwach. Zu zerbrechlich.

Es tat weh, Oliver so über sie reden zu hören, doch im Grunde ihres Herzens überraschte es sie nicht einmal.

Hinter der Fassade seiner Fürsorge hatte sie in so manchem unachtsamen Moment ihres Mannes eine Wahrheit aufblitzen sehen, deren maliziöses Grinsen ihr eine Gänsehaut beschert hatte. Ein Grinsen, das sagte: Ohne mich bist du nichts. Ohne mich kannst du nichts.

Rika schluckte. „Ich bin nicht schwach, Oliver.“ Sie wusste nicht, woher sie die Kraft nahm, ihm zu widersprechen.

Nur, dass es genau diese Kraft war, die seine Worte Lügen strafte.

„Ach ja? Sieh dich doch mal an, Rika. Du bist vollkommen ausgezehrt. Man könnte meinen, du wärst diejenige mit der Krebs-Diagnose.“

„Ich bin müde. Einfach nur müde. Das passiert Menschen hin und wieder. Vor allem, wenn sie einen Schock erlitten haben.“

Und wenn sie nachts unter Drogen gesetzt werden.

„Das ist sehr egoistisch von dir. So kenne ich dich gar nicht. Normalerweise bist du mitfühlender. Herzlicher.“

Alarmiert musterte Rika ihren Mann und rutschte näher ans Fenster. Lehnte den Kopf, der vor Erschöpfung ganz schwer geworden war, an das kühle Glas und schluckte ihre neuerliche Widerrede hinunter.

Oliver tat ihr Unrecht, keine Frage.

Doch die Gewissheit, dem Tode näher zu sein als dem Leben, musste seinen Verstand verzehren. Wenn nicht einmal sie selbst die Endgültigkeit der Diagnose begreifen konnte, wie sollte es dann erst Oliver gehen?

„Wann hast du davon erfahren? Wie lange schleppst du das alles schon mit dir herum?"

„Erinnerst du dich an diese Phase Anfang Februar, in der mir ständig schwindelig und übel war und ich darüber gescherzt habe, dass ich auf meine alten Tage wohl nochmal die Migräne bekomme, die mein Vater mir als Kind immer prophezeit hat? Tja, die Beschwerden hatte ich schon eine ganze Weile, aber erst dann war ich an dem Punkt, mir einen Termin beim Neurologen zu besorgen. Ein paar Wochen später erfolgte dann das MRT und damit auch die frohe Botschaft, dass da etwas in meinem Gehirn sitzt, das mich umbringen wird. Es ist schon verrückt. Seitdem sehe ich vieles in einem ganz anderen Licht. Bereue Dinge, von denen ich nie gedacht hätte, dass sie mich einmal stören würden. Dass wir nie Eltern geworden sind, zum Beispiel. Irgendwie hat es etwas Trostloses, diese Welt zu verlassen, ohne dass ich meine Gene weitergeben konnte."

Rika setzte zu einer Antwort an, doch die Worte verknoteten sich in ihrem Mund. Es waren viele, und keines wollte dem anderen den Vortritt lassen. Sie verhaspelte sich, brach kopfschüttelnd ab und versuchte es von Neuem.

„Du hast dich immer abfällig über andere Leute geäu-
ßert, die deiner Meinung nach nur aus diesem Grund
Kinder gekriegt haben. Du … du wolltest nie Vater werden. Nie. Kein Argument war gut genug für dich. Du
hast dich für deine Karriere und für uns als Paar entschieden, und ich habe es akzeptiert.“

„Ja. Ja, das hast du. Du hast vieles akzeptiert und
kampflos hingenommen. Lange Zeit habe ich dich dafür bewundert. Inzwischen sehe ich auch das ein bisschen anders.“

Es war nicht möglich, die Feindseligkeit in Olivers
Stimme zu überhören.

„Ich bin dir zu langweilig“, sagte Rika leise. „Ist es
das?“

„Auch. Diese *Kombination* aus dir und mir ist einfach
langweilig. *War* langweilig. Das wird sich jetzt ändern.
Wir werden meine letzten Wochen auf dieser Erde zu
den aufregendsten überhaupt machen, glaub mir.“

Er trat das Gaspedal durch. Der Motor heulte auf, die
Tachonadel kletterte höher und höher.

Rika krallte sich am Haltegriff der Beifahrertür fest.
Wellen aus Hitze und Kälte jagten über ihren Rücken.

Er hat nichts zu verlieren, dachte sie plötzlich.

Die Erkenntnis presste ihren Herzschlag aus der
Brust hinauf in die Zunge. Der Puls der Angst hinterließ
einen bitteren Geschmack in ihrem Mund.

„Das glaube ich dir auch ohne dass du uns gegen den
nächsten Baum fährst.“

Oliver grinste. „Adrenalin ist etwas Gutes, Rika. Es
sorgt dafür, dass du dich lebendig fühlst.“ Er lenkte den
Wagen mit halsbrecherischer Geschwindigkeit in eine
Kurve und bremste im letzten Moment ab. Die Reifen

quietschten mitleiderregend und sonderten einen bei-
ßenden Geruch nach verbranntem Gummi ab. Schlin-
gernd fand das Auto zurück in seine Spur.

„Das bist doch nicht du", sagte Rika mit brüchiger
Stimme.

„Vielleicht hast du recht. Aber das ist nicht weiter tra-
gisch. Wie sagt man so schön? Neu ist immer besser?
Wenn dem so ist, dann freue ich mich darauf, meinen
Eltern ihren neuen Sohn vorzustellen."

26. September, Donnerstag, 16:55 Uhr

Wandlitz.

Allmählich war Josef sich ziemlich sicher, dass die verschlafene Kleinstadt das Ziel von Oliver Hohenstedt und seiner Frau war.

Er folgte der silbernen Limousine nun schon eine ganze Weile und hatte die Fahrtzeit genutzt, um sich über die Freisprechfunktion seines Handys mit dem Recherche-Team des Dezernats in Verbindung zu setzen.

Unter anderem hatten die Kollegen herausgefunden, dass Hohenstedt als Kind eines Arztes und einer Architektin in Brandenburg aufgewachsen war. Die Richtung, in die er seit nunmehr anderthalb Stunden fuhr, legte nahe, dass er ihnen einen Besuch abstatten wollte. Für einen Restaurantbesuch jedenfalls erschien Josef die Strecke zu weit – zumal er sich ohnehin wunderte, wieso der Universitätsdekan nach einem derart aufwühlenden Tag nicht mit seiner Frau nach Hause fuhr.

Das bei Weitem Interessanteste aber war, dass Oliver Hohenstedt einen jüngeren Bruder hatte.

Einen, der offenbar so etwas wie das schwarze Schaf der Familie war. Die Hälfte seiner Kindheit und Jugend hatte er in Psychiatrien zugebracht. Als Erwachsener war Elias Hohenstedt von Stadt zu Stadt gezogen, ehe es ihn laut Meldebescheinigung vor wenigen Jahren wieder zurück in seine Heimat gezogen hatte.

Genau genommen zurück in sein Elternhaus, von wo aus er ein Fernstudium angetreten hatte: Literaturwissenschaften.

Josefs Intuition gab ihm klar und deutlich zu verstehen, dass er auf der im Dämmerlicht verschwindenden Landstraße genau richtig war. Dass die neuen Informationen über Oliver und Elias ihn zum allerletzten Puzzleteil führten, das im vermeintlich vollständigen Bild des Goethe-Falls noch fehlte.

Josef drehte das Radio so laut, dass der Bass des Techno-Songs an seinem Sitz rüttelte. Sein Blick klebte am immer kleiner werdenden Heck des Zielfahrzeugs.

Dass Oliver Hohenstedt ihn entdeckt hatte, war zwar nicht unmöglich, aufgrund des hohen Verkehrsaufkommens und Josefs Vorsichtsmaßnahmen aber dennoch unwahrscheinlich. Er hatte sich hin uns wieder zurückfallen und andere Autos überholen lassen, um dem Universitätsdekan nicht das immer gleiche Bild im Rückspiegel zu bieten.

Entweder Hohenstedt war über alle Maßen aufmerksam, oder er besaß eine Vorliebe fürs Rasen.

Josef beschleunigte ebenfalls; allerdings gerade so viel, dass er die Straße hinter einer engen Kurve wieder einsehen konnte.

„Da bist du ja wieder, du kleiner Möchtegern-Hamilton. So schnell kommst du mir nicht davon."

Ich bin aufgedreht, dachte Josef glucksend, *vielleicht ein bisschen* zu *aufgedreht.*

Er hatte darauf verzichtet, Verstärkung anzufordern.

Auch wenn er auf sein Gefühl vertraute, konnte er nicht erwarten, dass seine Kollegen es ebenfalls taten. Dass sie alles stehen und liegen ließen, nur um dem Bauchgefühl ihres Vorgesetzten nach Wandlitz zu folgen.

In Berlin gab es nun, da mit Adrian Ritter ein weiterer Toter aufgetaucht und Haller als mutmaßlicher Täter verhaftet worden war, genug zu tun.

All dieser durchaus vernünftigen Argumente zum Trotz, spürte er den kalten Hauch einer Vorahnung im Nacken.

Er hoffte, dass er seine Entscheidung, im Alleingang zu handeln, nicht bereuen würde.

Etwa eine Stunde später, erhellten die Scheinwerfer seines Wagens das Ortsschild. Josef hatte den Abstand zu den Hohenstedts merklich vergrößert und ließ sich nun von der Navigations-App seines Handys leiten, in die er die recherchierte Adresse von Olivers Elternhaus eingegeben hatte.

Zu groß war die Gefahr, dass er mit seinem auswärtigen Kennzeichen auffiel – auch wenn Josef glaubte, dass er in den Gedanken des Universitätsdekans überhaupt nicht vorkam.

Jedenfalls nicht als jemand, der ihm gegenüber so viel Misstrauen empfand, dass er ihn durch die halbe Weltgeschichte verfolgte.

Nein, wenn schon, dann in der Rolle des ebenso dümmlichen wie dankbaren Polizisten, der ihm eine Ehrenmedaille verleiht.

Josef lächelte spöttisch und parkte sein Auto in einer Nebenstraße. Als er um die Ecke trat, sah er Oliver Hohenstedt wieder auf dem Fahrersitz seines Wagens Platz nehmen, der mit der Schnauze den Gehweg blockierte.

Vermutlich hatten sie ein Tor geöffnet, durch das sie auf das Gelände des Hauses fahren konnten. Angesichts all der alten Villen mit ihren weitläufigen Grundstücken hielt er das zumindest für sehr wahrscheinlich.

Er beschleunigte seinen Gang und sah im selben Moment, wie Hohenstedt ihm hinter der Fensterscheibe den Kopf zuwandte. Einen kurzen Moment nur, ehe die Limousine aus Josefs Blickfeld verschwand. Dennoch reichte dieser Moment aus, um ihm einen Schlag in den Magen zu verpassen.

Hatte der Dekan ihn gesehen? Ihn gar erkannt, obwohl Josef sich doch gerade noch lustig über dessen vermeintliche Huldigungs-Fantasien gemacht hatte?

Nein. Vermutlich spielte ihm sein flatterndes Nervenkostüm nur einen Streich. In seinem grauen Mantel fügte er sich nahtlos in die herbstliche Kleinstadt-Tristesse ein. Er fiel nicht auf, war unsichtbar. Ein Phantom, wie Adrian Ritter es gewesen war, bis man ihm die Kehle durchgeschnitten hatte.

Josef beschleunigte seine Schritte, nur um sein Tempo wieder zu zügeln, als er auf Höhe des Hohenstedt-Anwesens war. Wie ein schlafendes Ungetüm ragte es hinter einer vom heftigen Wind der letzten Tage bereits entkleideten Hecke hervor. Kein einziges Licht brannte in den zahlreichen Erkerfenstern – ein Umstand, der Josefs Misstrauen nur noch weiter anfachte. Immerhin war es noch früh am Abend. Entweder Oliver Hohenstedts Eltern waren nicht zu Hause, oder, und der Gedanke ließ sich einfach nicht mehr abschütteln, irgendetwas stimmte tatsächlich ganz gewaltig nicht.

Josef brauchte einen Moment, bis er das zwischen den skelettartigen Ästen verborgene Eingangstor fand, durch das er Rika und ihren Mann von weitem hatte verschwinden sehen.

Der Abstand zwischen den Streben war beinahe weit genug, um seinem drahtigen Körper Durchlass zu gewähren, doch Josef wollte kein Risiko eingehen. Immerhin beeinflussten in Toren feststeckende Polizisten die Aufklärungsraten von Verbrechen sicher eher negativ.

Er inspizierte das Tor gründlich und kam zu dem Schluss, dass es nicht alarmgesichert war. Oliver Hohenstedts Eltern schienen nicht zu der Sorte Wohlhabender zu gehören, die ihr persönliches Eigentum in einen Hochsicherheitstrakt verwandelten.

Leute vom alten Schlag, dachte Josef. Davon schien es in Wandlitz viele zu geben. Gemessen an den teuren Häusern und den noch teureren Autos waren Mauern und Zäune nämlich erstaunlich niedrig.

Er holte tief Luft, schärfte seine Sinne und drehte den aufwendig verzierten Knauf des zweiflügligen Tores.

Zu Josefs Erleichterung blieb das Quietschen, das er erwartete hatte, aus.

Er schlüpfte hindurch, suchte Zuflucht hinter einer Scheinzypresse und spähte mit zusammengekniffenen Augen die gewundene Kieszufahrt hinunter.

Die Hohenstedts bekamen sicher nicht allzu oft Post, wo sich doch bereits der Weg bis zur Eingangstür als so lang und beschwerlich herausstellte.

Im selben Moment, in dem Josef seine Deckung verließ, sah er hinter einem Fenster im Erdgeschoss Licht angehen.

Keine Sekunde später tauchte Olivers Gesicht hinter dem Glas auf.

Fluchend hechtete Josef auf einen Geräteschuppen von der Größe eines Luxus-Appartements zu und presste sich an die im Schatten einer Eiche liegende Wand. Es war gerade noch hell genug, dass Oliver den Garten würde im Blick behalten können, obwohl im Inneren des Hauses Licht brannte.

Erwartete Hohenstedt jemanden? Oder hatte er Josef möglicherweise doch bemerkt, bevor er auf das Grundstück seiner Eltern gefahren war?

Er konnte nur spekulieren. Fest stand allemal, dass es schwierig werden würde, jemanden zu beobachten, der die Umgebung seinerseits aufmerksam im Auge behielt.

Ungeduldig wartete Josef, bis der Kopf des Universitätsdekans wieder verschwand, und zählte danach von zwanzig an rückwärts.

Weiter gehts. Auf zum nächsten Posten.

Er fühlte sich, als wäre er Teil eines bizarren Versteckspiels für Erwachsene, das Verlierern gegenüber wenig Gnade zeigte. Wie würde Hohenstedt wohl reagieren, wenn er ihn entdeckte?

Hab ich dich. Du bist tot. Haha.

Er schüttelte den Kopf. Wie so oft, wenn er Stresssituationen ausgesetzt war, ging seine Fantasie mit ihm durch.

Josef stieß sich von der Wand ab und lief schräg auf das Anwesen zu.

Er war kaum ein paar Meter von der Haustür entfernt, als er einen Schrei hörte. Leise zwar, gedämpft durch die massiven Mauern des Hauses, und doch von namenloser Angst gefärbt.

Rika.

Josef zog seine Dienstwaffe aus dem Holster, entsicherte sie mit einer blitzschnellen Handbewegung und rannte los.

Aus dem Augenwinkel sah er, wie sich ein Schatten aus den Büschen zu seiner Rechten löste. Er wich aus, machte einen Satz zur Seite, doch es war bereits zu spät – etwas Schweres krachte gegen seine Schulter und riss ihn von den Füßen.

Sein Herzschlag setzte aus und beschwor eine Stille in seinem Kopf, von der Josef sicher war, dass sie mit einem Schuss gefüllt werden würde. Einem Schuss, der sich aus seiner Waffe löste, deren Abzug er beim Fallen zweifellos gedrückt hatte.

Er wartete.

Und wartete.

Doch es war kein Schuss, der die eigenartige Ruhe zerfetzte. Es war eine Stimme.

„Na, na, na. Wen haben wir denn da? Den Polizisten. Sind Sie bereit für Ihre Geschichte, Herr Winter?"

Etwas traf ihn hart an der Schläfe.

Dann verschlang die dunkelste aller Nächte sein Bewusstsein.

KAPITEL 31

26. September, Donnerstag, 17:34 Uhr

Die alten Dielen knarzten unter ihren Füßen, als sie in den Flur der in die Jahre gekommenen Villa traten.

Oliver ließ die Tür hinter sich ins Schloss fallen, betätigte den Lichtschalter und seufzte schwermütig.

Den Rest der Autofahrt über hatte ein vollkommen neuartiges Schweigen zwischen ihnen gelegen; bar jeder Natürlichkeit war es zu etwas Großem, Kaltem und Bedrohlichen gewachsen, das ihre Verbindung zueinander mit einer erschreckenden Endgültigkeit gekappt hatte.

Der Mann, der dort neben ihr stand und mit mahlendem Kiefer den Flur hinabstarrte, war wie ein Fremder für sie. Sogar die über die Jahre so vertraut gewordenen Gesten hatte Oliver abgestreift wie ein zu eng gewordenes Kleidungsstück.

„Tja. Da wären wir wieder", sagte er abwesend. Rika wusste nicht einmal, ob er mit ihr oder nur mit sich selbst sprach.

„Ja. Da sind wir. Es ist lange her."

Und wir haben so viele schöne Stunden hier verbracht, dachte sie rührselig. *Wir waren jung, verliebt und hatten ein ganzes gemeinsames Leben vor uns. Alles war so anders.*

Und es wird nie wieder so sein.

Plötzlich war ihr Herz ein Daumenkino aus lauen Sommerabenden, lachenden Gesichtern und stürmischen Küssen.

Sie sah Oliver auf der Kante des großen Gästebettes sitzen, der Körper von einem feinen Schweißfilm aus Leidenschaft bedeckt. Atmete den Duft frischgebackener Croissants ein, die auf weiße Laken krümelten. Spürte ihre nackten Füße über mit Morgentau bedecktes Gras laufen.

Wie so viele ihrer Art besaßen auch diese Erinnerungen die Fähigkeit, sich Gewänder aus modifizierten Realitäten zu weben. Sie waren Meister der Täuschung. Gaukelten überbordende Gefühle vor, die in Wahrheit nicht mehr als ein Funken gewesen waren, der verglüht war, bevor er auch nur ein winziges Feuer hatte entfachen können.

Denn in Wahrheit waren all diese Momente bei weitem nicht so schön gewesen, wie ihr Gehirn es ihr glauben machen wollte. Zwischen den Küssen, dem gemeinsamen Frühstück und den idyllischen Morgen hatte es hitzige Diskussionen gegeben. Strafende Blicke, bissige Äußerungen, ein Gefühl unerträglicher Spannung, das die Luft zum Vibrieren brachte.

Oliver war in Gegenwart von Esther und Marius verändert gewesen. Wie eine schlechte Imitation seiner eigenen Person.

„Es ist eigenartig, wieder hier zu sein." Seine Worte durchtrennten den Schleier zwischen Vergangenheit und Gegenwart.

„Eigenartig", wiederholte Rika. „Ja, das finde ich auch."

Etwas war anders. Passte nicht mehr in das Bild, das sie von der Villa gespeichert hatte und nun vergeblich mit dem Original verglich.

War es die viel zu dicke Staubschicht auf der Kommode? Der umgefallene Schirmständer? Die ungewöhnliche Menge Dreck auf den Holzdielen?

Oder vielleicht einfach diese eigenartige Stille?

Rika spürte, wie sich ihr die Nackenhaare aufstellten.

Ihr Körper, vom am Nachmittag inflationär ausgeschütteten Adrenalin noch ganz schwach und zittrig, verkrampfte sich spürbar. Witterte eine Gefahr, von der Rika hoffte, dass sie nur in ihrer Einbildung existierte.

Wie wahrscheinlich war es schon, an einem Tag gleich zweimal in die dunkelsten Abgründe der Menschheit zu blicken?

„Hallo?", rief Oliver. „Jemand zu Hause?"

Er drehte sich einmal um sich selbst, trat dann zum breiten Fenster neben der Tür und starrte hinaus, als vermute er seine Eltern irgendwo zwischen all den immergrünen Hecken und Büschen.

Obwohl Rika es bereits erwartet hatte, empfand sie die ausbleibende Antwort ihrer Schwiegereltern als bedrückend. Sowohl Esthers als auch Marius' Auto stand im Carport unweit des Wintergartens. Dass sie zu Fuß unterwegs waren, noch dazu bei einem solchen Wetter, war mehr als unwahrscheinlich. Zwar hatten sie einander nie besonders nahegestanden, aber Rika wusste doch zumindest grob über die Vorlieben und Abneigungen des Ehepaares Bescheid.

Das Haus zu verlassen, wenn die Sonne nicht gerade im Zenit stand und sommerliche Temperaturen auf das

Thermometer zauberte, zählte zweifellos in letztere Kategorie.

Esther und Marius waren mit den Jahren immer bequemer geworden. Stubenhocker, wie sie sich selbst bezeichneten, die ihre Rente am liebsten in ihren eigenen vier Wänden genossen. Vermutlich genau deswegen, weil sie als Berufstätige nicht sonderlich häufig zu Hause gewesen waren.

Einen beträchtlichen Teil ihrer Lebenszeit hatten sie gegen das Vermögen eingetauscht, von dem sie nun noch eine ungewisse Anzahl von Jahren zehren konnten.

„Es scheint niemand hier zu sein", hörte Rika sich sagen. Der Klang ihrer eigenen Stimme entsetzte sie. Noch nie hatte so viel Erschöpfung darin gelegen.

Nicht nur Oliver war es, der sich verändert hatte, dachte sie unbehaglich. Auch sie selbst war nicht mehr die Person, die sie noch vor einer Woche gewesen war.

Von der aufgeräumten, immer perfekt funktionierenden Rika Hohenstedt war nicht mehr als ein Schatten übriggeblieben.

„Sie müssen hier sein", widersprach Oliver neben ihr und flüsterte dann etwas, das wie „Sie haben es doch versprochen" klang.

Er löste sich aus seiner Beobachterposition, packte Rika an der Hand und sah sie an. Die Berührung hatte nichts Zärtliches an sich. Im Gegenteil. Unter dem festen Griff seiner Finger kribbelte ihre Haut unangenehm.

Das aushöhlende Angstgefühl, das Rika bereits auf der Autofahrt empfunden hatte, war wieder erwacht.

Raunte ihr Warnungen zu, die viel zu absurd waren, um sie zu beherzigen.

Lauf weg. Er wird dir wehtun. So wie er seinen Eltern wehgetan hat.

„Komm mit", sagte Oliver und ließ Rika keine Wahl. Seine Hand quetschte ihre Finger ein.

Keuchend stolperte sie hinter ihm her. Wo wollte er hin? Zur Treppe? Nach oben? In den Keller?

Kurz blieb Oliver am Fuße der mit Teppich ausgekleideten Stufen, die ins Obergeschoss der Villa führten, stehen. Musterte den königsblauen Stoff mit zusammengekniffenen Augen, als suche er darin nach einem geheimen Zeichen.

Dann wandte er sich ab, verstärkte den Griff um Rikas Hand noch einmal und zerrte sie durch die gegenüberliegende, antik anmutende Doppeltür hinein ins Wohnzimmer.

„Ist hier jemand?", rief Oliver schrill. Ein Speichelfaden benetzte sein Kinn. „Na los, kommt raus! Wo habt ihr euch versteckt?"

„Vielleicht sind sie bei Freunden eingeladen. Oder einkaufen", startete Rika einen verzweifelten Versuch, Normalität zu erzeugen. Wie um ihr klar zu machen, dass nichts je wieder normal sein würde, stieg ihr plötzlich ein seltsamer Geruch in die Nase.

Ammoniakhaltig und gleichzeitig moschusartig, komplementiert von einem Hauch Fäulnis. Eine Übelkeit erregende Mischung, die Rika augenblicklich kaltschweißig werden ließ.

Gehetzt sah sie sich um und erwartete jeden Moment, die Quelle des Geruchs auszumachen.

Ihr Blick verfing sich im olivgrünen, zum deckenhohen Bücherregal ausgerichteten Sofa.

Das selbstgebastelte Schild mit der Aufschrift „Fernseherersatz" hing noch immer am obersten der Holzstreben. Laut Oliver das einzig Persönliche, das seine Eltern von ihm aufbewahrt hatten. Im ganzen Haus gab es kein Foto von ihm. Kein Kunstwerk aus Kindertagen. Kein Loch in der Wand oder einen Brandfleck auf dem Boden, der darauf schließen ließ, dass einmal ein Kind in der Villa gewohnt hatte. Nur das Schild, gefertigt von einem gesunden, tumorlosen Oliver.

Ob Esther und Marius es sich gerade ansehen? Jetzt, in diesem Moment? Mit offenen Augen, die nie wieder blinzeln würden?

Nicht umkippen, beschwor Rika ihren Kreislauf.

Nicht zerbrechen, flüsterte sie ihrer Seele zu.

Ihre Beine trugen sie vorwärts, ohne dass sie es ihnen befohlen hatte. Ganz langsam, als balanciere sie auf einem Drahtseil, setzte sie einen Fuß vor den anderen, bis sie über die Lehne des Sofas hinwegsehen konnte.

Und tatsächlich konnte sie eine Gestalt ausmachen, die auf dem cremefarbenen Teppich zu Füßen des gigantischen Bücherregals lag.

Ein heller Schrei löste sich aus ihrer Kehle.

Schwindelig.

Ihr war so schwindelig.

„W-was ist passiert?", fragte Rika verstört und trocknete ihre vor Nervosität nassen Handflächen am Stoff ihrer Jeans. Sie ahnte es – nein, sie *wusste* es längst, und doch weigerte sie sich, es zu akzeptieren.

„Die Frage ist nicht was, sondern warum." Oliver war
an sie herangetreten. Rika spürte das Gewicht seiner
Hände wie Blei auf ihren Schultern.

„Ist das ..."

„Mein Vater."

Vor den zur Südseite ausgerichteten Fenstern waren
die Jalousien heruntergelassen worden. Gestreiftes
Licht fiel durch die Lamellen und warf ein unheimliches Muster auf den toten Körper. Staub tanzte über
dem Messergriff, der zwischen den Schulterblättern
des Toten herausragte wie das Schwert Excalibur.

*Manifestierst du so deinen Anspruch auf den Thron, Oli-
ver?*, dachte Rika entgeistert. Sie streifte seine Hände
von ihren Schultern. Drehte sich mit vor namenloser
Angst schwellendem Herzen zu ihrem Mann um. Das
Gesicht, in das sie blickte, hatte seine Vertrautheit unwiderruflich verloren.

Denn plötzlich gehörte es nicht zu einem Todgeweih-
ten, sondern auch zu jemandem, in dessen Elternhaus
jemand ermordet worden war. Zu jemandem, den dieser Umstand nicht ansatzweise genug schockierte.

„Das darf nicht wahr sein", sagte Oliver. Er starrte an
Rika vorbei auf den Boden. Dorthin, wo die Leiche sei-
nes Vaters lag. Sie suchte in seinem Gesicht nach
Trauer, Entsetzen oder einer vergleichbaren Emotion.
Doch nichts als Gleichgültigkeit verwischte seine Züge.
„Sieh dir das an, Rika. Der schöne Teppich."

„Wie bitte?" Sie musste sich verhört haben.

Verhört, verguckt, verirrt.

Vielleicht war ihr Verstand nur falsch abgebogen und
hinter dieser falschen Realität verbarg sich eine zweite.

Eine richtige, in der die Welt wieder ihren altbekannten Gesetzen folgte.

„Der Teppich", wiederholte Oliver hörbar gereizt. „Der ist vollkommen hinüber. Wenn Kaffee- und Weinflecken schon Probleme verursachen, was meinst du dann, wie es um Körperflüssigkeiten steht?"

Er stemmte die Arme in die Hüften und schüttelte den Kopf.

Rika blinzelte mit aller Kraft gegen die Tränen an. Hielt an ihrer Selbstkontrolle fest wie eine Ertrinkende an einem Rettungsring.

Was sie auch tat, sie durfte nicht hysterisch werden.

Niemals. Unter keinen Umständen.

„J-ja. Das ist nicht gut", stimmte sie Oliver zu.

So unauffällig wie möglich bewegte sie ihre Hand in Richtung Jackentasche – dorthin, wo sie ihr Handy vermutete.

Das ist verrückt, dachte sie fassungslos, *das ist so dermaßen verrückt. Ich wähle gleich zum zweiten Mal an einem einzigen Tag den Notruf.*

„Hey, hey, hey. Das lässt du mal schön bleiben. Ich darf doch?" In einer blitzschnellen Bewegung schlug Oliver Rikas Arm zur Seite, griff in ihre Tasche und zog das Smartphone heraus. Einen bangen Moment lang glaubte sie, er würde es auf dem Boden zerschmettern. Stattdessen ließ er es in seine eigene Jackentasche wandern.

„Denk nicht mal dran, es dir zurückzuholen", sprach er aus, was Rika dachte. „Ich möchte dir nicht wehtun müssen."

„Mir nicht wehtun müssen", hauchte sie und machte einen Schritt rückwärts, als Oliver die Hand nach ihrem Gesicht ausstreckte. Die Sofalehne bohrte sich schmerzhaft in ihren Rücken. „Du hast deinen Vater ermordet."

Nun, da sie es aussprach, begriff sie die Tat ihres Mannes in ihrer ganzen Abscheulichkeit. Tränen schossen ihr in die Augen, Panik schüttelte ihren Körper.

Es war zu viel. Einfach zu viel.

„Nein. Nein! Rika, was redest du da? Das ... das war ich nicht." Olivers Mimik war seltsam verzerrt. Mit weit aufgerissenen Augen, die in seinem grauen Gesicht geradezu grotesk groß wirkten, sah er Rika an. „Er sollte mir doch helfen! Mir dieses *Ding* aus meinem Kopf holen. Damit ich –"

Jemand betrat den Raum. Rika sah ihn näherkommen. Sie wollte etwas sagen, wollte ihm zurufen, dass sie Hilfe brauchten, doch alles ging viel zu schnell.

Der Fremde hatte die Zeit manipuliert. Er spulte die Sekunden vor, nur um sie kurz darauf anzuhalten.

Es knackte und knirschte, als Metall auf Schädelknochen traf.

Von unaussprechlichem Grauen gepackt, schlug Rika sich eine Hand vor den Mund. Ihr wurde heiß und kalt, der Puls in ihren Ohren dröhnte wie der Motor eines herannahenden Hubschraubers.

Oliver war zusammengesackt, lag regungslos zu ihren Füßen. In seinem Hinterkopf steckte eine Axt. Ein heiserer Schrei stolperte über Rikas Lippen. Dann taten die Muskeln in ihren Beinen etwas Seltsames: Sie erschlafften einfach. Nicht fähig, etwas dagegen zu unternehmen, sank auch Rika zu Boden. Landete zwischen ihrem halb verwesten Schwiegervater und dem Mann, den sie liebte – dem Mann, den sie eben noch für einen Mörder gehalten hatte und dem nun ganz bestimmt Blut und Hirnflüssigkeit aus dem Schädel sickerten.

Nicht hinsehen, brüllte eine verzweifelt schrille Stimme in ihr, *sieh dir die Wunde unter keinen Umständen an.*

Rikas Eingeweide verknoteten sich schmerzhaft, als das Monster, das Oliver getötet hatte, sie an der Schulter packte und zurück auf die Füße zerrte. In der lächerlichen Hoffnung, sie würde träumen, kniff sie die Augen zusammen und öffnete sie wieder. Das Monster war immer noch da.

Es lächelte.

„Hallo, kleiner Schmetterling.“

KAPITEL 32

26. September, Donnerstag, 17:46 Uhr

Die Nacht, die ohne jede Vorwarnung über Josef hineingebrochen war, endete mit einem lauten Knall.

Verwirrt blinzelte er in das schwindende Tageslicht, das durch ein schmales Dachfenster in den Raum hineinfiel. Er lag auf dem Rücken, spürte jeden einzelnen Knochen und fror geradezu erbärmlich.

Jemand hatte ihm die Jacke ausgezogen – die Jacke, in der sich sowohl sein Diensthandy als auch sein privates Smartphone befunden hatten.

Wo, in aller Welt, war er überhaupt? Und wie war er hierhergekommen?

Vorsichtig hob er den Kopf, um die Lage zu sondieren, und stöhnte leise auf. Sein Schädel pochte und dröhnte schlimmer als nach einer durchzechten Nacht. Er musste einen fürchterlichen Schlag abbekommen haben oder unglücklich gestürzt sein. Sicher war er um eine Gehirnerschütterung nicht herumgekommen.

Josef versuchte, sich unter Zuhilfenahme seiner Arme aufzusetzen, doch seine Hände waren vor dem Bauch mit einem Seil gefesselt. Auch die Beine hatte ihm jemand zusammengebunden – so fest, dass die Blutzufuhr in seine Extremitäten ernstlich gestört schien.

Was zum Teufel …?

Er brauchte einen Moment, um sich zu erinnern.

An den Schatten, der aus dem Gebüsch gesprungen war und ihn von den Füßen gerissen hatte. Und an den darauffolgenden Schmerz, der sein Bewusstsein verschlungen hatte.

Er spannte die Muskeln in seinem Bauch an, wuchtete den Oberkörper mit Schwung nach oben und sah sich im Sitzen um.

Verstaubte Gartengeräte, Sitzpolster, Müllsäcke und Grillutensilien verstellten die Wände. Er musste in einem Schuppen gelandet sein. Im von außen luxuriös anmutenden Schuppen der Hohenstedts, um genau zu sein.

„So eine Scheiße", stöhnte Josef.

Der Knall hatte vermutlich vom Zuschlagen der Tür hergerührt. Krümel aus Farbe, möglicherweise frisch abgeplatzt, säumten den Boden. Er zweifelte nicht daran, dass sie abgeschlossen oder von außen mit einem Riegel gesichert worden war.

Verflucht, verflucht, verflucht.

Hektisch sah Josef sich nach einem Gegenstand um, den er zweckentfremden und zum Lösen seiner Fesseln nutzen konnte. Viel konnte er im Halbdunkel nicht erkennen, doch er meinte, zuoberst zweier Kohlesäcke einen kleinen Werkzeugkasten und sogar den Griff einer Säge zu auszumachen.

Würde der Kerl es ihm am Ende so einfach machen?

Vielleicht schon. Vielleicht hatte er es einfach nur mit einem nervösen Einbrecher zu tun, der von Josefs Anwesenheit überrascht worden war und aus dem Affekt gehandelt hatte, ohne nachzudenken. Oder mit einem Nachbarn, der zu viele Actionfilme gesehen hatte und die Hohenstedts vor Josef als vermeintlichem Plünderer schützen wollte.

Alles war möglich.

Josef rutschte auf dem Po so dicht an die Wand heran wie er konnte. Wenn es ihm nur gelingen würde, sich mit dem Rücken daran hochzustemmen, wäre er bereits einen entscheidenden Schritt weiter.

Er atmete den Schmerz fort, der ihm die Tränen in die Augen trieb, und drückte sich mit seinem vollen Körpergewicht gegen das Holz.

Los, du unsportlicher Vollidiot. Beiß die Zähne zusammen.

Der Stoff seiner Jeans verhakte sich in irgendetwas, das er nicht sehen konnte.

Ein hervorstehender Nagel? Ein Holzsplitter?

Fluchend lehnte Josef sich nach vorn, befreite sich unter einer umständlichen Verrenkung aus dem Griff der Wand und rutschte weiter nach rechts, um sein Glück dort zu versuchen.

Also gut. Eins, zwei ...

Ein Geräusch ließ ihn innehalten.

Josef hielt den Atem an und lauschte.

Da! Ein Röcheln. Angestrengt versuchte er, es zu verorten.

Sein Blick fiel auf einen der Müllsäcke in der gegenüberliegenden Ecke des Schuppens. Erst jetzt sah er, dass etwas mit dem Sack, der eingeklemmt zwischen zwei anderen stand, nicht stimmte. Sein Pulsschlag beschleunigte sich. Begleitet von dem heftigen Pochen seines Kopfes, robbte er auf das Gebilde aus glänzendem Plastik zu.

Das würde doch wohl nicht ...

„Gottverdammt." Josef sog scharf die Luft ein.

Der Müllsack war eine beinahe gänzlich mit Frischhaltefolie umwickelte Frau. Einzig das Gesicht war ausgespart worden.

Ihren Kopf hatte sie auf den Brustkorb gebettet, der sich kaum merklich hob und senkte. In ihrem Zustand war es nicht möglich, ihr Alter auszumachen. Dennoch war Josef sich beinahe sicher, dass es Oliver Hohenstedts Mutter war, die dort so zusammengesunken vor ihm saß.

„Hallo?", wisperte er nahe an ihrem Ohr, „können Sie mich hören?"

Kurz atmete die Frau ein und gab dabei ein rasselndes Geräusch von sich. Dann wurde es wieder gespenstisch still. Mit zusammengebissenen Zähnen zerrte Josef seine Handgelenke auseinander, doch die Seile darum lockerten sich kein bisschen. Sie schnitten ihm nur tiefer in sein Fleisch.

„Hallo?", fragte Josef etwas lauter. Zwar lag ihm nichts ferner, als die Aufmerksamkeit seines Peinigers zu erregen,

doch blieb ihm vermutlich nicht viel Zeit, sich aus seiner misslichen Lage zu befreien. Der Dreckskerl war nicht nur im Besitz seiner Pistole, sondern hatte ihm auch seine Handys abgenommen. Ein Umstand, für den Josef sich selbst hätte ohrfeigen können, wenn er in der Lage dazu gewesen wäre.

Der bewaffnete Typ war allerdings nicht sein einziges Problem. Oliver Hohenstedt stellte eine weitere Bedrohung dar – und möglicherweise auch seine Frau. Selbst wenn sein Gefühl ihn trog und der Dekan wider Erwarten nichts mit dem Fall zu tun hatte, musste er schnell handeln. Denn dann, daran gab es keinen Zweifel, befand sich auch das Ehepaar in großer Gefahr.

So oder so, ihm lief die Zeit davon.

Bestand also nur die geringste Möglichkeit, dass seine Mitgefangene ihm helfen konnte, musste Josef dafür sorgen, dass sie das auch tat. Erst wenn er seine Fesseln loswurde, würde er auch sie aus diesem gruseligen Verschlag befreien können.

Er zog die Beine an und berührte den Körper der Frau mit dem Knie. Stieß sie erst sanft, dann etwas fester an.

Das hat keinen Sinn. Ich muss an diese verdammte Säge kommen.

Gerade war Josef im Begriff, wieder von der Frau abzurücken, als ihr Kopf hochschnellte. Die ruckartige Bewegung ließ ihn vor Schreck zusammenfahren.

„Licht", sagte die Frau mit einer reibeisenartigen Stimme, in der so viel Verzweiflung lag, dass Josef von einem tiefen Mitgefühl übermannt wurde. Sicher hatte sie viele Stunden in der Dunkelheit verbracht – allein mit ihrer Angst und ohne jede Hoffnung. Dennoch konnte Josef ihrer Bitte nicht nachkommen. Weder war ihm ein Lichtschalter noch eine Glühbirne aufgefallen. Ohnehin hielt er es für wenig klug, den Schuppen auf diese Weise „Kommt alle her, es geht mir gut" schreien zu lassen, ehe er sich zumindest notdürftig hatte bewaffnen können.

„Licht", wiederholte die Frau. Die Frischhaltefolie machte ein quietschendes Geräusch, als sie ihren eng an den Oberkörper gewickelten Arm zu bewegen versuchte. „Hier." Offenbar versuchte sie, mit den Fingerspitzen eine Richtung anzuzeigen.

Josef kniff die Augen zusammen, folgte ihrer Geste mit dem Blick und entdeckte einen länglichen Gegenstand, der unter einer Plane hervorlugte. Ächzend schob er sich vorwärts, beugte sich ein Stück weit zur Seite und nahm an sich, was er im selben Moment als Taschenlampe erkannte.

Nach dem dritten Versuch gelang es ihm, das Gerät einzuschalten. Josef richtete den Kegel senkrecht über den Boden, um die Helligkeit unter Kontrolle zu halten.

Das Licht war schwach.

Mit etwas Glück, von dem er hoffte, dass es zur Abwechslung wieder auf seiner Seite war, würde im Haus niemand darauf aufmerksam werden.

Und selbst wenn, bin ich bis dahin hoffentlich bereit, diesem Kerl Kontra zu geben, dachte Josef optimistisch.

„Hilfe", flüsterte die Frau, wie um ihn an ihre Gegenwart zu erinnern. Josef rutschte zurück zu ihr, suchte einen geeigneten Ablageort für die Taschenlampe und fand schließlich eine Position.

Erst jetzt, unter Zuhilfenahme der unerwarteten Lichtquelle, konnte er das Problem in seinem vollen Ausmaß erfassen. Der Körper der Gefesselten war mit mehreren Schichten umwickelt worden, die aufzutrennen ihn einige Kraft kosten würde.

„Ich muss zuerst meine eigenen Fesseln lösen", sagte Josef ruhig, „danach helfe ich Ihnen da raus."

Er wollte gerade erneut versuchen aufzustehen, als die Frau unerwartet laut lachte.

„Attrappen", prustete sie.

„Wie bitte?"

„Er mag das Spiel mit der ..." Sie machte eine unpassend lange Pause, bevor sie weitersprach. „Hoffnung.

Alles, was ... Entschuldigung ..." Ihr Atem ging flach. Sie musste in einem bedauernswerten Gesundheitszustand sein und brauchte gewiss baldmöglichst ärztliche Betreuung.

„Entschuldigen Sie sich nicht bei mir. Holen Sie Luft. Lassen Sie sich Zeit."

Zeit war etwas, das im Augenblick keiner von ihnen besaß, und doch wusste Josef, wie wichtig es war, in Extremsituationen Ruhe auszustrahlen.

„Wie heißen Sie?"

„Esther."

Josef nickte. Sie war es wirklich, genau wie er vermutet hatte. Im Gespräch mit seinem Recherche-Team war sowohl ihr Name als auch der ihres Mannes, Marius, gefallen.

„Esther. Okay. Ich bin Josef."

„Ich weiß. Er hat gesagt, Sie würden kommen."

Die Haare auf seinen Armen stellten sich auf.

War wirklich jede von Oliver Hohenstedts Handlungen reines Kalkül gewesen? Hatte am Ende sogar sein vermeintlicher Versprecher in Bezug auf die Anzahl der Morde einzig den Zweck erfüllt, Josef zu ködern?

Ein Gefühl, das Scham am nächsten kam, wallte in ihm auf.

Er hatte versagt. Schlimmer noch, als er bisher angenommen hatte.

Ja, er hatte sich, den stockenden Ermittlungen zum Trotz, bis zum Schluss überlegen gefühlt und von seinem hohen Ross aus so viele Wahrheiten übersehen.

Und eine davon – die unangenehmste vielleicht – lautete, dass Josef seine gute Menschenkenntnis offenbar verloren hatte.

„Ich glaub's nicht", knurrte er wütend und ließ widerstrebend zu, dass sein Verstand eine Frage formte:

Was, wenn Haller wirklich unschuldig ist?

Noch bis vor ein paar Sekunden hatte er diese Möglichkeit nicht ernstlich in Betracht gezogen. Sein auf der Dienststelle erwachtes Misstrauen gegenüber Rikas Ehemann war zwar stark genug gewesen, um ihn bis nach Wandlitz fahren zu lassen. Dennoch hatte er allenfalls eine Beteiligung des Universitätsdekans an dem Fall für möglich gehalten.

Was er hier erlebte, gefesselt in einen Schuppen gesperrt und der misshandelten Mutter eines offensichtlich schwer gestörten Mannes gegenübersitzend, änderte alles.

Er hat gesagt, Sie würden kommen.

Aus Scham wurde Adrenalin.

Josef presste die Lippen zusammen. Er musste hier raus. Jetzt gleich. Oliver Hohenstedt schuldete ihm Antworten, und er würde nicht ruhen, bis er sie bekommen hatte.

Die Säge. Er brauchte die Säge.

„Hören Sie auf damit!" Esthers raue Stimme drang durch die zähe Membran seiner Gedanken.

„Alles, was hier drinnen den Anschein erweckt, es könnte hilfreich sein, stellt sich als nutzlos heraus." Sie hustete. „*Fast* alles. Nur das Licht hat er dagelassen ... Bis eben unerreichbar für mich, aber ich wusste, dass es hier war. Bei mir." Esther nickte in Richtung der Taschenlampe, die Josef zwischen zwei Säcke mit Blumenerde geklemmt hatte.

Attrappen. Dieser verfluchte Psychopath.

Josef stellte sich vor, wie Oliver seine Mutter, zu Anfang sicher noch bewegungsfähig, bei ihren Versuchen beobachtet hatte, aus ihrem Gefängnis zu entkommen.

Gut möglich, dass der Schuppen mit Kameras ausgestattet war.

„Wir kommen hier raus, Esther. Attrappen hin oder her. Das hier ist ein Schuppen, keine Festung."

Josef startete einen neuerlichen Versuch, auf die mittlerweile fast vollständig tauben Beine zu kommen.

Dabei biss er sich auf die Zunge. Der Schmerz war stechend hell und trieb ihm sofort die Tränen in die Augen.

Beißen.

Hektisch blinzelnd sah er Esther an.

„Ich werde jetzt versuchen, die Folie mit den Zähnen zu zerreißen", eröffnete er ihr unvermittelt.

Mit einem zustimmenden Laut signalisierte sie Josef, dass sie verstanden hatte.

Okay. Dann mal los.

Knapp unterhalb ihrer Zehen fing er an.

Zuerst glaubte er, die Schichten unmöglich durchtrennen zu können, doch nach einigem Reißen und Schaben zeigten sich erste Fortschritte.

Sobald es Josef gelungen war, einen Großteil ihrer Beine freizulegen, unterstützte Esther ihn tatkräftig, indem sie sich unter der Folie wand und strampelte.

„Sie haben es geschafft", keuchte sie irgendwann.

Josefs Kiefer tat weh und einzelne Plastikteilchen hatten sich schmerzhaft zwischen seinen Zähnen verhakt, doch das spielte keine Rolle.

Esther hatte recht. Sie war frei.

Unaufgefordert streckte die zerbrechliche Frau die Hände nach Josefs Fesseln aus.

Ihre Finger zitterten so sehr, dass er Sorge hatte, sie würde die Knoten der Seile nicht lösen können.

Wie zuvor er selbst, nahm jedoch auch Esther die Zähne zur Hilfe.

Kaum dass er seine Hände ausreichend bewegen konnte, riss er sich die Stricke selbst von den Gelenken und machte sich dann an seinen Fußfesseln zu schaffen.

Das Blut, das in die teilweise abgeschnürten Körperteile zurückkehrte, stach ihn unbarmherzig.

„Das hätten wir", stöhnte Josef schließlich, als der Himmel jenseits des Dachfensters bereits um einiges dunkler geworden war. Der feuchten Kälte zum Trotz, die aus den Wänden des Schuppens drang, schwitzte er wie verrückt.

„Esther? Geht es Ihnen gut?"

Olivers Mutter saß ihm gegenüber. Unter dem schwachen Strahl der Taschenlampe untersuchte sie Arme und Beine.

Erst jetzt entdeckte Josef die zahlreichen Narben darauf.

Buchstaben, wie er bei näherem Hinsehen erkannte. Mal von dem zarten Weiß faserreicher Fibrosen, mal pink und wulstig, hoben sie sich von ihrer Haut ab.

Das Verstörendste aber war ihr Rücken, den sie ihm zuwandte, als sie zwischen den Säcken hinter ihr nach etwas suchte.

„Was zum ... Bitte bleiben Sie einen kurzen Moment so." Schockiert rückte Josef wieder an Esther Hohenstedt heran, um den makabren Schmuck links und rechts ihrer Wirbelsäule aus nächster Nähe betrachten zu können.

Der Rücken war mit etwas beklebt worden, das wie transparentes, hie und da dezent schimmerndes Bastelpapier aussah. Josef wurde übel, als er erkannte, was das vorgebliche Papier wirklich war: Insektenflügel.

Der Größe nach zu urteilen von Libellen.

„Mein Gott", flüsterte er. Mit ein paar schnellen Handgriffen entfernte er die Flügel von Esthers geschundener Haut. Dann streifte er sich sein Hemd von den Schultern und half Esther hinein.

„Wer hat Ihnen das angetan, Frau Hohenstedt? War das Oliver?"

Sie wimmerte. Das Weiß ihrer Augen wirkte im Halbschatten geradezu gespenstisch hell. Ihre Pupillen hingegen waren eins mit der Nacht, die von Sekunde zu Sekunde tiefer in den Tag hineinsickerte.

„Mein anderer Sohn."

Josef schluckte. „Elias?"

Sie nickte.

Herzallerliebst, dachte er düster. *Der verlorene Sohn und sein Bruder schließen sich zusammen, um ihre Mutter zu foltern.*

„Wir müssen Sie schleunigst von hier fortbringen", sagte Josef, während er zur Tür hinübereilte.

Sollte er versuchen, sie einzutreten? Oder sich lieber am Schloss zu schaffen machen?

Das Holz, auf den ersten Blick porös, schien unter dem abblätternden Lack jedenfalls verstärkt worden zu sein.

Wenn er sich den Fuß brach, wäre definitiv keinem damit geholfen.

Also nahm Josef einen der an die Wand gelehnten Klappstühle, holte aus und schleuderte ihn mit voller Kraft gegen die Tür.

Einmal. Zweimal. Dreimal.

Doch bis auf ein paar Kerben im Holz zeigte sich sein Körpereinsatz wirkungslos.

Obwohl er wusste, dass eine derartig massive Tür niemals ohne Weiteres aus den Angeln springen würde, nur weil er mit einem Gartenmöbel darauf eindrosch, versuchte er es ein weiteres Mal, ehe er den Stuhl wutentbrannt zu Boden schleuderte.

„Ein Schuppen", rief er, jede Vorsicht vergessend, „wir werden in einem gottverdammten Schuppen festgehalten!"

Seine Selbstbeherrschung erzitterte unter dem dröhnenden Herzschlag seines Zorns.

Er verpasste der Tür einen kräftigen Schlag.

„STOPP!" Esthers zerbrechliche Stimme brachte ihn wieder zur Räson.

Josef rieb sich die schmerzende Faust. Die Haut über den Fingerknöcheln war abgeschürft und geschwollen. Beschämt drehte er sich zu Esther um.

Verdammt, er musste professionell bleiben. Sicherheit vermitteln. Die Ruhe bewahren. Stattdessen wütete er ohne Sinn und Verstand herum – und das vor den Augen einer Frau, die während der vergangenen Tage sicherlich genug männlicher Aggression ausgesetzt gewesen war.

„Da ... da ist etwas." Sie zeigte mit einem zitternden Finger auf ein Stück Fließdecke, das links von Josef unordentlich auf dem Boden ausgebreitet worden war.

Wenn ihn seine Sinne nicht täuschten, könnte er darauf sogar ein Kreuz ausmachen – eines, wie er es als kleiner Junge auf dem Spielplatz in den Sand gezeichnet hatte, um die Ausgrabungsstelle für einen Piratenschatz zu markieren.

Wieso nur hatte er das so eindeutig arrangierte Fleckchen nicht früher bemerkt?

Weil du den Großteil deiner Zeit in diesem Verlies auf deinem Hintern verbracht hast und den Raum erst jetzt aus einer anderen Perspektive siehst, beantwortete er sich seine eigene Frage.

„Darf ich?", fragte er Esther und deutete auf die Taschenlampe, die sie mit beiden Händen fest umklammert hielt. Der Anblick dieser lichthungrigen, abgemagerten, halbtot aussehenden Frau, deren Kopf aus seinem viel zu großen Hemd herausragte, berührte Josef unerwartet heftig.

Die Mauer um ihn herum, die er am Anfang seiner Karriere einmal zu bauen begonnen hatte und die im Laufe der Jahre schließlich von selbst emporgeschossen war, bekam allmählich Risse. Mit seinem Rücktritt würde er nicht nur sich selbst, sondern auch seinen Kollegen einen Gefallen tun.

„Es ist ... da ... unter", keuchte Esther dicht hinter ihm und sorgte damit dafür, dass sich der Nebel um Josefs Gedanken wieder lichtete.

Josef beleuchtete die Decke aus allen Winkeln, ehe er vorsichtig einen Zipfel zwischen Daumen und Zeigefinger nahm und daran zog.

Bitte keine Hautfetzen oder ähnliche Grausamkeiten.

Er war auf das Schlimmste gefasst, sein Herz zum Stolpern bereit, doch die böse Überraschung, die er erwartete, blieb aus.

Vorerst jedenfalls, denn die Dielen, die unter dem Stoff zum Vorschein kamen, schlossen nicht plan mit dem restlichen Untergrund ab. Mühelos löste Josef eine nach der anderen, bis er so eine quadratische Vertiefung freilegte.

„Eine Truhe", stellte er fest. Unbehagen waberte in seiner Brust, als er das hölzerne Behältnis an seinen Griffen aus der Einbuchtung hob.

Hatte er eben schon gefürchtet, auf eine weitere Abscheulichkeit des Goethe-Killers zu stoßen, war er sich nun vollkommen sicher.

„Sehen Sie weg, Esther", warnte er heiser und hob den Deckel der Truhe an.

26. September, Donnerstag, 17:49 Uhr

Grinsend stand er vor ihr.

Eine lebendig gewordene Erinnerung, herausgeschnitten aus dem Gewand der Vergangenheit. Sein Gesicht war von einer verstörenden Ästhetik, die Rika unmöglich mit dem in Einklang bringen konnte, was er getan hatte.

„Die Menschen lieben die Dämmerung mehr als den hellen Tag, und eben in der Dämmerung erscheinen die Gespenster. Weißt du, von wem dieses Zitat stammt, kleiner Schmetterling?"

Sie wusste es, doch der Name des Schriftstellers war plötzlich wie mit Dornen versehen, die ihr in die Kehle stachen.

„Johann Wolfgang von Goethe", kam der Libellenmann ihr zu Hilfe, „der größte Poet, der je unter der Sonne gewandelt ist. Er hat recht. Die Gespenster gehören zur Dämmerung."

Das Entsetzen sickerte abwechselnd heiß und kalt durch Rikas Blutkreislauf. Sie zitterte wie Espenlaub.

„Nicht doch. Bitte hör auf zu weinen, kleiner Schmetterling. Auch wenn ich sagen muss, dass Trauer dir unverschämt gut steht."

Wie paralysiert führte Rika eine Hand an ihr Gesicht. Ihre Wangen waren so nass, als hätte sie den Kopf unter Wasser getaucht. Sie hatte nicht einmal bemerkt, dass sie weinte. Ihre Gesichtsmuskeln krampften ohne ihr Zutun; pressten heiße, salzige Tränen aus ihren Augen.

„Weißt du, ich dachte, wir könnten ... He! Du hörst mir ja gar nicht richtig zu. Hier spielt die Musik." Wie zuvor Oliver, packte auch der Libellenmann Rika am Handgelenk. Er drückte so fest zu, dass sie glaubte, ihre Knochen würden jeden Moment zersplittern. Sie stieß einen wimmernden Schmerzenslaut aus, was ihr Gegenüber offenbar zu erheitern schien.

„Geht doch", sagte der Mörder zufrieden, „alles, wirklich *alles* ist besser als weinen. Das habe ich noch nie gemocht. Mein Bruder war auch so ein weinerlicher Kerl. Vielleicht ist es mir deswegen immer so schwergefallen, zu ihm aufzuschauen."

Rika stolperte über das Wort „Bruder", hatte jedoch keine Gelegenheit, weiter darüber nachzudenken. Ihr Magen rebellierte fürchterlich und die Ränder ihres Sichtfelds färbten sich schwarz. Ihr Kreislauf war drauf und dran, zu kollabieren. Schon wieder.

Beinahe hoffte sie, es würde ihr ähnlich ergehen wie in Hallers Badezimmer: Ohnmächtig werden und erst wieder aufwachen, wenn Polizei und Rettungswagen eingetroffen waren.

„Geschwisterliebe", sagte der Libellenmann versonnen, „ist so eine Sache für sich. Du hast großes Glück gehabt, Rika. Damit, dass du Einzelkind bist, meine ich. Es ist wirklich prägend für die Entwicklung eines Kindes, wenn es die Zuneigung seiner Eltern mit einer anderen Person teilen muss. Eine Zumutung, wenn man so will. Meine Eltern hätten mich überhaupt nicht auf die Welt bringen dürfen. In dem Moment, in dem sie von mir erfahren haben, hätten sie mich töten sollen. *Das* wäre verantwortungsbewusst gewesen."

Die Erkenntnis traf sie mit der Wucht eines Sturms, der Bäume entwurzelte und an Hausfassaden riss.

Wieder manipulierte die Zeit sich selbst; sie rannte, blieb stehen, sprang und stolperte.

Nach einer Ewigkeit, die in Wahrheit vielleicht nicht mehr als eine fragmentierte Momentaufnahme gewesen war, traf ihr Blick den des Libellenmannes.

Wie nur hatte ihr das Offensichtliche entgehen können?

Wieso sah sie erst jetzt, drei Jahre später, was sie schon damals am See hätte sehen müssen?

Den Grund für die Vertrautheit, die sie an jenem Sommernachmittag zwischen ihr und dem Libellenmann empfunden hatte.

„Du siehst ihm so ähnlich", hauchte sie beinahe lautlos.

„Nicht wahr? Dieselben Augen. Das hat schon unsere Mutter immer gesagt."

Es stimmte. Esther hatte recht gehabt, zweifellos – es war, als hätte jemand Olivers Augen aus den Höhlen gerissen und sie dem Libellenmann eingepflanzt. In Form und Farbe waren sie vollkommen identisch. Einzig der Ausdruck darin unterschied sich voneinander. Der bedrohlich flackernde Wahnsinn, der das Bernsteinbraun unnatürlich hell werden ließ.

„Aber wie ...?", setzte Rika an, schluckte den Rest des Satzes dann jedoch ihre trockene Kehle hinunter und schüttelte den Kopf. Die Angst raubte ihr die Sinne.

Du musst hier raus. Sofort. Er wird dich umbringen.

„Ich verstehe das. Du bist durcheinander. Es war wirklich rücksichtslos von meinem Bruder, dich so ins offene Messer laufen zu lassen." Er lachte so laut, dass Rika zusammenzuckte. In einer blitzschnellen Handbewegung förderte er ein Messer aus seiner Jackentasche zutage und tippte sich mit der Klinge ans Kinn.

„Was für ein Wortspiel! Oder, Rika? Nun sag mir nicht, dass das nicht lustig war."

Ob sie es schaffen würde, an ihm vorbeizulaufen und aus der Tür zu stürmen, ohne dass er sie zu fassen bekam?

Vermutlich nicht. Ja, vermutlich war es schlauer, sein krankes Spiel mitzuspielen. Ihn bei Laune zu halten und auf einen geeigneten Moment zu hoffen, in dem sie mit ihrem Handy Hilfe rufen oder den Libellenmann unschädlich machen konnte.

Dein Handy ist in der Tasche deines höchstwahrscheinlich toten Mannes, Dummerchen. Da kommst du nie im Leben ran. Es ist vorbei. Versteh das endlich.

Rika biss sich auf die Unterlippe, um ihren eigenen Verstand zum Schweigen zu bringen. Ein metallischer Geschmack breitete sich in ihrem Mund aus.

Nein, es durfte nicht vorbei sein.

Verflucht, es *war* auch nicht vorbei! Sie musste sich ganz einfach für irgendeine Variante entscheiden; sich zum Handeln zwingen. Jede weitere Sekunde, in der sie wie zur Salzsäule erstarrt dastand, konnte über Olivers Schicksal entscheiden. Denn wenn er noch lebte, wenn er tatsächlich noch lebte, war sie seine einzige Chance. Tot konnte sie ihm nicht helfen.

„Ja, das war lustig", presste sie hervor. Jede Faser ihres Körpers wehrte sich dagegen, auf diese Art und Weise mit dem Mörder zu kommunizieren. Es war, als verkaufe sie mit jedem Wort einen Teil ihrer Seele an ihn.

Sein Lächeln, eine groteske Grimasse, fiel beängstigend langsam in sich zusammen, was zur Folge hatte, dass er nur noch wahnsinniger aussah.

„Du bist eine sehr schlechte Schauspielerin, Rika. Das enttäuscht mich. Als ich dich zum ersten Mal gesehen habe, dachte ich, du wärest den Künsten zugetan. Jemand, der das Schöne in der Welt sieht und es versteht. Aber je länger ich dich und die alberne Angst in deinen Augen beobachte, desto weniger glaube ich plötzlich, dass du dieses Verständnis wirklich in dir trägst."

Rika hielt den Atem an. Das zunehmende Gefühl der Bedrohung, das von ihrem Gegenüber ausging, ließ die Luft um sie herum vibrieren.

„Das tue ich", sagte sie leise, „ich h-habe in den Künsten meine Wahrheit gefunden."

„Deine Wahrheit. So, so. Wie passt das zusammen, wo du doch eine Lüge gelebt hast?"

Erneut tippte er sich mit dem Messer ans Kinn. Er schien gerade weitersprechen zu wollen, als ein Wimmern zu seinen Füßen seine Aufmerksamkeit erregte.

Der Unmut über diese Störung war ihm deutlich anzusehen. Angewidert senkte er den Blick auf seinen Bruder hinab und tippte dessen Kopf mit der Spitze seines Schuhs an.

Er lebt. Oliver lebt. O mein Gott.

Rika wusste, dass sie die Gunst des Moments nutzen sollte, wenn ihr ihr eigenes Leben lieb war, doch sie war nicht imstande, auch nur einen Muskel zu rühren. Das Grauen, dessen Zeugin sie war, lähmte sie. Ihr Mann lag im Sterben, ihr Schwiegervater verweste kaum einen Meter weiter. Rika war sich ziemlich sicher, dass ihre Schwiegermutter dieses grauenvolle Schicksal teilte.

Beinahe eine ganze Familie war ausgelöscht worden – und das von keinem Geringeren als dem verlorenen Sohn, dessen Existenz das Bild, das Rika über die Jahre von den Hohenstedts gewonnen hatte, in seiner Gänze zerstörte.

Nie war in ihrer Gegenwart ein Wort über den Libellenmann verloren worden.

Warum hatten sie ihn verleugnet? Was war zwischen ihnen vorgefallen, dass er kein Teil ihrer Gemeinschaft hatte sein dürfen? Wie war er zu dem kaltblütigen Mann geworden, der nun vor ihr stand und bereit war, seine engsten Verwandten auszulöschen?

„Bist du nun still?", fragte er Oliver, dessen Wimmern längst verstummt war. Wie um sicherzugehen, dass es auch dabei blieb, versetzte er ihm einen kräftigen Tritt.

Schmerz explodierte in Rikas Brust. Mehr aus einem Reflex denn aus einer bewussten Handlung heraus machte sie einen Satz nach vorn und warf sich mit vollem Körpergewicht gegen das Monster, das ihren Mann so voller Hingabe quälte.

Gemeinsam fielen sie zu Boden. Rika landete auf dem Oberkörper des Mörders und presste geräuschvoll die Luft aus seinen Lungen. Ein Kampfesschrei entfuhr ihr, als sie sich blitzschnell aufsetzte und ihm einen Ellenbogen zwischen die Rippen rammte.

Er quittierte ihren Angriff mit einem Schlag in ihr Gesicht, der Rika schwarz vor Augen werden ließ. Sie verlor das Gleichgewicht, rutschte seitwärts von seinem Körper hinunter und krabbelte halb blind vor Schmerz auf die Tür zu, die plötzlich kilometerweit entfernt zu liegen schien.

Ein harter Griff um ihren Fußknöchel stoppte sie, kaum dass sie zwei Meter vorangekommen war. Dann senkte sich ein schweres Gewicht auf ihren Rücken hinab.

„Na, na, na. Wo wollen wir denn hin, kleiner Schmetterling?"

Rika schrie laut auf, als der Libellenmann ihr die Arme verdrehte.

„Ich denke, wir sollten lieber nach unten in den Keller gehen, bevor ich noch in Versuchung gerate, dir die Flügel zu brechen. Was meinst du?"

Er riss ihre auf dem Rücken gekreuzten Arme noch ein wenig höher, sodass Rika das Gefühl hatte, ihre Knochen müssten jeden Moment aus den Gelenken springen.

„Ja", würgte sie unter Tränen hervor, die ihr siedend heiß über das Gesicht rannen.

„Wunderbar." Stöhnend stand der Libellenmann auf und zerrte Rika gleich darauf an ihren schmerzenden Armen auf die Beine. Wie schon zuvor in Hallers Treppenhaus, fühlte sich ihr Körper auch jetzt an, als wäre er mit Watte ausgestopft worden. Viel zu leicht, viel zu hohl.

Die Angst machte sie beinahe schwerelos.

Es kostete sie all ihre Willenskraft, nicht über die Schulter zu sehen, als der Mörder sie zurück in den Flur schleifte. Zu groß war das Risiko, auch den letzten Rest ihrer Nerven zu verlieren, wenn sich ihr das volle Ausmaß von Olivers Verletzungen offenbarte.

„Du solltest dich geehrt fühlen, Rika. Ich nehme dich jetzt mit in mein Reich. In meine Höhle des Schaffens. Für gewöhnlich ist man dem Tod bereits näher als dem Leben, wenn man sie zu Gesicht bekommt. Aber keine Sorge – was nicht ist, kann noch werden. Eine Schande, dass es mittlerweile dunkel geworden ist. Ich hätte es dir wirklich gegönnt, die Sonne noch einmal zu sehen."

Die Sonne. Sie würde die Sonne also nicht mehr sehen.

Nie wieder das sanfte Erwachen eines Tages erleben, dem Gezwitscher der Vögel lauschen und unter einem blauen Sommerhimmel wandeln.

Eine alles verzehrende Verzweiflung fraß sich durch das Glück, das Rika im Laufe ihres Lebens gespeichert und gehütet hatte. Was blieb, war nichts als Leere.

Der Libellenmann betätigte den Lichtschalter links neben der unordentlich lackierten Tür, von der an vielen Stellen bereits die Farbe abblätterte.

„Nach dir."

Rikas Hand zitterte, als sie den Knauf herumdrehte.

Die Vergangenheit kitzelte ihre Seele mit scharfen Krallen. Auf einmal war sie wieder das Kind, das die Dunkelheit fürchtete. Das verängstigte Mädchen, das Monster in Schränken und dunklen Zimmerecken sah.

Nur dass diese Monster inzwischen kein Produkt ihrer allzu regen Fantasie mehr waren. Nein, sie existierten wirklich.

Und eines von ihnen dirigierte sie in diesem Moment die Stufen zur Hölle hinab, die unter ihren Schritten knarzten und ächzten.

Hinein in eine grelle Helligkeit, die sie als ganz besonders verstörend empfand. Rika hatte mit einer undurchdringlichen Finsternis gerechnet – nicht mit Neonröhren an der Decke, die den riesigen Gewölbekeller ausleuchteten.

Das Licht blendete sie, doch Rika ahnte, dass sie dankbar für die Tränen sein musste, die ihr die Sicht erschwerten.

Der beißend süßliche Geruch, der den Raum erfüllte wie ein unsichtbarer Nebel, war zweifellos ein Bote des Todes.

„Alles endet hier", sagte der Libellenmann viel zu dicht hinter ihr. „Weißt du auch, warum? Weil alles hier begann. Der Kreis schließt sich. Ich mag es, wenn Dinge einen Sinn ergeben. Sieh dir nur alles in Ruhe an, kleiner Schmetterling. Ganz ohne Scheu."

Widerwillig blinzelte Rika, bis ihre Sicht wieder aufklarte. Es war müßig, den Moment des neuerlichen Schreckens noch weiter hinauszuzögern. Olivers Bruder würde dafür sorgen, dass sie tat, was er verlangte. Und im Augenblick verlangte er ganz sicher nach Bewunderung.

Danach, Komplimente für das Teufelsreich zu bekommen, die er im Keller seines Elternhauses erschaffen hatte.

Also tat Rika, wogegen sich alles in ihr sträubte: Sie sah.

Die abgestoßenen Spitzen ihrer Stiefel. Die mit einer feinen Staubschicht überzogenen Kellerfliesen. Die rostbraunen Schleifspuren, die sich wie eine Straße aus Blut durch diesen Staub hindurchzogen. Die zahlreichen Monitore, die den Garten der Hohenstedts aus allen erdenklichen Winkeln zeigten. Den metallenen Seziertisch, auf dem eine Leiche mit offenem Brustkorb lag. Den in schwarzer Schrift beschriebenen Torso einer weiteren Toten, der wie eine Statue auf einem Weinfass drapiert worden war. Der augenlose Kopf, der einige Meter weiter neben einem Stapel Bücher lag. Die Hand, in deren grauem Rücken eine Schreibfeder steckte.

„Wie gefällt es dir? Lass mich an deinen Gedanken teilhaben."

Rika übergab sich auf den Fußboden. Ihr Magen zuckte und krampfte, wollte sich gar nicht mehr beruhigen. Als sie nur noch Galle spuckte und ihre Speiseröhre wie Feuer brannte, spürte sie eine kalte Hand in ihrem Nacken.

„Schhht. Alles wird gut. Es sind viele Eindrücke auf einmal, nicht? Komm her. Du musst dich hinsetzen."

Rika leistete keinen Widerstand, als der Libellenmann sie hochhob. Scheinbar mühelos, trug er sie zu einem zweiten Obduktionstisch hinüber, der unweit des ersten an der Wand stand. Die Fixiergurte, die zu seinen Seiten hinabhingen, entgingen ihr nicht.

O Gott. O mein Gott.

„So. Das müsste gehen, oder? Was meinst du? Möchtest du dich lieber hinlegen?"

Panisch schüttelte Rika den Kopf. Er würde sie festbinden, ihr die Rippen auseinanderreißen und sie qualvoll sterben lassen. Sie enthaupten und wirre Worte in ihren Kopf ritzen.

„Nein? Na gut." Besorgt musterte der Libellenmann sie. „Du schwitzt ja. Vielleicht hast du Fieber. Ich denke, du solltest dich ausziehen. Nicht, dass du unter deiner Kleidung noch verglühst."

Rikas Eingeweide verknoteten sich. Erneut zupfte eine fürchterliche Übelkeit an ihrem Magen.

„Mir gehts gut", presste sie hervor, doch das schien ihr Gegenüber nicht zu interessieren.

„Hab dich nicht so. Ich schau dir schon nichts weg." Er grinste und öffnete den obersten Knopf ihres Mantels. Rika hielt den Atem an. Lehnte sich zurück, fort von ihm, fort von diesen Händen, mit denen der Bruder ihres Ehemannes so viel Schreckliches getan hatte.

Dieselben Hände packten sie am Kragen, zogen sie wieder nach vorn und rissen nun ungeduldig an den übrigen Knöpfen.

„Damals am See hast du dir gewünscht, ich würde dich berühren. Hast du das etwa schon vergessen? Ich nicht. Ich erinnere mich ganz genau an diese Sehnsucht in deinem Blick. An dein Verlangen." Seine Nasenflügel bebten. Er war wütend, redete sich mehr und mehr in Rage. Binnen weniger Sekunden zwischen verschiedenen Stimmungen zu wechseln, schien ihm nicht die geringsten Schwierigkeiten zu bereiten.

„Ich habe es nicht vergessen", sagte Rika hastig. Bevor der Libellenmann ihr erneut wehtun konnte, schälte sie sich aus ihrem Mantel. Zog sich danach den Pullover über den Kopf, während sie stumme Tränen weinte.

„Nein. Wie könntest du auch? Ein schöner Zufall war das, oder?"

Zufall.

Eine Gänsehaut kroch über Rikas Kopfhaut. Dass der Libellenmann ihre Begegnung inszeniert haben könnte, war ihr bisher noch nicht in den Sinn gekommen. So, wie er es betonte, schien er jedoch genau das getan zu haben.

Kurz hielt Rika in der Bewegung inne – und bot dem Mörder so einen neuerlichen Anlass, aus der Haut zu fahren.

„Weitermachen!", schrie er sie an, nur um sich im nächsten Moment zu räuspern und danach mit butterweicher Stimme weiterzusprechen. „Du glaubst mir nicht, was? Aber an diesem Tag war es wirklich Zufall. Oder besser: Schicksal. Ich habe dich beobachtet. Seit dem Tag, an dem Oliver dich das erste Mal mit hergebracht hat. Damals war ich gerade in der Gegend und kam auf die glorreiche Idee, bei meinen Eltern aufzuschlagen. Es hat mich immer wieder dorthin gezogen, all die Jahre. Als hätte das Haus mich zu sich gerufen.

Und dann sah ich dich ... In deinem weißen Kleid hast du ausgesehen wie ein Engel. Wie eine Göttin. Eine Lichtgestalt. Es war Liebe auf den ersten Blick, kleiner Schmetterling. Da wurden Gefühle in mir wach, die ich nur aus den Versen großer Dichter kannte." Mit verklärtem Blick starrte er durch Rika hindurch, während seine Hände ihren BH öffneten. Sie zuckte zusammen, als seine kalte, raue Haut ihre Brüste streifte.

„Du hast dich auch in mich verliebt an diesem Tag. Es war wie Magie. Ich habe mich in dein Herz geschlichen. In deinen Verstand. Wie oft hast du an mich gedacht, wenn du mit Oliver geschlafen hast? Wie oft von mir geträumt, meine Schöne?"

„Oft“, log Rika. Obwohl seine Behauptungen jeder Wahrheit entbehrten, widersprach sie ihm nicht. Eisern konzentrierte sie sich auf ihre Atmung. Noch im Wohnzimmer der Hohenstedts hatte sie sich gewünscht, ohnmächtig zu werden. Jetzt löste der Gedanke daran, dem Libellenmann hilflos ausgeliefert zu sein, blanke Panik in ihr aus.

„Ich weiß, ich weiß. Es tut mir leid, dass ich dich so lange habe warten lassen, aber so ein Unterfangen erfordert eine ganze Menge Vorbereitung. Normalerweise hätte es sogar noch um Einiges länger gebraucht, bis wir beide miteinander vereint gewesen wären. Immerhin wollten Oliver und ich unser Werk ganz in Ruhe zu Ende bringen. Aber seine Krankheit hat uns keine Wahl gelassen ... Also haben wir das Tempo ein bisschen angezogen. Ich bin wahrlich kein Befürworter von Planänderungen, aber in diesem Fall ließ es sich nicht vermeiden. Denn leider war ich auf Olivers Hilfe angewiesen. Andernfalls, das kannst du mir glauben, hätte ich das ganze Projekt von Anfang an in die eigenen Hände genommen.“

Es stimmte also. Oliver war ein wesentlicher Teil des Horrors gewesen, der während der letzten Tage über Berlin hereingebrochen war. Nicht nur, dass er sich eines fürchterlichen Verbrechens mitschuldig gemacht hatte – er war offenbar einverstanden gewesen, Rika in dem Glauben zu lassen, selbst etwas Schlimmes getan zu haben. Er hatte in Kauf genommen, dass sie an ihrer geistigen Gesundheit zweifelte. Hatte furchtbare Psycho-Spielchen mit ihr gespielt und sich heimlich an ihrer Angst geweidet.

Rikas Aufnahmefähigkeit stieß an ihre Grenzen. Der Druck in ihrem Kopf nahm zu, ihr Sichtfeld wurde kleiner und kleiner.

Entsetzen prickelte wie tausend kleine Nadelstiche unter ihrer Haut.

„Nun sieh mich nicht an wie ein geprügelter Hund", sagte der Libellenmann in gespielter Enttäuschung, „was hast du erwartet? Dass wir die besten Freunde gewesen sind, nur weil wir zusammen ein paar Morde begangen und ein Buch geschrieben haben? Blut ist nicht dicker als Wasser. Nicht immer, Rika. Nur weil jemand dich auf die Welt gebracht hat, bedeutet das zum Beispiel nicht, dass du ihn lieben musst. Und nur weil du dir mit jemandem einen Nachnamen teilst, der dir genetisch wie äußerlich ähnlich ist, musst du dich ihm nicht verbunden fühlen. Ich weiß nicht, warum die Gesellschaft sich so schwer damit tut, solche einfachen Gesetzmäßigkeiten zu begreifen und vor allem zu akzeptieren. Wie auch immer. Kommen wir wieder zum Wesentlichen und –"

„Dein Name", beeilte Rika sich zu sagen, „ich kenne noch nicht einmal deinen Namen." Sie wollte ihn aus dem Konzept bringen. Ihm seine schützende Anonymität nehmen.

„Elias", sagte der Libellenmann, ohne zu zögern.

Elias, wiederholte Rika in Gedanken. Der Name klang so weich und unschuldig. So unpassend für jemanden, dessen Taten an Abscheulichkeit kaum zu überbieten waren.

Fröhlich klatschte er in die Hände. „Großartig! Ich merke schon, du bist bereit, unsere Beziehung noch weiter zu vertiefen." Er ging neben dem Obduktionstisch in die Hocke und holte einen Koffer darunter hervor. Die silbernen Schnallen sprangen mit einem Klicken auf. Elias lachte vergnügt.

Von metallischem Klirren begleitet, wühlte er in den Instrumenten herum. „Da bist du ja", rief er, sprang wieder auf die Füße und hielt Rika triumphierend ein blutverkrustetes Skalpell vor die Nase.

„B-bitte nicht", stammelte sie hilflos.

„Stell dich nicht so an, das sind nur die Reste des vorangegangenen Kapitels. Gewissermaßen ein kleiner Gruß deiner Vorgängerin." Elias nickte in Richtung des anderen Seziertisches, auf dem die Leiche mit dem geöffneten Brustkorb lag.

Rika hütete sich, seinem Blick zu folgen. Der bloße Gedanke an den misshandelten Körper ließ sie würgen.

„Ich möchte mir eine geeignete Stelle für die letzte Strophe meines Gedichts suchen", erläuterte er sein Vorhaben mit einer erschreckenden Nüchternheit. „Das Buch, das Oliver und ich geschrieben haben, ist so aufgebaut, dass jedes Kapitel mit ein paar Versen eingeleitet wird. Und diese Verse erfahren nur dann ihre Gültigkeit, wenn sie zuvor ein Leben genommen haben."

„W-was genau ist das für ein Buch?", fragte Rika in der verzweifelten Hoffnung, doch noch ein wenig Zeit zu gewinnen. Jede Sekunde, die sie zwischen sich und den nahenden Schmerz ihrer aufreißenden Haut polstern konnte, war von Bedeutung.

„Eins, das die Welt der Literatur auf den Kopf stellen wird", sagte er leise. „Genau genommen gibt es sogar zwei unterschiedliche Versionen dieses Werks. Die offizielle Version ließen wir Jacob Haller schreiben. Ohne sein Wissen, natürlich. Ach, Rika ... In größenwahnsinnigen Momenten male ich mir aus, den Nobelpreis für Literatur zu gewinnen. In bescheideneren reicht mir die Gewissheit, dass das Buch

eine mediale Aufmerksamkeit sondergleichen erhalten wird.

Es ist so anders als alles, was der Markt sonst hergibt. Es ist ehrlich. Es ist düster. Eine glorreiche Fusion aus Leben und Tod."

Elias umrundete den Tisch, bis er hinter Rika stand. Eine Hand legte er um ihren Hals. Der Griff war nicht fest, und doch wusste Rika, dass er eine unausgesprochene Warnung beinhaltete: Versuchst du, zu fliehen, drücke ich zu.

Die andere Hand des Libellenmannes konnte sie weder sehen noch spüren, doch ahnte sie, dass er darin das Skalpell hielt. Jeden Moment würde er damit durch die Schichten ihrer Haut dringen.

„So hübsch." Ohne Druck auszuüben, fuhr er mit der Klinge über ihre Wirbelsäule. Rika erschauerte unter der grässlichen Kälte, die das Schneidewerkzeug auf ihrer Haut hinterließ. Ihr Puls schlug fest und hart gegen die Innenfläche seiner Hand.

Obwohl sie geglaubt hatte, auf den Schmerz gefasst zu sein, schrie sie vor Überraschung laut auf, als das filigrane Messer sich in ihr linkes Schulterblatt bohrte.

„Schau dorthin, Rika", sagte der Libellenmann freudig erregt. Durch einen Schleier brennender Tränen hindurch, sah sie seinen Zeigefinger neben ihrem Kopf

erscheinen und auf die an der Wand befestigten Bildschirme deuten.

„Beobachte den Schuppen. Vielleicht lenkt dich das
ein wenig ab. Wir erwarten nämlich Besuch, weißt du?
Vorausgesetzt, unser Gast findet mein Meisterwerk, bevor er dehydriert."

„Besuch?", keuchte Rika.

„Ja. Von einem Polizisten, der heißt wie meine liebste
Jahreszeit."

26. September, Donnerstag, 18:18 Uhr

Das Buch, das im Inneren der Truhe lag, war in eine Plastikhülle eingeschlagen. Genau konnte Josef es aufgrund des reflektierenden Lichts der Taschenlampe nicht erkennen, doch er glaubte, unter anderem das Wort „Tod" auf dem Buchdeckel erkennen zu können.

Natürlich. Was auch sonst.

„Ähm. Würden Sie kurz übernehmen?", fragte er Esther Hohenstedt, die stumm und mit weit aufgerissenen Augen neben ihm kniete. Er fühlte sich furchtbar dabei, einer psychisch wie physisch offensichtlich schwer angeschlagenen Frau Aufgaben zu erteilen, doch es ließ sich nicht vermeiden.

Wenn sie weiterhin zusammenarbeiteten, hatten sie möglicherweise eine reelle Chance, alle miteinander lebend aus diesem Albtraum herauszukommen.

Esther gab einen brummenden Laut von sich, nahm Josef die Taschenlampe ab und leuchtete folgsam in die Truhe, damit er das Buch herausnehmen und untersuchen konnte.

Es war ungewöhnlich groß und schwer und erinnerte in seiner Aufmachung an ein Relikt aus einer alten Zeit. Die Buchdeckel besaßen die Optik zerknüllten Pergaments, auf dem Begriffe in lateinischer Sprache geschrieben standen, deren Bedeutung Josef nicht kannte.

Zerlaufende, ähnlich altertümliche Buchstaben formten den Titel des Werkes – „Musendtod" – wobei eine in filigranen Linien gezeichnete Libelle das „T" bildete.

„Was ist das?", fragte Josef in die Stille hinein, ohne eine Antwort zu erwarten. Esther gab sie ihm trotzdem.

Ihre Stimme war zerbrechlicher als Porzellan. „Sein Schatz."

Eine Gänsehaut überzog seine Arme. Unter dem tanzenden Lichtkegel der Taschenlampe schlug Josef das Buch auf.

Auf der ersten Seite offenbarte sich ihm ein Inhaltsverzeichnis, das eine Übersicht über elf Kapitel lieferte. Jedes einzelne war mit einem Namen versehen worden – unter anderem die Namen jener, die dem Goethe-Killer zum Opfer gefallen waren.

Lydia, Sabrina, Sara, Torsten … und schließlich, am Ende des Buches, drei unmittelbar aufeinanderfolgende Kapitel mit erschreckend bekannten Überschriften:

„Esther", „Der Polizist" und „Rika".

Der Polizist.

Was hatte Elias Hohenstedt über ihn zu sagen?

Josef war sich nicht einmal sicher, ob er es wissen wollte.

„Er hat es sein Lebenswerk genannt", sagte Esther. „Hat mich angestarrt, während er an meinem Kapitel gearbeitet hat. Mich stundenlang beobachtet und dabei kein einziges Wort gesagt."

Josef erschauderte. Die bloße Vorstellung eines wahnhaften Mannes, der den Schmerz seiner Mutter als Quelle der Inspiration verstand, ließ ihm eine fürchterliche Kälte in die Knochen steigen.

All sein Hass schien sich auf sie zu konzentrieren, während er seinem Vater offenbar kein einziges Kapitel zugedacht hatte.

„Musentod", flüsterte Josef und strich nachdenklich über das Papier. Der Ermittler in ihm brüllte ihm zu, der Spurensicherung gefälligst nicht die Arbeit zu erschweren. Und doch konnte er nicht anders, als sich von seinen Gefühlen leiten zu lassen.

An einem Ort wie diesem, der Josef allmählich wie der Vorhof zur Hölle vorkam, war es nicht leicht, Professionalität zu wahren.

„Wollte er, dass Sie mir das hier zeigen?" Er deutete überflüssigerweise auf das aufgeschlagene Buch.

„Ja", sagte Esther. Sie klang von Minute zu Minute schwächer. Beinahe kam es ihm vor, als habe die Folie, von der er sie befreit hatte, die Mutter der Hohenstedt-Brüder eigentlich zusammengehalten.

Nun, da sie so klein und verletzlich in seinem viel zu großen Hemd neben ihm kauerte, schienen die Sandkörner jedenfalls schneller durch ihr Stundenglas zu rieseln.

Josef schnaubte.

Auch er hatte keine Zeit zu verlieren.

Gesetzt den Fall, dass Rika tatsächlich Opfer einer Intrige geworden und nicht in die Machenschaften der Brüder verwickelt war, konnte in der alten, schlafenden Villa jederzeit etwas Abscheuliches geschehen.

Begleitet vom lauten Dröhnen seines Herzschlags blätterte Josef um. Elias Hohenstedt hatte seinem Buch eine persönliche Widmung vorangestellt:

Vorwort eines Liebhabers von Tinte und Papier
Nur wer schreibt, ist lebendig.
Einsam zwar und den finstersten Ecken seiner Seele ausgesetzt, aber lebendig.
Ein Schöpfer, der über alles Irdische erhaben ist.
Denn Sprache ist Macht. Und das geschriebene Wort hat so viel mehr Gewicht als das gesprochene; so war es schon immer und so wird es immer sein. Dem, der einen Ausweg aus dem Gefängnis seines Kopfes sucht, ist es ein weisendes Licht. So auch mir. Ich schreibe auf Haut, schreibe mit Blut, schreibe mit einem sehenden Herzen.
Die Geschichten, die ich für dieses Buch gewählt habe, besitzen allesamt denselben Kern. Eine Wahrheit, die nur entschlüsseln kann, wer den Tod als das anerkennt, was er wirklich ist: Der Vater aller Musen.
Also, liebe neugierige Seelen dort draußen, leset und staunet.
E. und O.
Die richtende Hand und das todschwarze Auge

E. *und* O.

Josefs Bauchgefühl hatte ihn also doch nicht getrogen, wenn es sich auch erst reichlich spät bemerkbar gemacht hatte.

Rikas Mann war Teil eines unaussprechlich schlimmen Verbrechens – wenn nicht als Mittäter, dann doch zweifellos als Mitwisser. Hinter der Fassade des Akademikers lauerte etwas Böses, das ihn aus dem aufgeschlagenen Buch heraus ungeniert anstarrte.

„Esther", sagte Josef und war erschrocken darüber, wie belegt seine Stimme klang, „sie haben es beide zusammen geschrieben, nicht wahr? Elias und Oliver."

Sofort erschien das selbstgefällige Grinsen des Universitätsdekan vor seinem inneren Auge.

Bei Gott, was würde er dafür geben, die Zeit zurückzudrehen. Um ein paar Stunden nur, bis zu jenem Zeitpunkt, an dem Oliver Hohenstedt aus dem Verhörraum getreten war. Die bloße Vorstellung, Rikas Ehemann mit dem Klicken eines hübschen Paars Handschellen die Überheblichkeit aus dem Gesicht zu wischen, verschaffte Josef Genugtuung.

„Das weiß ich nicht. Elias hat nur von *seinem* Schatz gesprochen."

„Möglich, dass sie sich zerstritten haben", dachte Josef laut. „Das kommt in solchen Täter-Konstellationen häufig vor."

Er blätterte weiter. Überflog bestürzt die mit Gedichten und Fotografien gefüllten Seiten. Hier und da entdeckte Josef gepresste Blüten oder eine eingeklebte Haarsträhne. Viele der Zeilen erkannte er als solche wieder, die in die Körper der Toten geritzt worden waren.

Auf den erstaunlichen Umfang des Buches gerechnet, machten diese grausig vertrauten Gedichte jedoch nur den Bruchteil dessen aus, was seine Schöpfer zu Papier gebracht hatten.

Absonderliche Zeichnungen, schier endlos lange Geschichten und etliche Lobeshymnen auf den Tod schmückten das Papier auf bizarrste Weise.

Esthers Kapitel war das bisher längste. Es enthielt Verse, die zu lesen vermutlich Stunden in Anspruch nehmen würde, und denen ganz besonders grauenerregende Skizzen beigefügt worden waren. Mal wurde ein Gedicht von zwei einander gegenüberstehenden Galgen umrahmt, mal flossen die Worte aus den leeren Höhlen eines Totenkopfs.

Am meisten verstörten Josef jedoch die hunderten toten Libellenkörper, die mit durchsichtigem Klebeband auf das Papier geklebt worden und deren Silhouetten mit einem Kohlestift umrandet worden waren.

Ihrer Flügel beraubt, die Esther an ihrer Stelle auf dem Rücken getragen hatte, gaben sie ein ebenso tragisches wie unheimliches Bild ab.

Josef hatte versucht, den grausigen Inhalt des ihr gewidmeten Kapitels vor Esthers Augen zu verbergen, jedoch ohne Erfolg. Sanft aber bestimmt hatte sie seine über Worten und toten Insekten ausgebreiteten Hände beiseitegeschoben.

Und obwohl sie stumm blieb, während ihr Blick über die Seiten raste, konnte Josef ihre Zerrissenheit spüren.

Unter anderen Gegebenheiten hätte er sie gern gefragt, was zwischen ihr und ihren Söhnen geschehen sein mochte, dass sie ihr mit so viel Hass begegneten.

Doch die Zeit drängte – und Josef hatte das Gefühl, etwas Essenzielles begreifen zu müssen, bevor es zu spät war.

Immerhin war das Buch sicher nicht ohne Grund im Schuppen verwahrt worden, wo doch bisher jede

Handlung der Brüder in einem beängstigenden Maß vorausschauend gewesen war.

„Darf ich?", fragte er die gebrochene Frau neben ihm, die mit leicht geöffneten Lippen durch das am Boden liegende Buch hindurchstarrte. Sie nickte, ohne aufzusehen.

„Okay."

Josef übersprang sein eigenes Kapitel und blätterte bis zu Rikas vor. Bevor er las, was Elias Hohenstedt ihm zu sagen hatte, wollte er sich zumindest ein grobes Bild darüber verschaffen, was Rika blühte. Doch bis auf eine Reihe Schmetterlinge, die ähnlich wie Esthers Libellen angeordnet worden waren, waren die Seiten leer.

Natürlich sind sie das. Er ist ja auch gerade erst dabei, das Ende ihrer Geschichte zu erzählen.

Das Blut rauschte in seinen Ohren, als seine Finger rückwärts durch das schwere Papier pflügten.

Was würde ihn erwarten? Leere und ein paar tote Insekten oder eine in poetische Worte gekleidete Abfolge seines Sterbeprozesses?

Er spürte, wie Esther seine Hand berührte, und fuhr erschrocken zusammen. Ihre kalte, rissige Haut fühlte sich wie ein Gruß des Todes an.

„Nicht weiterblättern", sagte sie leise.

Josef stellte erstaunt fest, dass sie Recht hatte. Er war am Anfang des Kapitels angelangt, ohne es zu bemerken.

„Der Polizist", las er laut.

Hatte Elias sich beim Schreiben der übrigen Überschriften sichtlich große Mühe gegeben, war diese kaum leserlich. Er schien die Buchstaben in großer

Wut oder einem vergleichbar erhitzten Gemützustand zu Papier gebracht zu haben.

Der Text, der sich über die Seite ergoss wie sturmgepeitschtes Gewässer, unterstrich diese Vermutung.

Herzlichen Glückwunsch, Herr Winter.
Wenn Sie diese Zeilen lesen, ist es Ihnen gelungen, die Truhe zu finden. Ich gebe zu, dass ich es Ihnen ein wenig schwer gemacht habe. Der eine oder andere Hinweis wäre nett gewesen, stimmt's?
Sehen Sie es mir nach. Letztendlich siegte meine Vorliebe für Herausforderungen – und die Annahme, eine dezente Markierung müsse für das geschulte Auge ausreichend sein.
Die nächste Herausforderung folgt übrigens auf dem Fuße. Ich habe eine kleine Geschichte für Sie geschrieben, Herr Winter.
Eine, die das Potenzial hat, wahr zu werden.
Vielleicht gefällt sie Ihnen ja. Vielleicht auch nicht.
Aber wissen Sie was?
Am Ende spielt es keine Rolle, wie Sie empfinden.
Ich bin der Schriftsteller – Sie nur eine austauschbare Figur. Ein Produkt meiner Fantasie, das ich ebenso schnell zerstören kann, wie ich es erschaffen habe.
Denken Sie daran, wenn Sie diese Zeilen lesen.
Und nun wünsche ich Ihnen viel Vergnügen ...
... Es war einmal ein Polizist, dessen unstillbare Neugier ihn in das idyllische Wandlitz führte.
Dort wollte er einem vermeintlichen Schriftsteller auf den Zahn fühlen, der sich durch eine unbedachte Äußerung verdächtig gemacht hatte.

Also folgte der Polizist diesem Schriftsteller bis zu seinem Elternhaus, hinter dessen Mauern Dies- und Jenseits aufeinanderprallten.

Nicht wissend, welche Mächte er entfesseln würde, betrat der Unglückliche den verwunschenen Grund.

Zur großen Freude des wahren Herrschers über Tinte und Papier, der von seinen eigenen Eltern verstoßen worden war, verhielt der Polizist sich exakt wie erwartet.

Sein lächerliches Streben nach Gerechtigkeit trieb ihn in die Arme des wartenden Schöpfers, der ihn überwältigte.

Es wäre ein Leichtes für ihn gewesen, den Polizisten zu töten. Doch das Glück war mit dem Gesetzeshüter, denn der Schriftsteller hatte ihm eine wichtige Rolle in seinem Werk zugedacht: die des Sehenden.

Für das nämlich, was er plante, brauchte er ein Paar Augen und Ohren, das seine Geschichte in die Welt hinaustrug.

Jemandem, der bezeugen konnte, dass das, was er in seinem Werk niedergeschrieben hatte, der Wahrheit entsprach.

Zuerst hatte er die gezeichnete Frau, seine Mutter, dazu auserkoren wollen, doch er wusste, dass sie zu schwach war.

Sie war nicht die richtige, würde die mediale Aufmerksamkeit nicht verkraften. Ihre Seele war längst gebrochen. Also vergiftete er sie mit Rizin und erlöste sie von der Last ihres jämmerlichen Daseins.

Der Polizist aber war stark genug.

Wenn er sich also brav an die Anweisungen des Schöpfers hielt, bekäme er die Gelegenheit, als einziger Überlebender aus der Asche emporzusteigen.

Alles, was er tun musste, war, den Schlüssel an sich zu nehmen, sich aus seinem Gefängnis zu befreien und hinüber in den Keller des Hauses zu gehen. Dorthin, wo der wahre

Etwa einen Fingerbreit unter der letzten Zeile klebte ein kleiner Briefumschlag. Josef, vom Gelesenen wie betäubt, öffnete ihn und zog einen silbernen Schlüssel mit verschnörkeltem Griff heraus.

„Er war die … ganze Zeit hier", sagte Esther langsam.

Josef sah sie an.

„Frau Hohenstedt. Ihr Sohn hat sie vergiftet."

Mit Rizin. Ausgerechnet mit Rizin.

Er kannte das Gift und dessen Folgeerscheinungen. Wusste um die tödliche Wirkung einer Überdosierung.

Esther Hohenstedts Zustand, wenn auch alles andere als stabil, ließ darauf schließen, dass sie sich noch in der Latenzzeit zwischen Aufnahme und Einsetzen der ersten Symptome befand. In der Regel setzten nach vier bis acht Stunden hohes Fieber, Erbrechen, Durchfall und Koliken ein. Binnen 36 bis 72 Stunden ließ Rizin einen menschlichen Organismus vollständig absterben.

„Sie müssen sofort in ein Krankenhaus", eröffnete er ihr so ruhig wie möglich. „*Sofort.*"

Obwohl es kein bekanntes Gegenmittel gegen Rizin gab, bestand zumindest der Hauch einer Chance, dass sie die Vergiftung überlebte. Auch wenn Josef es sich bei jemandem, der so präzise vorging, kaum vorstellen konnte, hatte Elias Hohenstedt vielleicht eine zu geringe Dosis des Gifts verabreicht. Zudem konnten eine Magenspiegelung und die Einnahme von Aktivkohlepulver Abhilfe schaffen.

Vielleicht haben wir tatsächlich Glück, dachte Josef bemüht optimistisch, *immerhin liest sich seine Botschaft fast so, als hätte er geglaubt, ich würde Esther gar nicht mehr lebend vorfinden. Möglich, dass er sich verkalkuliert hat.*

Oder dass er lügt und bloß Panik schüren will.

„Ich weiß", sagte Esther gleichgültig. „Er hat es mir heute ... heute gegeben. Wann, weiß ich nicht. Nur, dass die Sonne hochstand. Einen kleinen Teil habe ich unter der Zunge behalten und später ausgespuckt. Ob das geholfen hat, weiß ich nicht ... Aber im Grunde kümmert es mich nicht. Das Gift, meine ich. Ich habe niemanden mehr", sagte sie leise.

„Mein Mann ist tot. Schon seit Tagen, das hat Elias mir erzählt. Und meine Söhne ..." Sie lachte freudlos. „Meine Söhne sind für mich schon vor langer, langer Zeit gestorben."

„Aber Ihre Schwiegertochter ist vielleicht noch am Leben", sagte Josef eindringlich. Ächzend stand er auf, nahm das Buch an sich und versteckte es notdürftig zwischen einem Stapel Stuhlauflagen.

„Er hat so lange auf sie gewartet", flüsterte Frau Hohenstedt abwesend.

„Wir müssen jetzt tun, was nötig ist, Esther. Ich bin auf Ihre Hilfe angewiesen. Sobald ich die Tür aufschließe, müssen Sie zu Ihren Nachbarn laufen und Hilfe holen. Rufen Sie als allererstes einen Krankenwagen und sagen Sie unbedingt, dass Sie mit Rizin vergiftet worden sind. Der Polizei schildern Sie die Sachlage dann ebenfalls so gut Sie können. Berichten Sie außerdem, dass eine Frau in Ihrem Haus festgehalten wird und in Lebensgefahr schwebt. Und lassen Sie auf keinen Fall unerwähnt, dass der leitende Ermittler der Mordkommission ebenfalls hier und in Gefahr ist. Das – na ja – dürfte das Aufgebot an Beamten noch einmal erhöhen."

Er drückte ihre Hand. Sie war noch immer schrecklich kalt.

Wenigstens kein Fieber. Gut.

„Ich weiß, Frau Hohenstedt, ich verlange viel von Ihnen. Aber wir müssen zusammenarbeiten, wenn wir die kommenden Stunden unbeschadet überstehen wollen. Sie, Rika und ich. Okay?"

„Ja. Ich ... versuche es." Die wiederkehrenden, langen Pausen, die sie zwischen ihren Wörtern machen musste, bereiteten ihm Sorgen. Möglicherweise lähmte das Gift bereits ihre Atemmuskulatur.

Einmal mehr verfluchte Josef die endlos lange Auffahrt der Hohenstedts. Er fühlte sich alles andere als wohl dabei, eine möglicherweise todgeweihte Frau eine so lange Strecke laufen zu lassen, doch er hatte keine Wahl.

Flohen sie zusammen, wäre Rika tot, bevor er die Gelegenheit hätte, sie zu retten – und der Hauptverdächtige in einer grauenvollen Mordserie wie vom Erdboden verschluckt. Josef zweifelte nicht daran, dass es Elias Hohenstedt gelingen würde, innerhalb kürzester Zeit unterzutauchen.

„Okay", sagte er bestimmt, „ich gehe voran. Warten Sie hier, bis Sie mich im Haus verschwinden sehen, und laufen Sie erst dann los. In dem Text an mich hat Ihr Sohn geschrieben, dass das Gelände mit Kameras überwacht wird. Sobald ich drinnen bin, wird er keinen Grund mehr haben, auf seine Bildschirme zu sehen. Wenn wir verhindern können, dass er Sie lebend zu Gesicht bekommt, sollten wir das tun. Ich weiß nicht, was es mit ihm macht, wenn er sieht, dass einer seiner Pläne nicht aufgegangen ist."

Esther nickte.

Josef versuchte sich an einem zuversichtlichen Lächeln, von dem er jedoch ahnte, dass es Frau Hohenstedt im Halbdunkel ohnehin nicht erreichte.

Den Schlüssel in der Hand fest umklammert, ging er zur Tür hinüber.

Handelte es sich bei dem unverhofften Geschenk des Mörders etwa tatsächlich um ein echtes Exemplar? Oder war das geschmiedete Stück Freiheit am Ende nichts als eine weitere Attrappe?

Mit bis zum Zerreißen gespannten Nerven steckte Josef den Schlüssel ins Schloss und drehte ihn herum.

Ein leises Klicken erlöste ihn von seinen quälenden Fragen.

„Es hat funktioniert."

Die Scharniere quietschten zustimmend, als er die Tür öffnete. Er drehte sich zu Esther um. In der samtigen Dämmerung war sie nichts als ein Schatten.

„Sie schaffen das", sagte Josef und hoffte, dass sie seine Zweifel nicht heraushören konnte. Wenn es wirklich Rizin war, das Elias ihr verabreicht hatte, stand es schlecht um sie. Sehr schlecht sogar.

„Sie auch", sagte Esther mit ihrer rauen Stimme.

Das letzte, was Josef hörte, als er in den Abend hinaustrat, war das beängstigende Rasseln ihres Atems.

26. September, Donnerstag, 18:10 Uhr

Sie hatte es versucht.

Hatte die Bildschirme angestarrt und verzweifelt nach der Gestalt Josef Winters Ausschau gehalten, die als ihr personifizierter Hoffnungsschimmer auf das Haus zu rannte, doch nichts dergleichen war geschehen.

Rika war allein mit sich und ihrem Schmerz; mit den pochenden, nässenden Wunden, an denen Elias Hohenstedt sich schimpfend zu schaffen machte.

Halb wahnsinnig geworden, hatte sie versucht, sich aus seinem Griff herauszuwinden, was zur Folge hatte, dass der Libellenmann sie doch noch auf dem Tisch fixierte.

Mit dem Bauch nach unten lag sie nun auf dem kühlen Metall, das selbst unter der fiebrigen Hitze ihres Körpers nicht warm werden wollte.

Die Gurte schnitten ihr tief in Arme und Beine, doch die Verletzungen waren geradezu lächerlich im Vergleich zu dem Massaker auf ihrem Rücken.

„Beschreib mir, was du fühlst", forderte Elias sie auf.

„Es tut weh", japste Rika.

„Das kannst du doch besser." Der Libellenmann stach tiefer zu und riss das Skalpell nach unten. Pflügte lachend durch ihre Haut. Rika schrie lauter.

„Was fühlst du?", fragte der Mörder abermals.

„Schmerz. Hellen ... Schmerz. Mir ist heiß, mir ist schlecht und ... ich s-spüre mein Blut aus mir herausfließen."

Sofort ließ Elias von ihr ab.

„Danke, Rika. Mir sind derartige Schilderungen sehr wichtig. Meine Inspiration erreicht ihren Höhepunkt im Angesicht des Sterbeprozesses, den ich von Anfang bis zum Ende beobachten möchte. Oliver hingegen brauchte diesen Vorgang nicht, um kreativ zu sein. Für ihn war nur interessant, was *nach* dem Tod mit den Körpern passierte. Nicht aus wissenschaftlicher Sicht, sondern aus einer spirituellen, mir vollkommen fremden Motivation heraus. Er sah im Sterben, ungeachtet dessen Gestalt, etwas Friedvolles. Ihn inspirierte der Gedanke an ein ‚Danach', das es für ihn auch dann gab, wenn ein Mensch qualvoll aus dem Leben geschieden war." Elias machte eine kurze Pause, die er dafür nutzte, Rika zärtlich über die Haare zu streichen. „Mir ist so etwas völlig fremd. Himmel, Hölle, irgendetwas dazwischen ... Nein, danke. Nach dem Tod kommt das Nichts. Eine Dunkelheit, die alles verschlingt und uns alle gleich macht. Ein Ort ohne Sünden. Deswegen ist es vollkommen unerheblich, was ich tue oder lasse. Am Ende ist alles sinnlos, alles vergessen ...

Es sei denn, man erinnert sich an mich. Liest meine Texte, spricht über mich, überliefert meine Botschaften an die Nachwelt. Ich sage bewusst *meine*, denn Oliver hat es eigentlich nicht verdient, Anerkennung für dieses Projekt zu erhalten. Er war feige, Rika. Wollte sich die Hände nicht schmutzig machen, aber trotzdem etwas vom Kuchen abhaben.

Außer um meinen langjährigen Freund und Bewunderer Adrian zu bezahlen, damit er seine melodramatischen Anrufe bei dir machte, oder die Exfrau dieses miesepetrigen Mordermittlers auf Haller anzusetzen, war er zu nichts zu gebrauchen. Das Mutigste, was er getan hat, war vermutlich das Zubereiten deiner Zolpidem-Cocktails. Obwohl er sich wegen der Nebenwirkungen beinahe in die Hose gemacht hat. Erinnerst du dich an deine kleine Erkältung?" Er lachte gehässig. „Auch bloß eine nette Begleiterscheinung dieser liebreizenden Droge. Aber ich möchte meinem Bruder nicht Unrecht tun. Immerhin war da noch die Abschrift dieses angeblichen Drohbriefes, den du erhalten hast. Wobei es keine große Herausforderung gewesen sein dürfte, Buchstabe für Buchstabe einfach abzupausen. Immerhin gab es mehr als genug Material im Archiv."

Obwohl diese Tatsache nach Elias' Schilderungen wenig überraschend war, zerbarst der Kummer, den diese ausgesprochene Wahrheit mit sich brachte, mit einer unmenschlichen Kraft in ihrem Inneren.

Oliver hatte es tatsächlich getan. Hatte ihr neben all seiner sonstigen Vergehen das gefährliche Schlafmittel in den Tee und Gott weiß welche anderen Getränke gemischt, um die Wahrscheinlichkeit einer Schlafwandel-Attacke zu steigern. Einer heftigen Attacke, die sie zur gefügigen Marionette hatte werden lassen.

Ihr eigener Ehemann. Der Mensch, dem sie vertraut hatte.

Und der nun eine Axt im Kopf hat, wo mal ein Tumor war.

Der Libellenmann setzte einen weiteren Schnitt, doch dieses Mal löste sich kein Schrei aus Rikas Kehle. Die Wunde, die Olivers Taten in ihr Herz geschlagen hatten, brannten schlimmer als das Feuer auf ihrem Rücken.

„Deine Haut ist so zart", säuselte sein Bruder in ihr Ohr, „du bist wunderschön."

Jacob Haller war die ganze Zeit über unschuldig gewesen.

Rika hatte ihn gesehen, den Toten in seinem Wohnzimmer, hatte die von den Körpern seiner anderen Opfer zitierten Verse wiedererkannt und die Schrift in dem an sie adressierten Drohbrief als Hallers identifiziert. Und doch war ihr ehemaliger Student nicht derjenige gewesen, der ihrem Mann den Schädel gespalten hatte.

Erst jetzt fiel das Konstrukt seiner Schuld vollständig in sich zusammen und bedeckte Rikas Verstand mit seinem Schutt.

Schwindel und Übelkeit brandeten über ihren Körper hinweg.

Das ist zu viel, dachte sie verzweifelt, *viel zu viel.*

„D-das Blut auf meinem Mantel –", setzte sie an, doch der Libellenmann unterbrach sie sofort.

„Das war meins, kleiner Schmetterling. Sieh nur. Jemand hat um dich geweint."

Einen wunderbaren Moment lang ließ er von ihr ab, um sich strahlend zu ihr herunterzubeugen. Ganz langsam rollte er den Ärmel seines Pullovers hoch und entblößte ein Tattoo auf seinem Handgelenk. Das Motiv, eine violett schimmernde Libelle, war von einer bizarren Schönheit.

Einzig ein verkrusteter Schnitt in ihrem Hinterleib störte den sommerlichen Frieden auf Elias' Haut. „Eigentlich sollte es nur dem Zweck dienen, dich an dir zweifeln zu lassen. Aber am Ende hatte es für mich eine viel größere Bedeutung. Du warst mit mir an diesem Ort meiner Kindheit, den ich damals für mich entdeckt habe, wann immer ich aus Wandlitz abgehauen bin. Irgendwie war es ein symbolischer Akt der Verbundenheit, dir ausgerechnet dort zu geben, was ohnehin dir gehört. Es hat ein ganzes Stück Überzeugungsarbeit gebraucht, dich auf diesen Hof zu schaffen, das kannst du mir glauben. Oliver ist fast verrückt geworden bei dem Gedanken, dass jemand uns sehen könnte. Aber die Nacht stand schon immer auf meiner Seite. Ich habe dir von mir zu trinken gegeben – und dich gezeichnet. Als jemand, der zu mir gehört. Bis in alle Ewigkeit. Glaub mir, wenn Adrian an diesem Abend nicht dabei gewesen wäre und dich nach Hause gebracht hätte, hätte ich mich wahrscheinlich noch an Ort und Stelle selbst vergessen."

Die unerträgliche Hitze, die in Rikas Körper pulsierte, wandelte sich mit einem Schlag in eine fürchterliche Kälte.

Elias klang wie besessen, jeder Satz aus seinem Mund wie ein tödliches Versprechen.

Lenk ihn ab, verlangte Rikas Verstand, *lenk ihn um Himmels willen von dir ab.*

„Warum Haller?", fragte sie unter Aufbringung all ihrer Kräfte. „Was hat er euch getan, dass ihr ausgerechnet ihn als Schuldigen ausgewählt habt?"

Elias gab einen enttäuschten Laut von sich und stand auf. Sekunden später spürte Rika die Klinge des Skalpells wieder in ihrem Rücken. „Das ist doch nun wirklich nicht so schwer zu verstehen. In jeder guten Geschichte gibt es nun einmal einen Sündenbock. Haller war unserer. Aus einem einzigen Grund: Er war perfekt für diese Rolle. Seine fanatische Liebe zu Goethe, das extravagante Auftreten, die teilweise düstere Weltanschauung ... Und letztlich natürlich die Verbindung zu dir. Außerdem war er mit Adrian befreundet, der gegen ein nettes Sümmchen zu fast allem bereit war. Er war wütend auf Haller, hatte ein Hühnchen mit ihm zu rupfen ... Irgendwelche belanglosen Frauengeschichten. Das spielte uns in die Karten, weißt du? Adrian wurde unser Informant. Er konnte Oliver und mich über vieles unterrichten, was Haller tat, sodass wir die Morde nach Möglichkeit an seine Alibi-freien Zeiten angepasst haben. Er war bereit, alles zu tun, worum wir ihn gebeten haben. Sein Prepaid-Handy neben dem Toten auf dem Boot zu hinterlassen, zum Beispiel, damit die Polizei über die Anrufliste auf dich aufmerksam wird. Gemein, oder? Ich weiß, Rika. Aber das gehörte alles zum Spiel. Wir brauchten so viele verschiedene Spuren wie möglich." Je länger Elias redete, desto mehr Freude schien er daran zu finden.

„Aber ihr habt ihn getötet", stellte Rika tonlos fest.

Elias seufzte. Sein Atem streifte ihren Nacken. „Falsch. *Ich* habe ihn getötet. Gleich nachdem ich Haller eine Dosis Schmerzmittel verpasst habe, die ausgereicht hätte, zehn Pferde zu sedieren. Na gut, zwei vielleicht. Ich übertreibe gern mal." Er kicherte. „Ich habe kurz überlegt, Adrian auch zu betäuben ... Damit es vorbei ist, bevor er etwas spürt. Aber Rika, o Rika ... er hatte es einfach nicht verdient. Ritter war ein Arschloch. Meinte, uns erpressen zu müssen. Tja. Kein besonders schlauer Zug von ihm. Es war von Anfang an klar, dass in Hallers Wohnung eine Leiche gefunden werden musste. Allerdings war anfangs nie die Rede davon, dass Adrian dafür herhalten muss. Das hat er sich selbst zuzuschreiben. Daher hält sich mein Mitleid durchaus in Grenzen. So. Ich muss mal eine kurze Pause einlegen."

Eine Pause.

Erleichterung wollte über Rika hinwegströmen, doch sie gestattete es nicht. Erst als sie das klirrende Geräusch des herabfallenden Skalpells hörte, erlaubte sie ihren verkrampften Muskeln, sich ein wenig zu entspannen.

Elias seufzte theatralisch.

„In meiner Familie wurde Kreativität nicht gewürdigt.

Und das, obwohl man meinen sollte, meine Mutter besäße als Architektin zumindest einen Hauch davon. Aber wann immer ich zum Ausdruck brachte, dass ich Schriftsteller werden wollte, kamen dieselben abfälligen Äußerungen über ihre Lippen."

Er räusperte sich, ehe er mit grotesk verstellter Stimme fortfuhr. „*Lern etwas Vernünftiges. Wir brauchen noch einen Juristen in der Familie.* Damit hat alles angefangen. Vergleichsweise harmlos, ich weiß. Später hieß es dann: *Du bist krank, deine Fantasie ist verdorben, du brauchst professionelle Hilfe, wir wollen nichts mehr mit dir zu tun haben.*"

„Sie haben dich nicht v-verstanden“, sagte Rika.

Sie wollte nichts lieber als sich der erlösenden Finsternis hingeben, die an ihren Sinnen leckte, doch ihr Überlebenswille zwang sie zum Sprechen.

Zu groß war die Angst, dass ihr Schweigen andernfalls für immer währen würde.

„Nein. Das haben sie nicht. Aber das war nicht alles. Sie hatten Angst vor mir.“ Er klang plötzlich vergnügt.

„Warum?“, fragte Rika schnell, um ihn bei Laune zu halten. Das Glucksen des Libellenmannes wurde vom Geräusch zerreißenden Plastiks verschluckt. Sofort verkrampfte Rika sich wieder. Ächzend wandte sie den Kopf auf die rechte Seite, um einen Blick auf das zu erhaschen, was Elias dort tat. Wattetupfer und Desinfektionsmittel erschienen in ihrem Sichtfeld, nur um gleich darauf wieder zu verschwinden.

„Ich muss die Wunden reinigen“, erklärte der Mörder sachlich. „Tut mir leid, dass du das alles miterleben musst. Die anderen habe ich erst vollständig beschrieben, als sie schon tot waren. Aber du bist etwas Besonderes. Mein letztes Kapitel.“

Rika hörte, wie er die Kompresse mit drei Sprühstößen befeuchtete. Panisch kniff sie die Augen zusammen und biss sich auf die Unterlippe. Als der vollgesogene Mull die offene Haut auf ihrem Rücken berührte, tanzten Sterne über das Schwarz ihrer geschlossenen Lider.

„Es gibt da ein Gedicht von mir“, erzählte der Libellenmann unverändert beschwingt, „‚Königsblau‘ heißt es. Ich habe es geschrieben, als ich dreizehn Jahre alt war. Und dennoch zählt es zu meinen besten Arbeiten. Das

Kind in mir hatte einen Sinn für das Schöne. Das Ästhetische im Makabren. Wie du wissen musst, handelt der Text nämlich davon, wie ich eine Treppe aus Seelen und Knochen errichte. Ganz oben, auf der allerletzten Stufe, stand ein Thron, gefertigt aus Libellen. Ich habe sie schon damals faszinierend gefunden, diese wunderschönen Geschöpfe. Nur eines hat mir nicht an ihnen gefallen. Errätst du, was es ist?"

„Mh-hm." Rika wollte etwas sagen. Wollte den Mörder, mit dem sie einst am See gesessen hatte, unter keinen Umständen langweilen und so auf dumme Gedanken bringen. Doch die Erschöpfung war übermächtig – und das mit Desinfektionsmittel verdünnte Blut, das aus ihrem Rücken lief, so tröstlich warm.

„Ich mochte nicht, dass sie früher oder später von mir fortflogen. Nie blieben sie lang genug, damit ich mich an ihnen sattsehen konnte. Also habe ich dafür gesorgt, dass sie mich nie wieder allein ließen. Als ich ‚Königsblau' geschrieben hatte, kam mir die Idee, unsere Treppe ein wenig zu verschönern. Eine tote Libelle für jede Stufe. Mutter hat das gar nicht gefallen. Tja … Nun kann sie selbst davonfliegen, wenn sie möchte. Flügel hat sie jedenfalls genug."

Flügel? Seine Mutter?

Was nur hatte er Esther Schreckliches angetan?

„Wo ist sie, E-e-lias?"

„Mein Gott. Du zitterst ja, kleiner Schmetterling. Hab keine Angst. Bald ist alles vorbei. Wenn ich's mir recht überlege, könnte ich dich eigentlich schon mal für den Transport fertig machen."

„Für den Transport?", krächzte Rika.

Ihre Kehle fühlte sich an, als wäre sie mit Stacheldraht ausgekleidet worden. Jeder der von ihrer Todesangst geschärften Atemzüge bereitete ihr Schmerzen.

„Herrje, du stellst ganz schön viele Fragen. Ja, meine Hübsche, für den Transport. Ich kann dich doch nicht einfach in einem Keller verrotten lassen! Deine Leiche verdient einen Ehrenplatz. Vielleicht behalte ich ein oder zwei Teile von dir. Oder ich bringe deinen Körper nach Weimar. Das Goethe-Schiller-Denkmal wäre eine Überlegung wert. Übrigens: Erinnerst du dich an den Betrunkenen, der neben dir aus dem Gebüsch gesprungen ist? In der Nacht, in der mein wunderschönes erstes Kapitel am Goethe-Denkmal entdeckt wurde? Das war ich."

Die Worte des Libellenmanns drangen nur mit einiger Verzögerung durch den Schleier des Schmerzes, der sich wie eine schützende Membran um ihr Gehirn gelegt hatte.

Der Betrunkene ... Ja, sie erinnerte sich.

Damals hatte sie vermutet, eines von Berlins zahlreichen Nachtkindern versehentlich davon abgehalten zu haben, sich zu erleichtern. Nur einen winzigen Moment lang war die wahre Natur des Augenblicks als dunkle Vorahnung durch ihre Gedanken gestreift, ehe sie sich wieder maskiert hatte.

„Zum besseren Verständnis sollte ich wohl lieber sagen der *vermeintlich* Betrunkene. Ich habe mich mit Alkohol eingerieben, anstatt ihn zu trinken. Immerhin musste ich bei klarem Verstand sein."

„Um ... um alles genau beobachten zu können?"

„Wir verstehen uns, kleiner Schmetterling. Ja, ganz genau.

Dieser fürchterliche Gestank nach Alkohol war ungemein nützlich. Er hat mich mit der elenden Seite der Stadt verschmelzen lassen, mich unsichtbar gemacht. Zusammen mit der zerschlissenen Kleidung und dem Dreck, den ich mir ins Gesicht geschmiert habe, war meine Tarnung nahezu perfekt.

Sie hat mir sogar erlaubt, die Kapitel zu transportieren, ohne Aufsehen zu erregen. Wer schert sich schon groß um einen Obdachlosen, der einen riesigen Sack mit Kleidung in einem Einkaufswagen umherschiebt? Ich bin sicher, niemand hat auch nur im Entferntesten vermutet, was sich wirklich darin befand."

Die Kapitel.

Erst jetzt begriff Rika, dass er damit die Leichen der Menschen meinte, die seinem Wahnsinn zum Opfer gefallen waren. Für ihn waren sie nichts weiter als die sorgfältig beschriebenen Seiten eines Buches.

Eine Geschichte, die er erzählt hatte.

„W-wonach hast du sie ausgewählt?", fragte Rika schwach, während sie gedanklich verzweifelt nach einem Ausweg suchte, wo längst keiner mehr war.

Es war vorbei.

Die Gurte um ihre Arme und Beine saßen viel zu fest.

Sie hatte ihr Schicksal gleich zweimal besiegelt – einmal, als sie dem Libellen-Mann voraus in den Keller gegangen war. Ein weiteres Mal, als sie sich hatte auf den Obduktionstisch fesseln lassen, von dem es kein Entkommen mehr geben würde.

„Die Kapitel? Wie schön, dass du fragst. Ich war nicht besonders anspruchsvoll. Habe bereits lange im Vorfeld beobachtet und meine Schlüsse gezogen. Je nichtssagender und blasser die Charaktere, desto besser. Ich habe leere Seiten gebraucht. Langweilige Menschen, die erst durch mich Bedeutung erlangen konnten. Oh, sieh nur! Endlich! Da kommt unser Besuch."

Elias drückte ihre Hand. „Reichlich spät, wenn du mich fragst, aber wir haben uns die Wartezeit ja effizient vertrieben. Jetzt kann es weitergehen. Ich werde unserem Gast einen angenehmen Empfand bereiten."

Rika hielt den Atem an. Zählte im Kopf von 60 an abwärts.

Als sie bei vier angelangt war, flog die Kellertür krachend auf.

„Polizei!", rief jemand, dessen Stimmfarbe Rika vage bekannt vorkam.

Josef. Josef Winter. Er ist es wirklich.

Stöhnend hob sie den Kopf an, der viel zu schwer für ihren Hals geworden war.

Sie konnte nicht sehen, was am anderen Ende des gewölbeartigen Raumes vor sich ging. Konnte nur horchen.

Auf das laute Atmen des Libellenmannes, seine sich entfernenden Schritte und das wutentbrannte Brüllen.

Auf das Poltern, das darauf folgte. Und die Stille, die auch den letzten Funken Hoffnung unter sich begrub.

26. September, Donnerstag, 18:20 Uhr

Er hatte fest damit gerechnet, in den Lauf seiner Dienstwaffe zu blicken. Nicht aber damit, dass Elias Hohenstedt ihm die Pistole geradewegs an den Kopf schleudern würde.

Noch während er fiel, versuchte Josef, die Waffe zu fassen, jedoch ohne Erfolg. Mit der Stirn zuerst landete er auf den Kellerfliesen und spürte sofort, wie die dünne Haut über seinem Schädelknochen aufplatzte. Blut rann in seine Augen, Übelkeit schwappte durch seinen Magen.

Er horchte in seinen Körper hinein. Suchte panisch nach einem Gefühl in seinen Extremitäten – und fand es. Obwohl der hohe Adrenalinpegel ihn später Lügen strafen konnte, kam Josef zu dem vorläufigen Schluss, dass er sich nicht ernsthaft verletzt hatte.

Er hörte, wie jemand unweit von ihm mit der Zunge schnalzte. „Schusswaffen", sagte der Mörder, „ich war noch nie ein Fan von diesen Dingern. Schrecklich unpersönlich, wenn Sie mich fragen. Jedes Kind kann einen Abzug betätigen. Die Kunst liegt doch darin, die eigenen Hände zu benutzen. Töten muss eine Herausforderung sein. Deswegen wäre ich Ihnen sehr verbunden,

wenn Sie aufhören könnten, auf meinem Kellerboden
zu verbluten."

Verbluten?

Josef brauchte einen Moment, um sich zu sortieren.
Ihn beschlich das Gefühl, dass er nach einer neuerlichen Erschütterung seines Gehirns ein wenig langsamer dachte als üblich.

Er stützte sich auf die Ellenbogen, stöhnte laut auf
und sah sich durch den Schleier aus Blut und Tränen
hindurch um.

Elias Hohenstedt stand etwa einen Meter entfernt vor
ihm. Die Waffe hatte er wieder aufgehoben. Als er bemerkte, dass Josef ihn ansah, warf er sie achtlos über
die Schulter.

„Kein Grund zur Sorge, mein Freund. Das Magazin
habe ich entfernt. Kommen Sie also gar nicht erst auf
die Idee, sich dieses nutzlose Ding wiederzuholen. Wobei das vermutlich eher unwahrscheinlich ist, wenn
ich Sie mir so ansehe. Verdammt nochmal, Herr Winter. Ich habe auf Sie gebaut! Sie sollten doch Zeuge eines ganz besonderen Momentes werden."

Während er sich auf die Worte des Mörders zu konzentrieren versuchte, ließ Josef seinen verschwomme-
nen Blick weiter durch den Raum schweifen. Was er
sah – oder zu sehen glaubte, denn womöglich spielte
ihm sein malträtierter Kopf bloß einen grausamen
Streich – schockierte ihn über alle Maßen.

Selten war er dem Tod in so vielen Facetten begegnet.

Elias Hohenstedt hatte hier unten sein ganz eigenes
Kabinett des Grauens erschaffen. Der Bruder des Dekans musste weitaus mehr Morde begangen haben, als

zunächst angenommen. Das zumindest legten die Körperteile nahe, die wie Trophäen ausgestellt worden waren.

Mittendrin in Hohenstedts Hölle, bäuchlings auf einem Obduktionstisch befestigt, lag Rika.

Bitte nicht.

Von weitem konnte er nicht erkennen, ob sie noch atmete.

„Frau Hohenstedt?", fragte er und stellte besorgt fest, dass Sprechen ihn merklich anstrengte, „geht es Ihnen gut?"

Es fühlte sich eigenartig an, sie mit dem Nachnamen zweier Verbrecher anzusprechen. Er mochte sich gar nicht vorstellen, was in ihr vorging. Die letzten Stunden mussten die schlimmsten ihres Lebens gewesen sein.

Und wie es schien, war der Albtraum noch längst nicht vorüber.

„Herr ... Winter ..." Ihre Stimme war kaum mehr als ein hörbares Ausatmen.

Josef schluckte. Realistisch betrachtet hing alles davon ab, dass Esther es zu den Nachbarn schaffte und Verstärkung alarmierte. Bis die Polizei eintraf, musste Josef vor allem eines tun: Elias von Rika fernhalten.

Wenn die Beamten den Keller stürmten, durfte er auf keinen Fall in ihrer Nähe sein.

Angestrengt dachte Josef nach.

Kopfwunden bluteten stark, das wusste er.

Oft erweckten bereits kleinste Verletzungen den Anschein dramatischster Blessuren. Wenn er Recht behielt und trotz des unerwarteten Sturzes glimpflich davongekommen war, besaß er einen entscheidenden

Vorteil: Elias Hohenstedt musste ihn für nahezu handlungsunfähig halten. War es notwendig, ihn anzugreifen, hätte Josef das Überraschungsmoment also auf seiner Seite.

„Sammeln Sie sich ruhig kurz, Herr Winter. Immerhin brauche ich gleich Ihre ungeteilte Aufmerksamkeit."

Josef sah, wie der Mörder sich über den Obduktionstisch beugte und Rika etwas ins Ohr flüsterte. Ewigkeiten verstrichen, ehe er den Kopf wieder hob und auf Josef hinabblickte wie auf ein zertretenes, ganz besonders lästig gewordenes Insekt. Ein diabolisches Grinsen trat auf sein Gesicht, als Josef einen neuerlichen simulierten Anlauf startete, aufzustehen.

Er hoffte, dass seine Darbietung des ernstlich verletzten Polizisten überzeugend genug war. Sobald Elias Hohenstedt aufging, dass er an der Nase herumgeführt wurde, würde er dem Schauspiel ein Ende setzen.

„Was haben Sie vor? Sie werden einen Künstler doch wohl nicht von seiner Muse trennen wollen, Herr Winter?", fragte er arglos und schob die Unterlippe vor wie ein schmollendes Kind. „Das wäre eine Schande. Vor allem, wo der Künstler doch gerade so friedlich ist."

Verdammt, was plante dieses Arschloch eigentlich?

Dass sich keine Munition mehr in seiner Dienstwaffe befand, bedeutete keinesfalls, dass die Gefahr gebannt war. Er traute dem Mörder ohne Weiteres zu, dass dieser erst Rikas und dann seine eigene Kehle mit einem Skalpell aufschlitzen oder einen anders gearteten erweiterten Suizid verüben würde.

Und das vermutlich weitaus schneller, als Josef reagieren konnte.

„Tun Sie mir doch bitte den Gefallen und verzichten Sie auf dieses melodramatische Gerede", presste Josef zwischen zusammengebissenen Zähnen hervor.

Konzentrier dich. Nicht übertreiben. Bleib in deiner Rolle.

„Sie haben Ihr Kapitel doch gelesen, Herr Winter? Hieß es darin nicht ausdrücklich, dass Sie sich an meine Anweisungen halten sollen?"

Josef schwieg.

„Das werte ich als Ja und erteile Ihnen folgende Anweisung: Hören Sie auf, mich zu maßregeln. Hier bin ich so etwas wie ein König. Und es ist immer besser, einen König zum Freund zu haben."

„Müsste nicht eigentlich Ihr Vater der König sein? Wie kommt es eigentlich, dass er Ihnen nicht einmal ein einziges Kapitel wert war?"

Hervorragend, Josef. Den halbtoten Typen kauft man dir wirklich ab. Respekt.

„Mein Vater hat bekommen, was ihm zusteht. Einen Stich in die Lunge und das große Privileg, auf seinem Lieblingsteppich zu verwesen. Was will man mehr?"

„Wo ist Ihr Bruder?"

„Der liegt ein paar Meter weiter. Bevor Sie jetzt die Moralkeule schwingen: Oliver war todkrank. Metastasierender Hirntumor. Ich habe ihm einen Gefallen getan."

Diese Information war neu für Josef, doch das ließ er sich nicht anmerken. Jemand wie Elias ließ sich nur dadurch irritieren, dass man ihm das Gefühl der Überlegenheit nahm und auf Fragen verzichtete, die zu stellen er von einem erwartete.

„Ihren Vater haben Sie also in einem Akt grenzenloser Selbstlosigkeit ebenfalls von seinem Leiden erlöst.

Wie zuvorkommend. Haben Sie dasselbe mit den unschuldigen Seelen gemacht, deren Einzelteile Sie hier als menschliche Deko-Elemente missbrauchen?"

„Unschuldig." Hohenstedt lachte mitleidig. „Was für ein Wort. Wir laden Schuld auf uns, sobald wir geboren werden. Diese Menschen waren krank. Drogensüchtig, perspektiv- und heimatlos. Perfekt geeignet, um einem höheren Zweck jenseits ihres jämmerlichen Daseins auf dieser Erde zu dienen. Mein Vater war ebenfalls ein kranker Mann, Herr Winter. Nicht körperlich, aber seine Psyche war vergiftet. Schlimmer noch als bei meiner Mutter. Der Unterschied liegt bloß darin, dass ich für Esther Hass empfinden kann. Marius ist mir vollkommen gleichgültig. Und warum sollte eine Person, die mir gleichgültig ist, Erwähnung in meinem Lebenswerk finden?"

„Natürlich. Ich verstehe. Sie hatten eine schlimme Kindheit, wurden misshandelt, niemand hat sie geliebt, ihr Bruder wurde bevorzugt ... Bla, bla, bla. Kurzum: Ihre Eltern haben Sie zu einem Monster gemacht. Richtig? Ich hoffe nicht, denn Geschichten dieser Art habe ich schon mindestens hundertmal gehört, Herr Hohenstedt. Und wissen Sie was? Solche Geschichten langweilen mich. Diese Traumatische-Kindheit-Nummer ist sowas von ausgelutscht. Aber was soll man auch anderes von jemandem wie Ihnen erwarten? Sie sind gewöhnlich, Elias. Stinknormal. Diesen Gedanken ertragen Sie nicht. Deswegen tun Sie alles, um Ihre Durchschnittlichkeit zu verschleiern."

Er musste ihn provozieren. Sein fragiles Gebilde der Selbstbeherrschung zum Einsturz bringen. Josef wusste, dass dahinter nackter, wilder Wahnsinn lauerte. Er konnte ihn in den Augen des Mannes flackern sehen, der nun wie ein eingesperrtes Raubtier vor ihm auf und ab schritt.

Immerhin hatte er sich bereits ein ganzes Stück weit von dem Obduktionstisch, auf dem Rika lag, entfernt.

Gut so.

„Oh, Westentaschenpsychologie. War das ein Studienfach von Ihnen?" Hohenstedt lachte eine Spur zu laut über seinen eigenen Witz.

„Sie vertragen die Wahrheit nicht."

„Was wissen Sie schon? Ich bin in Psychiatrien groß geworden, bloß weil ich ein paar gruselige Gedichte geschrieben habe. Man hat mich aus Familienfotos herausgeschnitten, weil man sich für den verrückten Sohn geschämt hat. Mein Interesse am Tod wurde für abnormal befunden, obwohl es durch den Beruf meines Vaters allgegenwärtig war. Aber das, werter Herr Kommissar, ist nur ein *Teil* der Wahrheit. Ebenso wahr ist, dass ich diese Hölle hinter mir gelassen habe. Dass ich stärker denn je aus ihr hervorgegangen bin. Wie ein Phönix aus der Asche, der –"

Josef imitierte ein Gähnen, das seine Wirkung auf Elias Hohenstedt sofort entfaltete: Seine Wangen wurden rot und fleckig.

„Schön", sagte er lakonisch und rang sichtlich um Fassung.

„Hören wir auf, herumzudiskutieren, und widmen wir uns endlich dem letzten Kapitel. Rika? Bist du bereit? Ich denke, wir müssen das Ganze abkürzen."

Die Distanz war zu groß. Er würde Elias nicht rechtzeitig erreichen können, bevor dieser zurück am Tisch mit seinen Folterinstrumenten war. Dennoch sprang Josef in dem Moment auf, da der Mörder ihm den Rücken zudrehte.

Heftiger Schwindel überkam ihn und sein Kopf pochte wie eine entzündete Wunde, doch sein Wille trieb ihn vorwärts.

„Hey!", brüllte er schrill, um Elias aus dem Konzept zu bringen. „Wie kommen Sie eigentlich damit zurecht, dass Sie Ihre Mutter gar nicht getötet haben?"

Der Mörder, das blutverschmierte Skalpell bereits in der Hand, hielt in der Bewegung inne.

Diese winzige Verzögerung seines Handelns reichte aus, um Josef die entscheidende Sekunde zu schenken. Mit all seiner verbliebenen Kraft stieß er sich ab, sprang auf Elias Hohenstedt zu und riss ihn von den Füßen.

Es gab ein Klirren und Scheppern, als der Kasten mit dem Obduktionsbesteck mit ihnen zu Boden fiel. Josefs Aufprall wurde durch Hohenstedts Körper abgefedert. So schnell es seine sengenden Kopfschmerzen zuließen, kämpfte er sich wieder auf die Beine.

Der Mörder trat nach ihm, verfehlte seinen Knöchel jedoch um Haaresbreite. Wankend tat Josef es ihm gleich, musste allerdings feststellen, dass er sich kaum noch aufrecht halten konnte. Fluchend lehnte er sich an den Obduktionstisch – und erhaschte einen Blick auf Rikas Rücken, der ihm die Eingeweide verknotete. Ihre Haut war großflächig zerschnitten worden und blutete aus etlichen kleinen Wunden. Was Hohenstedt hatte schreiben wollen, war unter all dem grellen Rot nicht zu erkennen.

Rika stöhnte. Ihr zur Seite gewandter Kopf war mit Schweißperlen übersät. Sie sah schlecht aus. Fiebrig.

Als ihre Blicke sich für einen Moment kreuzten, konnte Josef in ihren Augen jedoch etwas lesen, das ihn beruhigte: Kampfgeist. Sie hatte sich nicht aufgegeben. Noch nicht.

Elias Hohenstedt war indes ebenfalls wieder aufgestanden. Er spuckte einen rosafarbenen Pfropfen aus und sah Josef grinsend an.

„Glauben Sie nicht, das hätte ich nicht vorhergesehen."

„Natürlich", spottete Josef, „danach sah es aus."

So unauffällig wie möglich machte er sich hinter dem Rücken daran, den Gurt um Rikas linkes Handgelenk zu lösen.

Gleichzeitig dachte er fieberhaft darüber nach, wie er ihren Peiniger außer Gefecht setzen konnte.

Körperlich war er Hohenstedt zweifellos unterlegen. Auf die altbewährten Griffe, die er aus dem Effeff beherrschte, konnte er nicht zurückgreifen, versagte ihm die doppelte Erschütterung seines Kopfes doch die erforderliche Schnelligkeit.

„Ihre Mutter", griff er das Thema wieder auf, das Elias für einen Moment seine Selbstkontrolle hatte verlieren lassen, „es ist Ihnen nicht gelungen, Sie zu töten. Haben Sie das auch vorausgesehen?"

„Sie lügen", sagte Hohenstedt. Das Skalpell hatte er bei seinem Sturz nicht losgelassen, wie Josef beunruhigt registrierte. Er hatte Glück gehabt, dass die Klinge nicht in seinem Körper steckte.

„Das tue ich nicht. Ihre Mutter ist hier im Haus, Elias", log er. „Ich habe sie angewiesen, mir nicht auf direktem

Wege nachzulaufen, sondern kurz zu warten. Das hat sie getan. Sie ist oben und nimmt Abschied von ihrem Mann und ihrem Lieblingssohn."

Der Mörder gab einen animalischen Laut von sich. Etwas in seinem Gesicht veränderte sich. Unvermittelt schubste er Josef zur Seite, der daraufhin beinahe in die auf einem Weinfass stehende Torso-Skulptur hineinfiel. Gerade noch rechtzeitig fand der sein Gleichgewicht wieder.

„Ich bleibe dabei", sagte er atemlos, „Sie vertragen die Wahrheit nicht."

Verstohlen schielte er zu Rika hinüber.

War es ihm gelungen, den Gurt zu lösen?

Er konnte es nicht erkennen. Die Welt war ein Karussell, das sich unaufhörlich drehte.

„Sie sollte fliegen, wenn *ich* es für richtig halte!", brüllte Hohenstedt geifernd.

„Es irrt der Mensch, solange er strebt", sagte Rika leise.

Elias' Kopf ruckte in ihre Richtung. „Du wagst es, den großen Meister zu zitieren, um mich zu demütigen?"

Wutentbrannt ließ er sein Skalpell auf ihren Kopf niedersausen.

Josefs Herz setzte einen Schlag aus und fand wieder zurück in seinen holprigen Takt, als Rika den Arm hob, um den Angriff abzuwehren.

Es hat funktioniert, dachte Josef triumphierend, wurde aber durch einen schmerzerfüllten Schrei umgehend daran erinnert, dass Rika dennoch verletzt worden war.

Josef zögerte nicht eine weitere Sekunde. So schnell es die Wolke aus Schwindel um ihn herum zuließ, hechtete er zurück zum Obduktionstisch – und entriss Hohenstedt das Skalpell.

„Sie gottverdammter Nichtsnutz!", schrie er so laut in Josefs Ohr, dass sich ein hochfrequentes Piepen über seine Wahrnehmung legte. „Sie ächten die Kunst ... Ächten das geschriebene Wort ... Und machen sich damit so viel schuldiger, als ich es je könnte."

Hohenstedts lange Finger schlangen sich um das Gelenk jener Hand, in der er das Seziermesser hielt, und führten es an Josefs Kehle.

„Sie werden doch wohl nicht Ihren Augenzeugen ermorden", keuchte er und hielt mit aller Muskelkraft, die er aufbringen konnte, dagegen.

Sie tanzten einen Walzer um Leben und Tod, der jäh endete, als Josef dem Mörder ein Knie zwischen die Beine rammte.

Der Druck um sein Handgelenk ließ nach, doch er hatte keine Zeit, Elias' Schmerz für seine Zwecke zu nutzen: Der Mörder verpasste ihm einen Leberhaken.

Josef ließ das Skalpell los.

Nach Luft japsend wich er zurück, als Elias das Seziermesser auf ihn richtete und Anstalten machte, es ihm geradeswegs ins Herz zu rammen.

„Wer nicht hören will, muss fühlen", eröffnete Hohenstedt ihm feierlich. Ein irres Grinsen verwandelte sein Gesicht in eine grauenerregende Fratze.

Josef, von einer neuerlichen Schwindelattacke übermannt, stolperte über die eigenen Füße und fiel in einen Stapel Bücher, von dem ein augenloser Kopf herunterkullerte.

Gott im Himmel.

Galle verätzte seine Speiseröhre.

„Vielleicht werde ich dasselbe mit Ihrem Kopf machen, Herr Polizist. Mal sehen. Da ich Ihr Kapitel noch einmal überarbeiten muss, stehen mir alle Möglichkeiten offen."

Es war vorbei. Wie in Zeitlupe sah Josef den Mörder näherkommen. In einem letzten Versuch, davonzukriechen, drehte er sich auf die Seite.

Und dann sah er sie: die Schreibfeder, die in einem verwesten Handrücken steckte.

„Irgendwelche letzten Worte? Wobei … Wenn ich es mir recht überlege, möchte ich das gar nicht wissen. Ich werde Ihnen sowieso meine eigenen in den Mund legen."

Josef hielt den Atem an. Wandte Elias Hohenstedt den Kopf zu und sah, dass er im Begriff war, sich auf ihn zu stürzen.

Eins. Zwei. Drei.

Gerade rechtzeitig zog er die Feder aus dem grauen Fleisch – und rammte sie dem Mörder, der mit erhobenem Skalpell über ihm erschienen war, ins Gesicht.

Das Geräusch des Federkiels, der durch das feste Gewebe seines Augapfels drang, quetschte Josefs Magen mit eiserner Härte zusammen. Elias schrie und lachte abwechselnd.

Sein intaktes Auge war vor Überraschung weit aufgerissen, aus dem anderen quollen Unmengen Flüssigkeit. Erschrocken über sich selbst, ließ Josef den Griff der Feder los, ohne sie herauszuziehen. Ächzend rollte er sich zur Seite, bevor Hohenstedt über ihm zusammenbrechen konnte.

Als habe er dadurch eine unsichtbare Verbindung gekappt, die Elias' Kreislauf funktionstüchtig gehalten hatte, suchte der Mörder vergeblich Halt an der Wand und rutschte kraftlos daran hinab.

Josef stand strauchelnd auf, wirbelte herum und befreite Rika hektisch von den restlichen Gurten, die sie an den Tisch fesselten.

„Können Sie aufstehen?", fragte er, während sie sich bereits seitlich von der Metallplatte hinunterschob.

Ehe Josef sie zu fassen bekam, landete sie auf den Knien, ließ sich aber unmittelbar danach von ihm aufhelfen.

Sofort bedeckte sie die Brüste mit den Händen – eine Geste der Scham, die angesichts der Situation beinahe absurd unpassend wirkte. Rika schien sich dessen ebenfalls bewusst zu werden. Ein verzweifeltes Lachen stolperte aus ihrem Mund, dann ließ sie die Hände wieder sinken.

„Wir müssen hier raus", sagte Josef überflüssigerweise.

Sein Blick schnellte zu Elias Hohenstedt.

Schwer atmend lehnte er an der Mauer. Dem Griff der Feder zum Trotz, der aus seinem linken Auge ragte, lächelte er.

„Das hier ist noch nicht vorbei", sagte er mit der schleppenden Stimme eines Betrunkenen. Sicher hatte Josef neben dem Sehnerv noch andere wichtige Stränge oder gar Hirnregionen verletzt. Immerhin schien der Kiel der Schreibfeder bis zum Anschlag in der Augenhöhle des Mörders versunken zu sein. „Denk an das, was ich dir gesagt habe, Rika. Ich bekomme immer, was ich will."

Sie beachtete ihn nicht. Starrte an ihm vorbei, als habe er nie existiert; als sei er nichts als ein Hirngespinst, das sich in Luft auflöste, wenn man ihm lang genug die Aufmerksamkeit entzog.

Josef tat es ihr gleich und wandte sich ebenfalls von dem Monster ab, das sich in den Mauern der Wandlitzer Villa vor Jahrzehnten selbst erschaffen hatte.

„Gehen wir", sagte er sanft. Rika nickte.

Hinter ihnen beklagte das Monster seinen Verlust.

Es hatte verloren. Das tat das Böse oft.

Zumindest in Märchen.

Sie stützten sich gegenseitig. Kämpften sich Arm in Arm die Treppe hinauf, den langen Flur entlang und auf das große Grundstück der Hohenstedts hinaus. Nachdem sie kaum ein Drittel der Auffahrt hinter sich gelassen hatten, brachen sie auf dem herbstkalten Kies zusammen.

Josef spürte, wie seine Kräfte aus ihm heraussickerten und eine bleischwere Leere in seinen Gliedern zurückließ.

Er war müde. So unendlich müde.

Rika schien es ähnlich zu gehen, denn bald schon lehnte ihr Kopf schwer und warm an seiner Schulter.

Er wusste nicht, wie lange sie so dasaßen – zwei Überlebende, zwischen denen der allgegenwärtige Tod ein unsichtbares Band gewoben hatte.

Irgendwann, es mochten Minuten oder Stunden später sein, hörte Josef Sirenen näherkommen. Das Blaulicht, das bald darauf in Sicht kam, dehnte und stauchte die Schatten der Bäume, deren blätterlose Skelette den Garten säumten wie düstere Schutzpatrone.

Polizisten rannten an ihnen vorbei, Rettungssanitäter auf sie zu. Stumm bewegten sie die Lippen, schienen einander hektische Anweisungen zu geben. Zwei Männer holten Rika von Josef fort, ein anderer tupfte emsig an seinem Kopf herum.

Sie hatten es geschafft.

Josef lächelte. Er dachte an Sandra, Amelie und Vanessa.

An das, was das Leben für ihn bereithalten würde, wenn die herannahende Nacht endlich vorüber war.

Geduld. Er musste nur noch ein bisschen Geduld haben.

Irgendwo hinter dem schwarzen Himmel wartete ein goldener Morgen.

EPILOG

Dienstag, 3. Dezember, 14:38 Uhr

Der Winter hatte ein Tuch der Stille über Berlin ausgebreitet. Das Leben war leichter geworden; zurückhaltender, langsamer, sanfter.

Es hatte stundenlang geschneit.

Nahezu lächerlich große Flocken, wie er sie schon lange nicht mehr gesehen hatte. Der Innenhof der psychiatrischen Anstalt war nun von einem makellosen Weiß, das unter seinen Sohlen leise knirschte. Das Geräusch erzeugte ein wunderbar friedvolles Gefühl in ihm. Er fühlte sich rundum wohl. Sogar der Kopfschmerz, der seit jenem verhängnisvollen Tag im September wie ein besonders anhänglicher Dämon durch seinen Schädel spukte, war angesichts der Schönheit des Nachmittages verstummt.

Fehlt nur noch eines zu meinem Glück. Gott, wer hätte gedacht, dass ich sowas mal denken würde?

Auf Höhe einer eingeschneiten Bank blieb er stehen, schloss die Augen und atmete die klare Luft ein.

„Du bist gekommen."

Rikas Stimme fügte sich in die Stille des Dezembertages ein, ohne sie zu stören. Als hätte sie schon immer dorthin gehört, zwischen den rissigen Winterhimmel und die weiße Ruhe, die aus ihm hinausgefallen war.

Lächelnd drehte Josef sich zu ihr um. „Ja. Allerdings um dich abzuholen, damit wir als Kolonne in Richtung Stadtkern fahren und eine Kleinigkeit essen gehen können. Nicht, um das zu tun, was du dir von mir wünschst. Seit ich den Hauch einer Ahnung habe, wie Seelenfrieden sich anfühlt, habe ich beschlossen, dass ich ihn bewahren möchte." Wie so oft, seit er wieder regelmäßig rauchte, ging Josefs Lachen in ein Husten über. Er hatte sich für Rika zu überwinden versucht; war sogar mit einer Mitarbeiterin der Einrichtung bis auf den Flur, auf dem Elias Hohenstedts Zimmer lag, gegangen. Dann aber war alles zu viel geworden. Die Luft zu dick, seine Kleidung zu warm, die Wut in seinem Inneren zu mächtig.

„Und du kannst deinen Seelenfrieden nicht bewahren, wenn du ihm nur noch einmal Gehör schenkst? Ein einziges Mal?"

„Nein", beharrte Josef, „das kann ich nicht."

Zwischen Rikas Augen bildete sich eine steile Falte, während ihre Augenbrauen zu den Innenseiten ungewöhnliche Höhen erklommen. Ihre Gesten waren Josef innerhalb der vergangenen Wochen bereits ungewöhnlich vertraut geworden.

Ebenso wie die Narben auf ihrem Rücken, das Gefühl ihrer warmen Haut auf seiner und diese rohe Verletzlichkeit in ihrem Blick.

Sie hatten viele Stunden miteinander geteilt, seit sie Seite an Seite aus der Villa der Hohenstedts gewankt waren.

Waren einander nähergekommen, als Josef es je für möglich gehalten hatte. Zuerst nur auf einer emotionalen Ebene, dann, vor einigen Tagen, auch körperlich.

Josef wusste, dass das Tempo, in dem sie die verschiedenen Phasen ihres Kennenlernens durchlebten, viel zu rasant war, Doch wie es Schicksalsschlägen nun einmal eigen war, wusste auch dieser den Lauf der Dinge ohne ihr Zutun zu beschleunigen.

Es war in jener ersten gemeinsamen Nacht gewesen, dass Rika Josef gestanden hatte, in Kontakt zum Mörder ihres Mannes zu stehen. Sie besuchte ihn in der Klinik, sprach mit ihm, schrieb ihm Briefe und las ihm sogar aus seinen Lieblingsbüchern vor.

Was für Josef unbegreiflich war, schien zu Rikas neuem Lebensinhalt geworden zu sein: Sie wollte verstehen, was Elias zu dem Mann mit dem eiskalten Blick und dem todbringenden Gedankengut hatte werden lassen. Wollte lernen, ihm zu verzeihen, um auch Oliver Hohenstedt verzeihen zu können. Dieser Weg schien für sie der einzig erträgliche zu sein, denn gegen eine Psychotherapie oder anderweitige Angebote zur Bewältigung des Erlebten wehrte Rika sich strikt.

Wenn es nach Josef ging, hätte er den Bruder des noch in der Wandlitzer Villa verstorbenen Dekans für den Rest seines Lebens in einem Hochsicherheitstrakt verwahrt, doch das Gericht hatte nun einmal anders entschieden.

Laut psychologischem Gutachten nämlich war Elias aufgrund einer schweren seelischen Störung für schuldunfähig erklärt worden. Seitdem lebte er als forensischer Patient fernab einer Gesellschaft, in die er nie zurückkehren würde.

Rika war seine einzige Verbindung zur Außenwelt und somit alles, was ihn von seinem Leben geblieben war.

Esther Hohenstedt jedenfalls, die das Martyrium durch ihren Sohn schwer traumatisiert und mit massiven inneren Verletzungen überlebt hatte, würde zweifellos nie wieder auch nur ein einsames Wort an Elias richten.

„Er hat viel zu sagen, Josef. Und nicht alles davon ist für mich bestimmt. Hast du denn gar kein berufliches Interesse daran, mit ihm zu sprechen? Immerhin könntest du neue Erkenntnisse gewinnen.“

„Und dann, Rika? Was soll ich mit diesen neuen Erkenntnissen anfangen? Wir wissen alles über den Fall, was notwendig ist. Wissen, wer was getan hat und warum. Zumindest oberflächlich. Wenn dieser Kerl ein tiefenpsychologisches Gespräch führen möchte, sitzt er doch an der Quelle. Ich bin der Falsche für diese ‚Meine Kindheit war ein Desaster, deswegen musste ich ein Monster werden‘-Nummer.“

Ein Schatten huschte über ihr Gesicht. Fast kam es Josef vor, als setzte er sich in ihren Augen fest und färbte sie eine Nuance dunkler.

„Wie du meinst. Gehen wir?“, fragte Rika resigniert und hakte sich bei ihm unter. „Mir wird langsam kalt.“

Sie verließen das weitläufige Gebäude auf der Südseite und überquerten den Parkplatz mit immer schneller werdenden Schritten. Als Rikas PKW in Sicht kam, bat sie Josef, einen Moment auf sie zu warten. Sie verschwand im Inneren des Wagens und tauchte kurz darauf wieder auf. Ihren dünnen Seidenschal hatte sie gegen ein wollendes Exemplar ausgetauscht, außerdem eine Mütze aufgesetzt und eine Umhängetasche über die Schulter geworfen.

Fragend sah Josef sie an.

„Ich dachte, wir könnten noch ein Stück gehen, wenn wir schon mal hier sind“, räumte sie ein. „Die Natur genießen.“

„Aber dir ist doch kalt.“

Rika verdrehte die Augen. „Deswegen habe ich mich ja umgezogen. Also? Was sagst du?“

Josef konnte nicht leugnen, dass das Gelände rund um die ländlich gelegene psychiatrische Anstalt herum idyllisch und eine angenehme Abwechslung zum hektischen Treiben im Kern der Stadt war. Dennoch konnte er sich weitaus Erheiternderes vorstellen, als in unmittelbarer Umgebung so vieler kranker Seelen einen gemütlichen Nachmittagsspaziergang zu unternehmen.

„Meinetwegen“, sagte er trotzdem.

„Schön. Komm mit, es gibt hier einen netten kleinen Trampelpfad abseits der ausgewiesenen Wege. Er führt durch ein kleines Waldstück zu einem Teich. Ein magischer Ort. Ich glaube, verschneit sieht er noch viel zauberhafter aus als sowieso schon.“

„Klingt gut. Auch wenn du gerade ein Gesicht machst, als würdest du mir erzählen, wie wir am schnellsten von hier in die Hölle kommen. Ist alles in Ordnung?“

„Ja. Alles bestens. Gehen wir.“

Wie bereits auf dem Innenhof der psychiatrischen Anstalt hakte Rika sich auch jetzt bei Josef unter.

Einen Großteil der Strecke legten sie schweigend zurück. Josef war das nur willkommen, hatte er doch genug Mühe, auf dem verwucherten und eingeschneiten Pfad auf seine Schritte zu achten.

„Da sind wir schon“, sagte Rika schließlich, als Josef seine Füße bereits nur noch als eiskalte, nutzlose Klötze wahrnahm. „Das hat sich doch gelohnt, oder?“

„Das hat es“, gab Josef ihr recht.

Der kleine Tümpel vermittelte etwas Friedvolles, wie er inmitten einer Senke dalag, umgeben von nackten Fichten und mit einer glitzernden Eisschicht überzogen. „Und du hast diesen Ort durch Zufall gefunden?“

Rika nickte ernst. „Ja. Ich bin schon als Kind gern durch Wälder gestreift. Komischerweise habe ich mich dabei nie verirrt. Mein Vater hat früher immer gesagt, ich spräche die Sprache der Bäume und fände deswegen immer wieder zurück nach Hause. Ich dachte, ich hätte diese Sprache in Berlin verlernt. Aber offensichtlich beherrsche ich sie immer noch.“

Sie seufzte. Die Sehnsucht nach längst vergangenen Zeiten war ihr anzusehen.

Josef wusste, dass der Zeitpunkt vermutlich alles andere als optimal war, doch er konnte die Frage nicht länger zurückhalten: „Rika ... Verrätst du mir heute, was Elias dir ins Ohr geflüstert hat?“

Als du blutüberströmt auf dem Tisch lagst und er dich als seine Muse bezeichnet hat, fügte er in Gedanken hinzu, hütete sich jedoch, Rikas Erinnerung an die traumatische Erfahrung mit allzu vielen Details zu nähren.

Josef wusste nicht einmal, warum er dieser Handlung des Mörders eine so große Bedeutung beimaß. Vermutlich deswegen, weil er in ihr den wahren Grund für Rikas regelmäßige Besuche in der Forensik vermutete.

„Wie oft hast du mir diese Frage innerhalb der letzten Wochen gestellt?“

Josef sah Kummer in ihren haselnussbraunen Augen aufblitzen.

„Ich möchte dich zu nichts drängen, Rika. Das weißt du. Wenn du noch nicht soweit bist, dann –"

Sie schüttelte energisch den Kopf. „Das ist es nicht", unterbrach sie ihn barsch.

Josef runzelte die Stirn. „Was dann?"

„Dass ich dir heute antworten muss. Im richtigen Moment. Das ... das habe ich versprochen."

„Ich verstehe nicht ganz." Besorgt sah er sie an. Rika war blass geworden. Selbst das zarte Rosa ihrer Lippen war verblichen. Sie sah krank aus, so als habe sie sich von einem auf den anderen Moment eine Grippe eingefangen. „Ist dir nicht gut?"

„Elias", sagte Rika, ohne auf Josefs Frage einzugehen, „du wolltest wissen, was er zu mir gesagt hat. Tja ... Ich konnte mich nur bruchstückhaft daran erinnern. Kein Wunder, schätze ich ... bei allem, was an diesem Abend passiert ist. Als ich ihn das erste Mal besucht habe, hat er mir Stift und Papier zugeschoben und noch einmal alles detailliert diktiert. Ich habe quasi einen Brief an mich selbst geschrieben ... Damit ich nicht noch einmal vergesse, was Elias zu sagen hatte. Und damit ich es dir vorlesen kann, wenn die Zeit reif ist."

Josef gefiel nicht, wie fremdgesteuert Rika auf einmal wirkte. Ihre Stimme klang eigenartig monoton. So, als hielte sie Emotionen bewusst zurück.

Sie griff in ihre Tasche und zog ein Blatt Papier heraus, das sie sorgsam auseinanderfaltete.

„Bist du soweit?", wollte sie wissen und verwirrte Josef mit dieser Frage nur noch mehr. Plötzlich beschlich ihn das eigenartige Gefühl, dass die Worte, die Rika im Begriff war abzulesen, alles verändern würden.

„Leg los", forderte er sie auf und beobachtete, wie sie tief Luft holte.

„Wir sind viele, Rika. Ich war während der letzten Jahre sehr fleißig. Habe ein paar Freunde gewonnen, die ich von meinen Idealen überzeugen konnte. Man muss sich nur in den richtigen Kreisen bewegen. Kontakte knüpfen, um an ehemalige Straftäter und vermeintlich vertrauliche Akten heranzukommen. Nichts auf dieser Welt ist unmöglich, wenn man es wirklich will. Wenn man ein Ziel hat, das man erreichen möchte. Mein Ziel, Rika, ist dieses eine Werk, das die Welt verändern soll. Du bist mein letztes Kapitel. Alles, was geblieben ist. Allerdings wurde mir die Möglichkeit genommen, es zu Ende zu schreiben – und aus diesem Grund musst du das für mich tun. Du hast Zeit bis zum 3. Dezember; dem Tag, an dem ich begonnen habe, an ‚Musentod' zu arbeiten. Töte dich selbst. Ich werde erfahren, ob du es getan hast. Meine Freunde haben ihre Augen überall. Bist du am 4. Dezember noch am Leben, werden sie etwas für mich tun. Deinen Freundinnen einen Besuch abstatten, zum Beispiel. Oder bei deiner Mutter vorbeischauen. Eine Menge unschuldiger Menschen wird dafür büßen, solltest du dich meinen Anweisungen widersetzen.

Es tut mir leid, kleiner Schmetterling. Aber ich brauche den Schmerz, den dein Tod mir zufügen wird, um mein Lebenswerk zu vollenden. Bring den Polizisten dazu, dass er mit mir redet. Er soll sich anhören, was ich zu sagen habe, denn auch von ihm erwarte ich einen kleinen Gefallen."

Rika knüllte den Zettel zusammen und warf ihn achtlos über die Schulter. „So. Jetzt weißt du Bescheid. Halbwegs zumindest. Was genau er von dir möchte, wollte er mir nicht sagen."

Konsterniert sah Josef sie an. Suchte in ihren versteinerten Gesichtszügen nach einem Hinweis darauf, dass sie sich einen makabren Scherz mit ihm erlaubte.

Es durfte nicht sein. Es war falsch, vollkommen falsch.

Elias Hohenstedt sollte keine Macht mehr über andere Menschen besitzen. Sollte nie wieder die Gelegenheit erhalten, über Leben und Tod zu richten. Und doch tat er es. Saß mit Unschuldsmiene in seinem Krankenzimmer und hielt, verborgen vor den Augen und Ohren anderer, die Fäden des Todes in der Hand.

„Rika", sagte Josef beschwörend, „das sind nichts als leere Worte. Er spielt mit deiner Angst. Lass dir nichts einreden. Dieser Typ ist ein Meister der Manipulation. Ein Schauspieler. Er erzählt dir diese Dinge, weil er sich nicht eingestehen möchte, dass er verloren hat. Aber sein krankes Spiel ist vorbei! Er kann dir nichts mehr anhaben."

Rika schüttelte traurig den Kopf. „Nein, Josef. Es hat gerade erst angefangen."

Unvermittelt machte sie einen Schritt zur Seite, griff in ihre Jackentasche und zog ein Messer heraus. Josef, vom Überraschungsmoment kurze Zeit wie gelähmt, trat einen Schritt auf Rika zu. „Ruhig", sagt er so beschwichtigend wie möglich, „ganz ruhig." Er hoffte, dass sie ihm seine Panik nicht ansah. Die Verzweiflung, die für einen Mann mit seiner Karrierelaufbahn doch so unangebracht zu sein schien.

In der Theorie hatte er Situationen wie diese schon etliche Male abgehandelt. Und auch in der Praxis war es ihm bereits gelungen, Menschen davon abzubringen, sich das Leben zu nehmen. Erst im vergangenen Herbst war er Teil eines Einsatzes gewesen, an dessen Ende ein junger Mann vor dem frei gewählten Sturz von einer Autobahnbrücke bewahrt werden konnte.

Nun aber, da ihm die nötige emotionale Distanz fehlte, fühlte Josef sich hilflos. Er war nicht mehr der Polizist mit der gebotenen Professionalität, sondern einfach nur ein Mann, der sich um eine Frau sorgte, die er mochte.

Eine Frau, die er sogar *sehr* mochte.

„Bitte, Rika. Nimm das Messer runter. Das ist doch Irrsinn.“

„Ich wusste, du würdest mir nicht glauben. Ich *wusste* es. Aber es stimmt! Meine Mutter hat gestern angerufen. Sie sagte, sie hätte jemanden im Garten gesehen. Heute Morgen hat Darya geschrieben, dass auf ihrer Fußmatte ein toter Vogel und eine vertrocknete Rose lagen. Er meint das Ernst.“ Ihre Stimme brach. „Er meint das verflucht nochmal ernst und deswegen gibt es nur eine einzige Lösung.“

Sie würde es tun. Jetzt gleich.

Er konnte es in ihren Augen sehen.

„Nein!“ Josef ließ alle Vorsicht fahren und stürzte auf Rika zu, doch im selben Moment machte diese einen Schritt zurück. Die Spitze des Messers bohrte sich in ihre Kehle und Josef sah, wie ein dicker Blutstropfen aus ihrer Haut hervorquoll. Sofort verharrte er in der Bewegung. „Okay. Okay! Ich komme nicht näher.“ Langsam hob er die Hände, um Rika zu signalisieren, dass er verstanden hatte – versuchte er, ihr die Waffe zu entwenden, war das ihr Todesurteil. Wenn er sie zu sehr bedrängte, bewirkte er am Ende nur das Gegenteil von dem, was er wollte. Er musste Zeit gewinnen. Sie durch Worte davon überzeugen, Elias Hohenstedt und seinen Brief zum Teufel zu wünschen. Nicht durch Taten.

„Bitte respektiere meine Entscheidung, Josef. Ich bin darauf vorbereitet. Wir sind es bei jedem Treffen durchgegangen, Elias und ich. Er hat mir gesagt, wie ich es machen muss, damit es schnell geht. Ich weiß, es ist egoistisch von mir, dich da mit reinzuziehen. Aber ich ertrage den Gedanken nicht, dass ich hier stundenlang liege, ohne dass mich jemand findet. U-und es fällt mir leichter, es zu tun, wenn ich nicht allein bin. Also bitte … bleib bei mir.“

Der flehende Unterton in ihrer Stimme zerriss Josef das Herz. Es war so absurd. So vollkommen absurd.

Gestern noch hatten sie beisammengesessen, ein Glas Wein getrunken und gemeinsam gekocht – und nicht einmal 24 Stunden später flehte Rika ihn an, ihr beim Sterben zuzusehen.

„Warum hast du nicht eher mit mir darüber gesprochen? Mein Gott, Rika … Warum hast du mir nichts gesagt? Ich kann dir doch helfen! Wer, wenn nicht ich?“

Er hatte ihre zunehmend ruhige, verschlossene Art dem zugeschrieben, was sie in der Villa der Hohenstedts erlebt hatte. Dem Tod ihres Ehemanns, den sie zweifellos noch lange nicht verarbeitet und den Verbrechen, denen er sich mitschuldig gemacht hatte.

Dabei war es ihr nahendes Todesdatum gewesen, das sie Tag für Tag hatte stummer werden lassen.

Grauenhafte Gedanken entstiegen den schattigen Winkeln seines Herzens und vergifteten seinen Verstand.

Ich werde ihn erwürgen. Ja, ich erwürge dieses kranke Arschloch mit meinen eigenen Händen.

„Du kannst mir nicht helfen, Josef. Niemand kann das."

Er sah, wie ihre Finger am Griff des Messers emporkletterten. Wie sich ihre Haltung veränderte, sie das Gesicht zu einer Grimasse des Schreckens verzog und im Begriff war, die Klinge von einem Ohr zum anderen zu ziehen.

All das nahm Josef wie in Zeitlupe wahr.

Erst als er mit ausgestreckten Armen nach vorn hechtete und Rika mit einem animalischen Brüllen von den Füßen riss, spielte sich die Gegenwart wieder in Normalgeschwindigkeit ab.

„Loslassen!" Rikas erstickte Stimme drang an seine Ohren. Der Aufprall musste ihr die Luft aus den Lungen gepresst haben, doch darauf konnte er keine Rücksicht nehmen. Sie rangen miteinander, kugelten den leicht abfallenden Weg in Richtung Teich hinunter.

Schnee rutschte in Josefs Jackenärmel, in den Kragen seines Pullovers und in seine Schuhe. Dann erklang ein Ratschen, auf das ein seltsam hohles Gefühl folgte.

Er ließ von Rika ab und rollte sich auf den Rücken.

Irgendetwas stimmte nicht.

Angestrengt drehte er den Kopf zur Seite.

Rika kniete neben ihm; blankes Entsetzen sprach aus ihrem Blick.

„Was ist passiert?", wollte er fragen, doch seinen Mund verließen bloß ein paar verwaschene Laute.

Als Josef sich aufsetzen wollte, bemerkte er das Messer, das in seiner Brust steckte. Registrierte die warme Röte, die heraussickerte und das unschuldige Weiß um ihn herum verfärbte.

„Nicht rausziehen, sonst verblute ich", keuchte er, als Rika sich über ihn beugte. Wieder wollten die Worte ihm nicht gehorchen, doch sie schien zu verstehen, was er hatte sagen wollen.

Ein Sonnenstrahl brach aus dem Winterhimmel hervor und erhellte Rikas Gesicht. Er sah die Tränen auf ihren Wangen schimmern wie winzige Diamanten und wusste, dass es ihr leidtat. Mehr als irgendetwas sonst.

„Bitte, bleib bei mir", flüsterte sie.

Ihre Stimme war so schwach. So schrecklich weit weg.

„Bleib bei mir", ertönte die ferne Stimme noch einmal. Bleiben.

Sollte er das? *Konnte* er das? Was, wenn er keine Wahl hatte?

Noch während Josef darüber nachdachte, wurde er eins mit der Stille.